SCHRÄGER REGEN

46
54
55
75
182
238
252
260

CHRISTINE HOBA

SCHRÄGER REGEN

EINE HERBSTNACHTVERWIRRUNG

ROMAN

mitteldeutscher verlag

PROLOG AM HÖRSELBERGLOCH

Aus Südwesten kommend und begleitet von ihren Gottheiten siedelten an den Hängen von Saale, Werra und Ilm Fremde, die mit Steinbeilen Bäume fällten, Häuser bauten und Einkorn und Emmer in die Furchen legten. Sie hatten Vieh dabei. Kühe, Schafe, Ziegen, Schweine, die in die Wälder liefen, um sich von Eicheln und jungen Baumtrieben zu ernähren. Alle paar Jahrzehnte zogen die Siedler an einen anderen Fleck, rodeten Bäume für ihre Felder, die Tiere fraßen sich in den Wald hinein, und die Landschaft veränderte sich. Buchen wuchsen.

Ihr hartes Holz konnte erst mit Eisenklingen geschlagen werden. Durch die Hutewälder lief das Vieh und fraß sie kahl, Köhler rodeten großflächige Areale, Waldarbeiter fällten die schönsten Baumriesen und brachten sie zu den Schneidmühlen. Viele Jahrhunderte trieben Hirten Ziegen und Schafe auf die nun waldfreien Höhen des Hörselbergs. Auf der Apothekerwiese wuchsen Kräuter, und an den Hängen pflanzte man Obstbäume und Wein. Der Wald schwand und wuchs wieder.

Doch die Berge blieben, und im Großen Hörselberg, das wussten die Menschen seit Jahrtausenden, hatten Götter ihren Sitz. In der Venushöhle mit ihrem schmalen, an ein hohes Dreieck erinnernden Eingang lebte Frau Holda, die mit der Wilden Jagd in den Rauhnächten durch die Dörfer fuhr. Gut war es dann, dicht beisammen in den Häusern zu sitzen, während Reisig und Holz im Herd knackten, und einander Geschichten zu erzählen.

Draußen wurde Jahr um Jahr gefaucht und gepoltert, bis die Leute eines Tages Fernseher in die Stuben stellten und Sekt auf den Tisch, um zuzusehen, wie man anderswo ins neue Jahr hineinfeiert. Missmutig zog sich die Göttin tief in die Felsen zurück.

Jetzt, im Herbst, färbt sich das Laub der Buchen. Es geschieht etwas am Großen Hörselberg, und weil wir neugierig sind, lassen wir für uns einen Vogel aufsteigen, sagen wir einmal, eine Krähe. Ja, lassen wir die Krähe fliegen, hoch genug, um auf die Hörselberge zu schauen und das bewaldete Gebiet, das sich südlich von ihnen befindet – den Thüringer Wald.

Die Krähe, die neugierig den Hörselberg umkreist, erspäht im kupferfarbenen Laub einen Mann in einem fleckigen Ledermantel, der den Hang hinaufstapft. Bart und wirres Haupthaar sind grau gesprenkelt. Unter den buschigen Augenbrauen blitzen ein braunes und ein grünes Auge in Richtung des Felsen. Dort erheben sich Wände aus Muschelkalk, und eine Spalte führt in die Tiefe. Junge Buchen wachsen, Trockengewächse halten sich im rissigen Kalk. Die Höhle ist mit einem stabilen Gitter verschlossen. Es regnet. Der Mann klopft mit einem weißen Stock an die Eisenstangen. Fledermäuse flattern aus dem Felsloch.

WILDER REITER: So verkrochen?

FRAU HOLDA *(von innen)*: Lassen Sie mich, Eckart. Ich schlafe.

WILDER REITER: Es wird Zeit. Ein Spiel. Ein Schabernack. Ein kleines Geschenk.

FRAU HOLDA: Die Menschen sind reich geworden. Kein Kräuterweib mehr, kein Buckelapotheker.

WILDER REITER: Ich höre sie klagen.

FRAU HOLDA: Das ist nicht wie früher, wo ich mit meiner Hollerrute

– pling! – und sie freuten sich über ein paar Münzen wie Könige über ein erobertes Land.

WILDER REITER: Da unten gibt's eine Hochzeit.

FRAU HOLDA: Wirklich? Sie heiraten wieder?

WILDER REITER: Und wie. Gäste über Gäste.

FRAU HOLDA: Glückliche und unglückliche.

WILDER REITER: Ich rieche seltsame Wünsche. Kommen Sie.

Frau Holda kommt hervor, schiebt dabei die Eisenstäbe zur Seite, als wären es die Schnüre eines Perlenvorhangs. Sie ist eine große schöne Frau, nicht alt, nicht jung, trägt ein fußlanges Kleid mit einem nicht mehr ganz weißen Mieder.

FRAU HOLDA: Ihretwegen hat sich mal wieder so ein verdammtes Mausohr in meinen Haaren verfangen.

WILDER REITER: Eine Kleine Hufeisennase.

FRAU HOLDA: Ach? Egal. Ziehen Sie mir das Ding raus.

WILDER REITER *(zerrt die Fledermaus aus ihren Haaren)*: Und?

FRAU HOLDA: Mir ist eh ein bisschen …

WILDER REITER: Langweilig?

Die Kleine Hufeisennase trudelt befreit davon. Umgeben von Fledermäusen machen sich die beiden auf den Weg. Frau Holda bückt sich hin und wieder, während sie über die Wiese wandern, und pflückt Schafgarbe und Kerbel, die sie zu einem Kranz windet. Wie sie so gehen, sehen sie aus wie zwei entlaufende Schausteller eines Mittelaltermarktes.

REGEN

Miameide – steht auf der Heide –
Hat ein grün's Röcklein an.
Sitzen drei schöne Jungfern daran.
Die eine schaut nach vorne,
die andre in den Wind.
Das Weibsbild an dem Borne
hat viele, viele Kind …

Volksweise

Es regnete heftiger. Paula wusste, dass es tagelang nicht aufhören würde. Früher, erinnerte sie sich, rauschte solch ein Regen in den Bäumen, tröpfelte die Scheiben hinunter, klopfte auf das Schieferdach. Das Haus wurde feucht, der Ofen in der Küche bullerte, und sie hockte vor den kleinen verrußten Glasfenstern auf einer Decke, Püppchen um sich oder später ein Buch auf den Knien, der Vater werkelte draußen herum, an einer verstopften Regenrinne vielleicht. Irgendwo drang immer Wasser ein, nur jetzt nicht, der alte Opel war dicht, die Scheibenwischer tickten regelmäßig, schoben eine halbrunde Fläche frei, durch die man in das unaufhörliche Fließen ringsum sehen konnte. Sie entdeckte das Schild – *Hotel Waldfrieden*. Jetzt rechts hoch, sagte sie zu Max.

Dann rumpelten sie die mit Schotter bedeckten Serpentinen hinauf. Das, was von den tickenden Scheibenwischern aufgerissen wurde, war grün und so voll Wasser wie ein veralgter Fluss: von unten gesehen, gegen ein schwaches Licht.

Tiefhängende Zweige streiften das sich langsam hinauf kämpfende Auto – und plötzlich sprang etwas vor ihnen auf. Sie erkannten den Umriss eines geduckt über die Straße laufenden Mannes. Eine Ladung Schlamm spritzte an das Seitenfenster. Paula zuckte weg, sah, während das braune Wasser in schrägen Schnüren die Scheibe hinunterlief, in das bärtige, dunkle Gesicht des Mannes, der sie ebenfalls anstarrte. Seine Faust krachte gegen ihre Fensterscheibe. Er grinste. Verschwand nach rechts in den Wald wie ein Tier.

Idiot! Waldschrat!, brüllte Max und lenkte das Auto in die nächste Kurve, während sie noch das Grinsen vor sich sah, den grauen Mantel wie Wildschweinfell, nicht klarkam mit dieser Szene. Wildschweinmann, dachte sie und war verwundert über den zivilisierten Parkplatz mit weißen Kugelleuchten und Schotter.

Max stellte den Motor ab und sah sie an: Aufgeregt?

Sie nickte wie ein Kind, wurde aber sofort wütend auf sich und fragte zurück: Und wie geht dir? Als Kuppler?

Er lachte: Ich liebe es, zu experimentieren.

Das Hotel war ein großes Fachwerkhaus, behäbig mit seinen Gauben und der Holzveranda an der Seite. Die Stufen zum Eingang waren durch ein Vordach geschützt. Dann erschrak sie. Johannes stand darunter, die Hände in den Hosentaschen, die Brillengläser vom kühlen Regen beschlagen.

Max riss die Wagentür auf und rief in den Regen: Ein Scheißwetter zum Klettern! – Er hängte sich seinen verbeulten Mantel über die Schultern und stieg aus dem Auto.

Johannes nahm den riesigen Schirm, den er an einen Pfeiler gelehnt hatte, spannte ihn auf und näherte sich wie ein hinkender absonderlicher Hoteldiener.

Die Herrschaften haben ein Zimmer bestellt? – Er hielt den Schirm über sie. Sie versuchte ihm in die Augen zu blicken, doch seine beschlagene Brille hinderte sie daran. Sie sah nichts als den riesigen Mund eines Clowns.

Doppelzimmer!, schrie Max von der anderen Seite des Autos. Eines für die Gefährtin meiner Reflexe und eins für die Gefährtin meiner Reflexionen.

Bei den letzten Worten warf er einen kurzen Seitenblick auf Paula. Sie versuchte zu lächeln.

Wo ist denn die Gefährtin Ihrer Reflexe?, fragte Johannes.

Dienst, brummte Max. Dienst ist Dienst, und Schnaps ist Schnaps. Maria kommt heute Abend mit dem Zug.

Johannes warf sich Paulas Reisetasche über die Schultern und stapfte zum Hotelvordach. Sie ging so fremd neben ihm her, als wäre er tatsächlich irgendein Angestellter.

In der Halle warf ein Kronleuchter ein sparsames Licht auf das Parkett, die Holzpaneele, die dunkelroten Tapeten, den Stuck. Das scheußliche Wort *parketterfahren* fiel ihr ein. Die feine alte Frau, die im Licht eines grünen Lampenschirms am Empfang saß, war bestimmt schon vor siebzig Jahren als alte Dame im Miniaturformat geboren worden – mit weißen, sorgfältigen Löckchen und einer tadellosen, schneeweißen Säuglingsausstattung. Ihre Bluse, die vom Lampenschirm unterwassergrün beleuchtet wurde, schimmerte über dem glänzenden Holz der Theke.

Durch ein Fenster fiel schwach blaues und rotes Licht auf das Parkett. Die alte Dame faltete die Zeitung, die unter dem Lichtkegel der Tischlampe gelegen hatte, zusammen.

Todesanzeigen. Ihre Stimme klang amüsiert. In meinem Alter findet man immer mehr Bekannte darunter.

Das klang, als wäre sie in einen Wettbewerb getreten. Wieder war einer gestorben, und Paula war sicher, dass diese Dame gewinnen würde: Weißlockig und souverän, als eine Queen Mum der thüringischen Provinz würde sie alle überleben.

Junger Mann, sie wandte sich an Max, Sie wollen sicher den Zimmerschlüssel.

Paula fror, sie stand abseits und beobachtete, wie die alte Dame, kerzengerade sitzend, agierte. Sie faltete ihre Zeitung zusammen, griff in einen Karton und holte ein Anmeldeformular heraus. Sie kennen das Brautpaar?, fragte sie und lächelte mit ihrem diskret rosa geschminkten Mund.

Ja. Wir sind Freunde. Max sagte das geradezu strahlend. Es klang bei ihm wie bei Schiller: Seid umschlungen, Millionen. Max war ein Freundschaftsbegeisterter, ein Freundschaftsstifter. Paula fühlte sich immer gleich von ihm mitumschlungen.

Oh, von Daniel. Queen Mum lächelte erfreut.

Auch. Wir sind Freunde von Sophie.

Um den rosa Mund bildeten sich eine Menge Fältchen, ihr Lächeln wurde starr. Da halfen auch Max' unsichtbare Millionen nicht mehr.

Sie standen zu zweit, mit dürftigem Gepäck vor dem Tresen, und ihre Beziehungen zum Bräutigam hatten sich als so weitläufig erwiesen, dass Paula sich wie eine Bittstellerin vorkam. Ein Formular für Sie und ihre Freundin genügt, sagte die Dame.

Klar, sagte Max, lächelte erneut und zwinkerte Paula zu. Sie kommt allerdings erst noch.

Schon wieder war die Dame irritiert. Ihr Blick auf Paula wurde misstrauisch. Doch weder Max noch Johannes schienen Lust zu haben, etwas zu erklären. Tatsächlich stand Johannes so weit entfernt, die Hände in den Hosentaschen, als ginge ihn das Gespräch am Tresen nichts an.

Draußen fuhr ein Auto auf den Parkplatz. Warten Sie einen Moment. Die Lady klang ein wenig barsch, während sie energisch, mit klackenden Absätzen die Theke umrundete und durchs Foyer trippelte.

Johannes kam aus seiner Deckung hervor. Er schob die Unterlippe vor und wackelte traurig mit dem Kopf. – Oh, keine Freunde von Daniel, sagte er mit geziertem Tonfall. Da müssen Sie in die Besenkammer.

Die Empfangsdame griff nach einem der riesigen Schirme und lief hinaus. Bleib, um Gotteswillen, unter dem Vordach!, grollte von draußen eine Stimme. Ein Mann sprang aus dem Auto und rannte mit hochgeschlagenem Kragen auf die Dame zu.

Hallo, Gertrud. Er beugte sich unter den Schirm und küsste ihre Wange. Er schaute zu ihnen hin. Ich nehme den mal. Kümmere du dich um die jungen Leute da.

Er nahm ihr den Schirm aus der Hand und ließ sie stehen.

Mit dem Fuß schob sie ein Holzklötzchen unter die offene Eingangstür und eilte hinaus. Liliane! Sie hob ihren dünnen Altfrauenarm und winkte.

Johannes, im Schatten des Empfangs verborgen, winkte wie die Pfefferkuchenhexe aus *Hänsel und Gretel*. Jetzt kommen endlich solide Gäste, sagte er. Weiß Gott, bei diesen Studenten in den WGs herrscht doch Sodom und Gomorra.

Sie lachte, obwohl sie merkte, wie der Satz sie verletzte. Max und Johannes hatten Spaß daran, die alte Dame im Unklaren über ihre Beziehung zu ihr zu lassen, und ihr fiel nichts anderes ein, als beschämt wie eine Zwölfjährige danebenzustehen.

Am liebsten würde sie gleich wieder zurückfahren. Was wollte sie denn hier? Tatsächlich war sie doch überhaupt nicht mit dem Brautpaar befreundet. Sophie war immer mal in der WG aufgetaucht, um mit Max zu schwatzen. Mit Daniel hatte sie im Ganzen vielleicht fünf Sätze geredet.

Eigentlich kannte sie bloß Johannes und Max, den Strippenzieher. Am Vormittag, als sie überhaupt nicht mehr fahren wollte, hatte er bei ihr angeklopft und erklärt, dass er jetzt persönlich ihre Tasche packen werde, wenn sie sich nicht langsam beeilen würde. Sie hatte mit einer Kaffeetasse im Fensterbrett gesessen und auf den Hof hinuntergesehen. Da unten trug gerade der Glaser ein Fenster mit zerbrochener Scheibe in die Werkstatt.

Ich glaub', das mit dem gemeinsamen Zimmer mit Johannes ist keine so gute Idee, hatte sie gesagt.

Hey, *ihr* sollt ja auch nicht heiraten. Wir brauchen dich nachher bei unserem Stück.

Gebrauchtwerden, dachte sie jetzt, ist so ein Scheißargument, das immer funktioniert. Und so war sie vom Fensterbrett geklettert, hatte noch einmal vage gemurmelt: Ich kenne da keinen.

Kinkerlitzchen. Dann lernst du sie kennen! – So einfach war das für Max, der gerade mit großzügigen Buchstaben das Formular ausfüllte. Sie machte einen Schritt von ihm weg und geriet damit näher an Johannes. Als hätte die Bewegung ihn angesteckt, trat er zu den beiden an den Tresen. Ich habe dich schon bei mir mit eingetragen, sagte er.

Der neue Gast holte aus dem Auto noch einem zweiten Koffer und schleppte ihn an die Theke. Er hatte einen eisgrauen Schnauzbart und trug eine abgetragene Lederjacke. Sein Blick, der sie streifte, war finster.

Das leise Schnarchen seiner Mutter und das Ticken der Scheibenwischer machten Thomas dösig. Es war zu warm im Auto. Schon eine ganze Weile war er im Regen hinter dem kleinen alten Opel hergefahren, der in einer stumpfen Farbe gespritzt war, einer Art Durchfallgelb, das ihn an Reparaturlack erinnerte. Wahrscheinlich hielt dieser Reparaturlack das Auto überhaupt noch zusammen. Immerfort sah er auf das Paar, das da vor ihm in dem kleinen Auto fuhr. Den Silhouetten nach mussten sie noch jung sein. *Er* hatte einen verstrubbelten Schopf und *sie* lange braune Haare. Einmal fuhr *er* mit der Hand in dieses braune Haar und rubbelte es.

Thomas hatte keine Lust, sich das Glück dieser jungen Leute anzusehen. Obwohl er es besser wusste, hatte er immer das Gefühl, dass junge Leute nie alt werden mussten. Sie durften immer weiter jung sein und glücklich und alle Chancen haben, die er im Laufe seines Lebens verspielt hatte, bis nur noch ein Weg übrigblieb, und das war gerade der, den er fuhr, zu einer Hochzeit. Als Schwiegervater, dachte er. Das Wort weckte in ihm einen leichten Brechreiz, ein Wort wie ein Knüppel, mit dem man in Zukunft ständig auf ihn einhauen konnte. Besonders Daniel. Daniel hatte das Wort schon mehrere Male Sophie gegenüber verwendet, wenn er dabei war. Dein Schwiegervater oder dein künftiger Schwiegervater, hatte Daniel gesagt und ihn geradezu belustigt angesehen, als hätte er ihn nun endgültig zum alten Sack degradiert. Dabei nannte Sophie sie *Liliane* und *Thomas*, ganz freundlich und selbstverständlich. So eine Sophie hatte Daniel überhaupt nicht verdient. Wahrscheinlich wusste der das auch, denn er wirkte nicht glücklich, eher wie ein Hochstapler. Während Sophie aussah, als hätte sie keine Ahnung, dass sie es mit einem Hochstapler zu tun hatte.

Thomas bummelte herum, damit der durchfallgelbe Opel vor ihm verschwinden würde, so dass er schließlich an einer roten Ampel, an der die vor ihm noch rasch hinübergefahren waren, zum

Stehen kam. Jetzt sah er nur noch die Regenfäden, die die Scheibenwischer unermüdlich zur Seite tickten.

Als die Ampel von Rot auf Gelb schaltete, startete aus der Gegenrichtung ein LKW. Thomas fuhr an. Der LKW blinkte erst jetzt, bog ab, kreuzte die Straße. Thomas bremste scharf, die nasse Fahrbahn ließ ihn auf das Ungetüm zu schlittern. Kurz vor den riesigen Rädern hatte er es geschafft, die Schnauze seines Peugeots schon fast unterm Fahrwerk des LKWs. Die übermannshohen Räder malmten. Tonnen von Eisen wogten. Die Scheibenwischer tickten laut und langsam. So würde der Tod sein, dachte er, das In-die-Länge-Ziehen der Zeit. Er hörte neben sich einen Seufzer. Mit einem Glucksen und dann einem Hüsteln hatte das leise Schnarchen hinter ihm abrupt geendet.

Was ist? Seine Mutter war aus dem Schlaf erwacht.

Nichts weiter. Mechanisch startete er, fuhr los. Die Straße war jetzt wie leergefegt, nur der Regen trommelte. Die Scheibenwischer hatten an Tempo zugelegt.

Der hat uns nicht gesehn. Lillis Stimme klang rau. Thomas legte seine Hand auf ihr Knie. Mehr war nicht zu tun nach diesen Schrecksekunden. Der Tod hatte alberne Einfälle. Auf der Anreise zur Hochzeit ihres Sohns zu Brei gedrückt. Lilli und er … oder nur einer von ihnen. Das ginge überhaupt nicht. Er liebte sie jetzt sehr. Seine ganze Wut von vorhin war weg.

Dennoch blieb es Protzerei, dass Lilli und ihre Cousine Gertrud diesen ganzen Zirkus veranstalten mussten. Das Geschenk einer extraordinären Hochzeit, das sich der Lulatsch mit einer Arschruhe gefallen ließ, war in Wahrheit eine gigantische Geldverpuffung. Nur ärgerte es ihn jetzt nicht mehr. Es rührte ihn sogar. Die lächerlichen Verrichtungen der Menschen. Das, was sie so furchtbar ernst nahmen – und jede Sekunde konnte er auftauchen, Sensenmann, Gerippe mit Hippe. Thomas sah durch das Huschen der Scheibenwischer auf die Straße. Alle würden heil ankommen. Nur verregnet wurde ihnen ihr monatelang vorbereitetes Fest. Wie einfach es damals bei Lilli und ihm zugegangen war. – Weißt Du noch, wie haben ein Picknick auf der Wiese gemacht. Du hattest 'nen Gänseblümchenkranz auf.

Ja, weiß ich noch. Lilli seufzte. Das ist eben heutzutage anders. Es soll wieder *das* Ereignis des Lebens sein.

So viel Geld. So viel Geld, jammerte von hinten seine Mutter.

Du musst es doch nicht bezahlen! herrschte er sie. Er sah im Rückspiegel ihr beleidigtes Mausgesicht. Die dünnen Lippen zuckten. Es ärgerte ihn, dass er mit seiner Mutter einer Meinung sein sollte. War er schon ein solcher Spießer? Nein, er hatte jede Menge vernünftige Gründe, diese Protzerei abzulehnen.

Sieh dir mal die Scheidungsrate an. Ich weiß nicht, wie oft im Leben …

Thomas! Ich bitte dich. Sei froh, wenn alle gesund ankommen und lass mir jetzt die Freude. Und lass sie den Kindern.

Das war es, was ihn gegen Lilli aufbrachte: die Instrumentalisierung von zufälligen Ereignissen für ihre Wünsche.

Ich bin mir nicht mal sicher, ob sich Daniel freut. Der steckt doch alles nur gelangweilt in die Tasche.

Sie haben tagelang an den Einladungen gearbeitet.

Zwei erwachsene Menschen!

Misanthrop!

Tut mir leid. Ich find' das alles – übertrieben.

Sie konnten jetzt immer so weiter streiten. Er kannte Lillis Argumente. Gertrud war Daniels Patentante. Es war ihre Idee gewesen, das Hotel zur Verfügung zu stellen. Sollte sie lieber monatlich etwas überweisen, damit Daniel sein Scheißstudium über die Bühne brachte. Aber dafür war er zuständig. Dieser Sohn hörte nicht auf, ihn zu schröpfen und wurde demnächst dreißig. Mit dreißig war er fast schon zweimal Vater gewesen, da restaurierte er Schloss Hohnberg mit und schrieb in der Nacht an seiner Promotion.

Die Straße war rutschig, erste Blätter lagen auf der Fahrbahn. Das Auto schlitterte wie über einen Seifenfilm. Thomas schaltete einen Gang hinunter, beobachtete im Rückspiegel zwei Lichter, die sich näherten. Da fuhr doch einer viel zu schnell, wollte wahrscheinlich vorbei, der Esel. Die Bremsen des anderen quietschten. Der blieb also doch lieber brav hinter ihm, aber trotzdem viel zu nahe für das Sauwetter. Es schüttete wie aus Eimern. Das war das einzige, was ihm Befriedigung verschaffte, während er mit zusammengekniffenen Augen, die Straße fixierte. Diese Hochzeit würde ihnen verregnet werden. Endlich tauchte das Hinweisschild auf. *Hotel Waldfrieden – fünfzig Meter.*

Gertrud kam mit einem aufgespannten Regenschirm und einem weiteren in der Hand zu ihnen hinaus. Bei diesem Sauwetter! Er fuchtelte mit dem Arm: Bleib drinnen!

Doch sie ging natürlich weiter, konventionell höflich bis zur Idiotie, wie alle Jünger. Er lief zum Heck, zog die beiden Koffer heraus und rannte an Gertrud vorbei zum Hotel. Im Empfang standen drei junge Leute. An dem struppigen Haaren des Typen und den langen des Mädchens erkannte er die beiden vom Auto wieder. Das Mädchen war ganz jung. Die Augen unter der runden Stirn waren schwarz umrandet. So schminkte sich auch seine Judith, vielleicht nicht so auffällig. Sonst war das Mädchen ungeschminkt und sehr blass. Sie sah aus wie eine Schauspielerin aus der Zeit der Stummfilme. Ein Hauch von Tragik. Vielleicht lag es wirklich nur an den Augen. Es waren geradezu Augenlöcher, die ihn fixierten. Und wie in einem alten pathetischen Film waren die beiden Burschen bestimmt ihre Liebhaber, denn so wirkten die drei – körperlich miteinander vertraut, nahe. Aber natürlich musste es viel banaler sein. Nur sein altes lüsternes Hirn wollte sich das vorstellen.

Lilli und Gertrud kamen mit Mutter in der Mitte, die sie halb trugen, so hoch hatten sie sie untergehakt, durch die Tür. Sie kicherten wie ein Paar kleiner Mädchen. Ja, so konnte Lilli auch sein. Das beherrschte sie bis zur Perfektion. Die ganze Familie Jünger beherrschte es bis zur Perfektion. Gertrud war eine geborene Jünger und die älteste Cousine Lillis. Sie begriffen nie, wie lächerlich das im Grunde war. Aber wieso, ich bin doch wie immer, sagte Lilli dann, obwohl sie, wenn er sie eine Weile mit seinem Ekel anstarrte, ihr Verhalten änderte, es schliff sich gewissermaßen wieder in ihre normalen Gesten zurück.

Auch jetzt wurde ihr Lachen leiser, sie setzten seine Mutter ab, die unnatürliche Umschlingung geriet mehr zu einer leichten Berührung an der Taille. Mutter kam ein wenig breitbeinig auf ihren Alte-Frauen-Schuhen zu stehen und lächelte verlegen zu den jungen Leuten hinüber.

Ich glaube, du hast noch Gäste, Gertrud. Wir können wirklich warten.

Gertrud schaute verdrossen, während sich ihre Stimme zu einem jugendlichen Sopran heraufschraubte: Ich hätte Sie fast vergessen, meine Lieben. Dabei brauchen Sie doch nur noch einen Schlüssel.

Mit klackenden Schritten ging sie zum Schlüsselbrett, hakte einen Schlüssel ab und drückte ihn einem Jungen in die Hand. Ungeduldig, als verscheuche sie einen Trupp Hühner, der es geschafft hatte, in die Empfangshalle zu dringen, winkte sie mit der Hand.

Die drei sahen sich kurz an. Thomas ahnte, dass sie sich amüsierten. Es geht euch nichts an, wie meine Familie ist, dachte er. Verschwindet endlich.

Das taten sie auch, warfen sich ihre Rucksäcke über die Schultern und gingen, das Mädchen zwischen ihnen. Obwohl sie alte Turnschuhe trug, war ihr Gang sehr weiblich. Sie hatte die Hände in die Hosentaschen gesteckt. Ihre Füße liefen eine unsichtbare Linie entlang, so dass die Hüften schwingen mussten. Man hätte ihr ein Seil spannen können und sie wäre leicht darüber gelaufen.

Gertruds Unmut war verflogen: Wo ist denn meine kleine Judith? *Meine kleine Judith*, was für eine verlogene Formulierung. Seine Tochter war vierundzwanzig und fast eins achtzig groß. Er hatte es satt, Konversation mit Lillis Cousine war die Hölle, deshalb erklärte er, dass er sich eine Stunde ausruhen wolle. Sie schob ihm einen Schlüssel hinüber: Mein zweitschönstes Zimmer. Das Schönste kriegt natürlich das Brautpaar.

Mit demonstrativer Fürsorge hakte sie seine Mutter ein: Für dich habe ich gleich unten ein schönes Einzelzimmer. Mutter sandte ihm einen erschrockenen Blick zu. Doch er konnte keine Geduld mehr für sie aufbringen. Wahrscheinlich wollte sie ohne Unterbrechung bespaßt und betreut werden. Das hielt er nicht aus: Geh nur. Wir sehen uns zum Mittagessen.

Lilli formte mit ihrem Mund irgendein lautloses Wort für ihn: Banause? Laus? Faul?, nahm Mutters kleinen Koffer und ging hinter den beiden her.

Während Thomas die eigenen Koffer zur Treppe rollte, hoffte er, dass ihr Zimmer nicht neben dem vom Daniel und Sophie lag. Neben den beiden zu schlafen, während sie Hochzeitsnacht hatten, ginge überhaupt nicht. Die Vorstellung, dass sein Sohn ein geschlechtliches Wesen geworden war, wollte er besser nur rein abstrakt erwägen.

Auf dem Treppenabsatz wischte eine kleine rundliche Frau mit Jogginghosen den Fußboden. Es war Bea, das Bärchen, die sofort zu strahlen begann und mit einem Quieken den Wischmopp fallen ließ. Beinahe hätte er sie nicht erkannt, weil ihre blonden Haare von einer Provinzfriseuse zu einer furchtbaren Lockenmähne zugerichtet waren. Bea umarmte ihn. Sie kuschelte sich an ihn und er streichelte über ihr Haar. Dann schaute sie hoch. Er sah in das liebe Gesicht mit den schmalen Augen: Ich darf mit zur Hochzeit. Guck mal, meine neuen Haare.

Sie fuhr mit ihren Händen unter ihre scheußliche Frisur, drehte sich, klein und rund wie sie war, ein Kind von Mitte dreißig, mehrmals um sich selbst.

Toll, Bärchen, sagte er, die Lilli ist auch unten …

Beas Gesicht verklärte sich noch mehr. Sie ließ ihn stehen und stolperte in ihren Pandabär-Puschen die Stufen hinunter.

Gertrud hatte in ihr eine billige Putzfrau – und weil sie da sparte, konnte sie Daniel die Hochzeit spendieren. Und er ließ es zu, hatte überhaupt keine Lust, sich da einzumischen, das verlogene Gerede vom Familienanschluss zu entlarven.

Im Zimmer war leise das Geräusch des Regens zu hören und dazwischen das Knacken und Gurgeln der Heizung. Der nahe Wald tauchte den Raum in ein grünes Licht. Es war warm und still hier. Thomas öffnete die Balkontür, trat hinaus und sah auf die Terrasse hinab. Tische und Stühle waren unter Plastikplanen versteckt, auf denen gelbe Blätter klebten. Die Blütenbüschel des Oleanders, der in Kübeln wuchs, schaukelten im Regen. Seitlich, halb hinter Buchsbaumsträuchern versteckt, leuchtete das kalte Türkis des Schwimmbeckens. Zwischen den grünen und gelben und rauchgrauen Farben der verregneten Mittelgebirgslandschaft kam ihm das Türkisblau des Beckens unwirklich vor, absurd wie ein im Wald gelandetes Raumschiff, aus dem eine Spezies intelligenter wässriger Wesen stieg, die kurz vor dem Gefrierpunkt leben.

Fröstelnd ging er in das Zimmer zurück und legte sich auf das Bett. Im Spiegel, der im Schrank gegenüber eingelassen war, musste er sein Gesicht ansehen: müde, alt, mit Tränensäcken und einem hängenden Schnauzbart. Er trug den Schnauzer schon so lange, dass er gar nicht mehr wusste, wie er ohne ihn aussehen würde. Der Bart war mit den Jahren immer struppiger und grauer geworden wie das Fell eines Rauhaardackels. Lilli meckerte immer mal wieder gegen seinen Schnauzbart. Er sähe damit wie preußischer Wachtmeister aus.

Aber ihm gefiel sein Schnauzer. Am liebsten hätte er ihn so lang wie Nietzsche in seinen letzten Jahren wachsen lassen. Andere versteckten ihre Augen hinter Sonnenbrillen und er seinen Mund. Mit so einem Schnauzer brauchte er nicht höflich zu lächeln und verbarg sein Grinsen, das meist ironisch war. Auch morgen, während irgendwelche Leute Hochzeitsfotos schießen würden, würde ihm der Bart erlauben, stoisch zu gucken. Weiß Gott, etwas anderes blieb ihm sowieso nicht: Stoizismus und hin und wieder ein Bier.

Schwere breitete sich in ihm aus, ihm war, als müsse er noch immer durch das Ticken der Scheibenwischer hindurch auf die Straße starren. Vor sich, auf ihrer weißen Markierung, als liefe sie auf einem Seil, sah er das Mädchen – er hatte Angst, dass sie hinunterfiele – denn jetzt lief sie schon ganz hoch, über den Wipfeln der Bäume hinweg mit ihrem leichten, tänzelnden Schritt.

Eine kleine dicke Frau wischte die Treppe, ließ sie vorbei und lächelte. Paula konnte dies strahlende Lächeln nicht einordnen.

Gut'n Tach! Ihre Stimme klang hell und kindlich. Während sie weiter die Treppe hinaufstiegen, begriff sie, was es war. Die Frau hatte Trisomie 21.

Max und Hannes sprachen noch einmal ihre Szene für den Polterabend durch. Eine Kürzestversion von *Glückliche Tage.* Johannes als Winnie. Er würde Max nachher seine Perücke zeigen. Ein Traum aus Gold und Locken. Sie redeten rasch miteinander, angedeutete Witze wurden mit gemeinsamen Lachen quittiert. Sie genügten sich selbst, und sie hatte zwischen den beiden nichts zu suchen. Warum hatte sie sich bloß von Max beschwatzen lassen? Johannes hatte sich nie wirklich geäußert. Auf ihre SMS, dass sie sich freue, ihn wiederzusehen, hatte er nur ein Smiley gesandt, ein Auge auf, eines zu. Als wäre es ein ausgemachter Spaß, gemeinsam in einem Zimmer zu schlafen.

Die Holztäfelung der Wände wurde durch einen grünen Ölsockel abgelöst. Hier oben gab es keine Läufer mehr. Die gebohnerten Stufen führten zu einer schmalen Tür. Dahinter lag der Gang mit den Dachkammern. Johannes öffnete eine Zimmertür, schob Max in den Raum und fragte: Zufrieden damit?

Das Doppelbett füllte fast vollständig die Kammer aus. Durch die ausgebauten Dachfensterchen fiel das trübe Licht des Nachmittags und fing sich noch einmal im Spiegel über einer Kommode. Max brummte was Zustimmendes, warf sich auf das quietschende Bett und sah sie beide forschend an, als wären sie Laborratten. Gut, dass Johannes rasch die Tür zumachte.

Für uns habe ich nur noch ein Einzelzimmer mit Aufbettung erwischt, sagte Hannes und öffnete die nächste Tür. Das Zimmer dahinter war schmal wie eine Besenkammer. Gleich neben der Tür stand ein Beistellbett. Es war so rein und glatt bezogen, als wäre ein erster Schnee darauf gefallen.

Das hinten ist für dich. Ihr Bett stand unter dem Fenster. Schräger Regen trommelte an die kleinen Scheiben und lief in glitzernden Rinnsalen herab. Hannes öffnete die Tür des Schranks, der die Farbe von altmodischem Schlüpferrosa hatte. Als wolle er dass, was er darin erblickte, gar nicht sehen, nahm er die Brille ab und begann die Gläser zu putzen. Seine Hände waren groß und schmal. Vor langer Zeit hatten sie einmal ihr Gesicht gestreichelt.

Er setzte die Brille wieder auf. Sein Blick wich ihr aus. Auf den geöffneten Schrank weisend, sagte er: Die Hälfte ist für dich. Seine Jacke hing auf einem Bügel, ein paar Wäschestücke waren in die Fächer gestapelt.

Sollte sie jetzt wirklich ihre Sachen dazulegen, als ob sie zusammengehörten? Diese männlichen Klamotten erschreckten sie. Die Wäsche gemeinsam in einen Schrank zu tun, hatte nur etwas mit den gleichgültigen Schamlosigkeiten einer Ehe gemein. Mit Unterhosen kontrollierenden Frauen und weißem Ripp, der über feiste Bäuche gezogenen war.

Johannes schlug die Schranktür zu. Ich geh' mal zu Max rüber.

In die Tür war ein Spiegel eingelassen, und sie sah Hannes aus dem Spiegelbild laufen. Zu dem weglaufenden Spiegelbild konnte sie leichter reden als zu dem richtigen Johannes: Ich bin ziemlich aufgeregt.

Da lachte er kurz und drehte sich zu ihr um: Und ich erst. Fühl mal mein Herz, wie das schlägt. Er nahm ihre Hand und legte sie sich auf den Brustkorb.

Paula spürte das mächtige, bewegte Auf und Ab des Herzmuskels. Heftig, sagte sie.

Unverhältnismäßig, sagte er und drückte sie an sich. Sie sog den Geruch seiner Haut ein, die letzten Partikelchen eines vor Stunden verdunsteten Rasierwassers, spürte seine Hand wie ein warmes Tier an ihrem Nacken.

Normalerweise habe er ein vollkommen langsam schlagendes Marathonläuferherz, murmelte er, während ihre Hand still auf seinem Brustkorb lag. Dann schob er sie sanft zurück und verließ das Zimmer.

Sie trug die Reisetasche zum Bett. Über ihr kreiselte der Regen, lief die Scheiben hinunter. Im gusseisernen Heizkörper gurgelte das Wasser. Aus der Reisetasche holte sie die Marionette *Armer Hans* heraus. Sie hatte einen tragischen Pappmaché-Kopf mit Fledermausohren geformt, eine Drahtbrille gebogen. Große bleiche Hände und Füße aus Pappmaché lugten aus den Stoffröhren der Arme und Beine, die sie sie am Holzkreuz des Körpers befestigt hatte, über das ein Hemd aus schwarzem Stoff und eine graukarierte Hose gezogen war.

Paula hatte sie Johannes zum Geburtstag schenken wollen, doch er hatte sie gar nicht eingeladen.

Komm doch mit, hatte Max gesagt.

Nein, vielleicht hat er ja eine neue Freundin.

Davon weiß ich nichts.

Dann bist du eben mal nicht so gut informiert.

Bin ich immer. Wir haben doch gewissermaßen schon in dieselben Windeln geschissen.

Sie bewegte das Holzkreuz und ließ *Armer Hans* ein bisschen über den Fußboden laufen. Er marschierte ein paar Schritte am Bett entlang, hob dann die Hand und winkte. *Armer Hans* sah sehr melancholisch aus.

Seit sie mit Max in der WG wohnte, erzählte er von seinem besten Freund. Schon Mutterbauch an Mutterbauch hätte man einander zugeboxt. Und dann wären sie mit einem Unterschied von drei Wochen geboren wurden. Verdammt einsame Wochen, hatte Max gesagt und gegrinst, bis dieser Kerl endlich draußen war. Die Mütter waren Freundinnen und so seien sie stets gemeinsam mit den Kinderwagen losgezogen. Im Sandkasten hätte ihm Johannes seinen roten Plastikeimer auf den Kopf gekloppt, weil wiederum er, Max, ihm das gesamte Spielzeug geklaut hatte und Johannes wenigsten seinen Eimer behalten wollte. Nachdem die Eigentumsfrage geklärt gewesen sei, hätten sie sich wieder prächtig verstanden. Max und Hannes oder Max und Moritz, worüber sich insbesondere Johannes geärgert habe. Bis zum Abi waren sie immer zusammen gewesen, und nun gäbe es immerhin eine SMS, eine Mail, eigentlich jeden Tag – aber schöner war es, wenn sie sich wirklich träfen.

Zu Max' Geburtstag in der WG war dieses Phantom wirklich angereist. In allen Räumen war Party, auch in Paulas. Sie hatte sich nicht zurückziehen können, obwohl sie viele von Max' Freunden nicht kannte. Der studierte ja auch vier Semester über ihr, und sie wohnten noch nicht lange zusammen. So lehnte sie schüchtern am Türpfosten, blickte auf die Tanzenden in ihrem Zimmer, schlich in die Küche.

Da saß einer auf dem Sofa. Seine blonden Haare hingen ihm wirr ins Gesicht. Er putzte seine Brille mit dem schmuddeligen Küchenhandtuch und setzte sie wieder auf. Dann sah er sie an: Du bist also die berühmte Paula Tanner.

Und du der berühmte Johannes Lenz.

Er lachte und rückte ein Stück zur Seite. Max gibt immer mächtig an mit seinen Freunden, sagte er, und sie setzte sich neben ihn. Er schob ihr seine Flasche Bier hinüber. Sie trank und wusste, dass der Abend schön werden würde. Als sie Johannes die Flasche zurückgab, hielt sie die so schräg, dass Bier auf seine Hose kleckerte. Er lachte schon wieder: Normalerweise bin ich es, der kleckert. Aber Max hat dich mir schon als eine berüchtigte Kleckerin beschrieben –

Und Umwerferin.

Er nickte wie einer, der Bescheid weiß.

Und Auf-die-Füße-Treterin.

Dann tanzt du sicher genauso mies wie ich.

Noch schlechter.

Na, das müssen wir erst einmal ausprobieren.

Hannes hopste um sie herum, und sie lachte. Ihr Fuß landete unter seinem oder auch mal umgekehrt. Sie fingen an, sich zu treten und nannten es Schuhplattler. Mit ihren herumrudernden Armen hätte sie ihm fast die Brille heruntergerissen. Er lachte noch heftiger: Vorsicht Glas!

Sie tanzten einen Pseudotango, fassten sich an den Händen und sprangen wie Kinder umher. Im Flur tranken sie aus einer Bierflasche. Die ganze Zeit hielten sie sich an der Hand. Max kam und umarmte sie beide, drängelte sich in ihre Mitte. Er war schon ein wenig angetrunken.

Das ist mein berühmter Freund Johannes Lenz. Meine berühmte Mitbewohnerin Paula Tanner.

Die weltgrößte Tassenumstoßerin, sagte sie.

Na, fragte Hannes, und ich?

Die eine hält den Rekord bei den Frauen und der andere bei den Männern.

Sie waren zufrieden, standen zu dritt eng umschlungen und redeten immer weiter. Die ganze Zeit hielt Johannes ihre Hand fest. Später wurden auf einem Laptop Fotos vom letzten Urlaub gezeigt. Max und Hannes in Prag. Neben Max Maria und neben Hannes eine Manu.

Ist das deine Freundin?

Ja. Hannes drückte ihre Hand und lachte. Sie lachte auch. Es war komisch, dass Hannes eine Freundin hatte und dabei ihre Hand hielt. Es war komisch, so eng neben ihm zu stehen, als ob sie seine Freundin wäre. Es war ein Spiel, zu dem Bier getrunken wurde. Sie tanzten wieder. Diesmal ganz nah beieinander.

Es war schon Morgen. Es gab keine Musik mehr und keine Gäste. Sie standen in ihrem Zimmer. Die Sonne schien ihr ins Gesicht, sie blinzelte.

Du bist schön.

Schön doof, wollte sie sagen und lachen. Aber ihr passierte das Gegenteil. Er wischte ihr die Tränen mit einem Taschentuch weg und sah dabei selbst immer trauriger aus. Irgendwann lachten sie wieder, ganz leise diesmal. Als sie im Bett lagen, wollte sie seine Hände nicht haben. Er hatte eine Freundin. Da hörte er auf, hielt nur ihre Hand, und so schliefen sie ein.

Nun wollte er lieber im Beistellbett schlafen. Die Tropfen rannen in blinkenden Schnüren an der Fensterscheibe hinunter. Der graue Himmel drückte gegen die Fensterscheibe. Draußen waren Wasser und Himmel eine einzige wüste Masse. Hier drinnen war alles geschieden. Das Bett unterm Fenster, der rosafarbene Schleiflackschrank und das Gurgeln in den Rohren der Heizung. Das Vermischte draußen und das Geschiedene im Zimmer, beides tat ihr weh. Sie ließ die Marionette in sich zusammensacken. Es blieb nicht viel – ein Häufchen Stoff und Pappe. Das packte sie zurück in die Reisetasche und schob sie unter das Bett.

Thomas musste eingedöst sein, setzte sich mit einem Ruck auf und sah schon wieder diesen alten Sack im Spiegel. Eisgrauer Seehund mit Oberbauch Der wuchs jedes Jahr ein bisschen, obwohl er zur Arbeit mit dem Rad fuhr. Er wolle fit bleiben, sagte er sich, wenn er auf das Fahrrad stieg. Zumindest den Verfall verlangsamen. Die letzten zehn Jahre waren so schnell vergangen. Doppelt so schnell wie die zehn Jahre davor – und auch da war die Zeit gerast. Ab Mitte dreißig hatte sie eingesetzt, die Routine des Vorbeihastens. Die Substanz dieser letzten zwanzig Jahre fiel in sich zusammen. Schnee, der zu einem winzigen Etwas schmilzt, schmutzig und mit ein paar Steinchen drinnen.

Er schaute im Nachtschränkchen nach, ob jemand ein Buch vergessen hatte. Er hatte keines mit. Las ja überhaupt zu wenig und wenn, dann Sachbücher. Bevor sie in einen längeren Urlaub fuhren, ging er jetzt immer an Lillis Regal und suchte sich ein Buch aus. Da standen hauptsächlich Krimis. Psychologische, wie Lilli sagte. Ansonsten las er seine Fachzeitschriften und Wochenzeitungen. Er hätte jetzt gern irgendeinen alten *Spiegel* gefunden. Aber im Schub lagen nur eine Bibel und ein buntes zerfleddertes Heftchen: *Die Gärtnerin vom Süderhof.* Das war das letzte, was er finden wollte, und so schob er rasch die Schublade zu. Wenn es wenigsten ein Porno gewesen wäre. Er hätte ein paar Blicke auf all das pralle feilgebotene Fleisch geworfen. Allerdings Lilli – er stellte sich vor, wie er in einer viel zu raschen Bewegung das Heft zurück in den Nachttisch stopfen würde. Sie würde natürlich nichts sagen. Nur wenn er später vom Klo käme – ihr kühler und gleichsam resignierter Blick: Männer sind halt so.

Sie hatten das schon tausendmal geklärt. Das feste Fleisch, Hüftschwung und volle Lippen. Das Fortpflanzungsprogramm schon lange vor *Homo sapiens* installiert. Keiner kann dem entgehen. Vielleicht ein paar uralte Wüstenväter, und auch die wurden zuzeiten von verwilderten Träumen heimgesucht.

Aber er hatte hier nur die Bibel und die *Gärtnerin vom Süderhof.* Gewissermaßen als weibliches Komplementär zum Porno, wollte er Lilli sagen. Ein paar langweilige Komplikationen, und dann kommt das ehrliche Mädchen zu Kuss und Ehe, die gute, treudoofe Seele. Aber ich les' doch so'n Zeug nicht, würde sie verärgert sagen.

Er sehnte sich nach einer Zeitung. So etwas gab es doch sicher unten. Er müsste nur einmal aufstehen. Aber unten lauerte Gertrud. Vielleicht noch immer eng mit Lilli umschlungen. Oder sie umschlangen sich nur, wenn neue Gäste eintrafen. Der Beobachter verändert das Objekt seines Beobachtens. War er der Beobachter, gab es die Vorführung des affektierten Lachens für ihn?

Nur mit Gertrud lachte Lilli noch so, dass er sie nicht ertrug. Die Mundwinkel zogen sich falsch hinauf, der Ton aus der Kehle heraus war zu laut. Dieses zu hoch eingestellte Lachen. Es hatte ihn gleich abgeschreckt, als er sie kennenlernte. Da hatte sie eigentlich nur so gelacht. Nur hatte er da noch nicht gewusst, dass es ihr falsches Lachen war. Das Gesellschaftslachen, das sie ohne innere Fröhlichkeit erzeugen konnte. Ein hohes melodisches Hahaha!, ein Koloraturgelächter.

Und doch war es wiederum genau das, was ihn angezogen hatte. Die Geschlechter von Pfarrern und Ärzten vor ihr. Das bildungsbürgerliche Nest, aus dem sie gekrochen war. Seine Mutter war eine von irgendwem im Krankenhaus geschwängerte Krankenschwester gewesen. Eine Frau mit einem Putzfimmel und am Ende ihrer Berufsjahre mit einem Hass auf die Patienten, eine nicht dumme, aber in ihren kleinbürgerlichen Ansichten durch und durch beschränkte Frau, für die er sich, seit er zwölf oder dreizehn war, nur noch geschämt hatte.

Inzwischen war sie klein und dürr wie ein verschrumpeltes Insekt, rannte mit dem Staubtuch durch die Wohnung, obwohl sie nicht mehr viel sah, und schimpfte auf die Wiedervereinigung, so wie sie früher auf die DDR geschimpft hatte. Sie beklagte sich über ihre Rente, über die ständig steigenden Preise, über die Ausländer. (Man ist ja seines Lebens nicht mehr sicher!) Er langweilte sich unglaublich bei ihr. Sie tat ihm leid. Er legte ihr Geld auf den Tisch, das sie beleidigt abwies. Er fragte sich, auf welche Weise er mit diesem heuschreckenähnlichen, übellaunigen Wesen, das bald sterben musste, verwandt sein sollte. Es schien ihm völlig absurd, dass er, ein ausgewachsener, älterer Mann, einmal aus ihrem faltigen Bauch gekrochen sein sollte. Aber auch sie war einmal hübsch gewesen, das bewiesen die Fotos – rundlich, glatt, süß, begehrenswert für den Mann, der sein Erzeuger geworden war. Alles ist Windhauch, *Buch Kohelet*. Sollte er jetzt doch in der Bibel lesen? Doch nun waren Schritte im Flur: Lillis.

Sie hatte eine tiefe Falte auf der Stirn, als sie eintrat. Der Mund war ganz schmal. Der Speisesaal ist zu klein, sagte sie. Ich hatte ihn größer in Erinnerung. Und Dani ist noch nicht da. Die wollten doch jetzt kommen. Wir müssten überlegen, wo alle sitzen. Die Kärtchen aufstellen.

Wir haben noch den ganzen Nachmittag, beschwichtigte er sie.

Achtzehn Uhr geht der Polterabend los. Ihre Stimme klirrte.

Es muss gleich nach dem Mittagessen umgeräumt werden. Vielleicht brauchen wir noch Tische. Ich habe gar nicht gewagt, das Gertrud gegenüber anzusprechen. Die redet immerzu von ihrem alten Silberbesteck, dass sie wieder benutzen will. Das hat sie schon wochenlang geputzt …

Lilli setzte sich auf ihre Bettseite und zog die Schuhe aus. Ging auf Strümpfen zum Fenster: Es hört nicht auf zu regnen. Dann müssen alle in dem kleinen Raum bleiben. Ich habe mir das so schön vorgestellt, wie wir auf der Terrasse sitzen. Oder ein paar Schritte in den Wald machen.

Lilli, es ist nicht deine Hochzeit.

Manchmal frage ich mich, ob du Dani … ob du ihn überhaupt liebst?

Was ist denn das für eine Frage? Thomas schluckte seine Vorwürfe hinunter. Dass sein Herr Sohn sich mal wieder verspätete. Dass dieser Egozentriker alles mit der größten Selbstverständlichkeit einsteckte, was sie ihm zuschoben.

Doch Lilli hatte schon die Balkontür geöffnet und war hinausgetreten. Ins Nasse. Auf Strümpfen. Sie zog die Tür hinter sich zu. Und nun war nur das Gurgeln in der Heizung zu hören.

Liebte er Daniel? In diesem Moment wohl nicht. Thomas wollte nicht mehr so schräg und träge im Bett sitzen. Mit einem Ruck stand er und begann im Zimmer umherzugehen.

Konnte man jemanden lieben und gleichzeitig so genervt von ihm sein? Er hatte den Eindruck, dass Lilli, anders als er, eine Gesamtschau auf Daniel hatte. Das Baby, den kleinen schüchternen Jungen meinte sie immer mit, während ihm offensichtlich die Fantasie dafür fehlte. Was er sah, war der erwachsene Daniel, schlank, nervös, gutaussehend. Er hatte Manieren und offensichtlich auch Talent.

Was reizte ihn an seinem Sohn?

Aus welchem Grund war er so genervt von ihm?

Weil Daniel sein Geld verbriet, weil er ohne Ende studierte, erst Lehramt für Kunst und Literatur und dann Malerei, das brotlose Fach, vor dem er Daniel nur gewarnt hatte.

Der ließ es sich gut gehen, während er, der Vater, knuffte, für diesen Sohn mit, den er nicht loswerden konnte, der an ihm hing wie ein Blutegel, den man nicht abbekam, so dass man befürchten musste, dass er niemals vollgesaugt sein würde.

Hatte Daniel schon einmal ein Bild verkauft? Würde er es je tun? Thomas kannte etliche dieser so genannten Selbstständigen, die von den Steuerzahlern ausgehalten wurden. Ja, ein paar von ihnen waren leidenschaftliche Künstler. Aber Daniel? War der zäh genug, all die Misserfolge, die Arme-Leute-Existenz auszuhalten? Und nun hatte er zu allem Überfluss auch noch ein Kind gezeugt, das er nicht ernähren konnte. Es würde einen Kinderwagen brauchen, ein Bettchen, ein Kinderzimmer. Die jungen Eltern hatten ja nichts. Er würde hergeben müssen.

War er schon so ein alter Knochen, dass er sein Geld horten musste? Geld als Lebensersatz, weil er nicht mehr lebte? Nur arbeiten, schlafen, ein bisschen regenerieren, damit er weiter funktionierte.

Ja, es fiel ihm immer schwerer, neun, zehn Stunden im Amt zu sein. Sitzungen, Tagungen, Einweihungen, Lokaltermine. Er war seit acht Jahren Amtsleiter, und es hatte ihn beflügelt am Anfang. Er hatte tatsächlich den Laden umkrempeln wollen. Aber die Menschen ließen sich nicht umkrempeln. Und der öffentliche Dienst war ein bisschen wie die DDR. Da nicht das Damoklesschwert der Arbeitslosigkeit über ihnen hing, interpretierte jeder seine Auffassung von Arbeit anders. Jeden Morgen, wenn er kam, saß die Meier schon da, hatte zwei Stunden nichts getan, um später pünktlich um halb zwei abzuhauen. Niemals bereit, für einen Notfall auch nur eine Minute länger zu bleiben.

Dann Mops Pankow, die Schlaftablette, und das Gezerre mit der Richter-Welsch um Kompetenzen.

Wie oft war er gescheitert, eine Skulptur, einen Altar zu schützen, weil sie falsch aufbewahrt worden waren, weil der Museumszirkus sich drehte und alle Originale wollten. Und diese fragilen Pergamente, Kruzifixe, Stoffe, Reliquiare durch ganz Europa geschleppt wurden. An dieser Stelle war er steckengeblieben, mehr war nicht drin.

Weil es so mühsam geworden war, wollte er sich belohnen, wollte sich verwöhnen lassen. Von Kellnern am Abend. Von den Handwerkern, die ihm den Wintergarten bauten für sein Dösen in der Sonne, wenn es zu kalt war im Garten. Ein Stück Arkadien zu Hause. Keinen Handschlag mehr, wenn er das Amt verließ. Auch für Lilli das alles. Sie hatten doch so lange schon alles gemeinsam gelebt.

Aber Lilli grollte gerade, ließ sich draußen nassregnen, damit sie ihm zeigen konnte, was er für ein Arschloch sei. Er riss die Balkontür auf.

Komm doch wieder rein. Willst du mit 'ner Lungenentzündung zur Hochzeit?

Sie drehte ihm ihr Gesicht zu. Die Augen waren rot, und die Nase wirkte geschwollen. Das war ihr Vorwurfsgesicht, das er ebenfalls nicht mehr ertrug. Er wollte versöhnlich klingen.

Wir brauchen vielleicht keine Tische. Ein paar Stühle treiben wir noch auf. Dann müssen alle ein bisschen enger sitzen. Das geht doch. Wir sind doch noch nicht so alt, dass wir nicht improvisieren könnten.

Lilli stand unbewegt weiter draußen. Er nahm ihre Hand. Komm. Du bist doch schon ganz kalt.

Sie senkte den Kopf.

Liliana, bitte.

Da klopfte es heftig an die Tür. Die Kinder! Lilli huschte an ihm vorbei. Auf Strümpfen, leicht wie eine Katze, lief sie zur Tür.

Da standen Sophie und Daniel. Lilly zog sofort Daniels Kopf zu sich herunter. Das machte sie, seitdem er mit fünfzehn in die Höhe geschossen war – und seit dieser Zeit war es ihm unangenehm. Sie küsste ihn auf die Wangen.

Daniel wich ihr aus: Puh. Kommen wir aus dem Regen oder du?

Lilli lachte: Ach, ich war auf dem Balkon. Ich *musste* einen Blick auf den Wald werfen.

Hinter Daniel trat Sophie durch die Tür. Sie guckte neugierig ins Zimmer. So wie sie, klein und rundlich-zierlich, neben Lilli stand, fiel es Thomas wieder auf, dass sie derselbe Typ waren. Alles, was ihm früher an Lilli gefallen hatte, gefiel ihm wieder an Sophie. Alles war sanft und weich und endete in feinen Gelenken, führte zu einer schmalen Taille. Sophie brauchte sich gar nicht zu schminken. Ihre Wimpern waren dicht und ihre Lippen rot. Daniel hatte den Muttertyp gewählt. Lilli musste das auch bemerkt haben, denn sie ging immer sehr nachsichtig mit Sophie um.

Hast du die Autofahrt gut überstanden?

Sophie lachte: Einmal musste ich raus.

Kotzen, sagte Daniel, ich konnte gar nicht so schnell anhalten.

Lilli strich Sophie eine Strähne aus der Stirn: Das gibt sich später.

Sophie kam jetzt auf Thomas zu, stellte sich auf die Zehenspitzen und hauchte ihm einen Kuss an die Wange. Leider bekam er kaum etwas davon ab, nur einen Hauch Haarwaschmittel. Er sagte Hallo, merkte, wie seine nach oben gezogenen Mundwinkel einfroren.

Wir haben's so ähnlich, rief Sophie, herrlich kitschig und mit Flügeltüren zum Balkon!

Tante Gertrud hat uns *persönlich* alles gezeigt. Daniel versuchte alle Ironie, die ihm zur Verfügung stand, mitklingen zu lassen.

Aber eigentlich fand er es völlig selbstverständlich, dass ihm alle die Hochzeit finanzierten, eine überdimensionierte Hochzeit für einen armen Schlucker, dachte Thomas grimmig und sah seinen Sohn an. Der war größer als er, ausnehmend schlank. Niemand hätte geglaubt, dass Daniel einmal ein pummliges Kind gewesen war. Diese runden Wangen auf den Einschulungsfotos, der stramme, vorgeschobene Kinderbauch. Dabei hatte er als Kind eine Atemwegserkrankung nach der anderen gehabt. Mit sechzehn Jahren hatte er dann angefangen zu joggen – und das machte er weiterhin. Deshalb diese Windhund-Figur. Daniel, der ewige Jüngling mit der schwarzen Haarsträhne, die er sich wie ein junges Mädchen ständig von den Augen schütteln musste.

Das Prachtzimmer, sagte Lilli amüsiert, muss ich mir mal ansehen. Sie zog sich rasch ihre Schuhe an, schob ihren Arm unter Sophies und verließ mit ihr den Raum.

Mit Daniel zurückgelassen, wusste Thomas wusste nicht, was er sagen sollte. Deine Mutter macht sich Sorgen, erklärte er. Der Speisesaal ist zu klein. Geh nachher mal mit ihr runter und mach Stellprobe, damit sie beruhigt ist.

Klar. Kein Problem. Daniel sah ihn ironisch an.

Thomas fühlte, wie die Wut in ihm hochstieg: Du hättest ruhig mal eher herfahren können. Warum muss sich um alles deine Mutter kümmern? Schließlich ist das deine Hochzeit.

Aber wir haben doch haufenweise Zeit.

Wahrscheinlich fehlen Tische. Die muss man schließlich besorgen.

Es wird schon nicht so heiß gegessen …

Deine Arschruhe möchte ich haben! Thomas merkte, dass er anfing, laut zu werden. An deiner Stelle wäre ich vierzehn Tage früher einmal hier aufgetaucht, und hätte alles besichtigt und mit Tante Gertrud besprochen.

Du bist aber nicht an meiner Stelle.

Nein, ich bin nicht an deiner Stelle. Ich habe keinen Vater, der mir mein Leben finanziert und keine Mutter, die mir alles in den Hintern bläst!

Ich kann nichts für deine bescheuerte Kindheit.

Ihr werdet doch nicht mal euer Kind ernähren können.

Das lass mal unsere Sorge sein. –

Und die deiner Mutter, nicht? Thomas hörte sich brüllen. Die Sätze kamen wie bei einem Tourette-Syndrom heraus. Er hatte sie nicht mehr unter Kontrolle.

Ein hartes Klopfen an die Balkontür ließ ihn sich umdrehen.

Da saß ein dunkler Riesenvogel auf der Brüstung und äugte in das Zimmer. Das sah aus, als wolle er sich gegen den Lärm verwahren. In unbändiger Wut ging Thomas zum Angriff über, bückte sich und warf einen Schuh gegen das Glas. Das schepperte, als würde es im nächsten Moment zerbrechen.

Hey! Daniel hatte den Kopf geduckt, als ginge der Wurf gegen ihn. Draußen plusterte sich der Vogel auf und raste im Sturzflug davon.

Das wird mir jetzt zu doof mit dir! Daniel drehte den Kopf, die Strähne flog ihm von den Augen. Ich geh' runter. Tische zählen.

Die Tür fiel ins Schloss, draußen hörte er die Schuhe seines Sohnes gegen eine Wand rumsen. Wenigstens war der auch wütend.

Thomas riss die Balkontür auf. Das Vieh war weg. Und seine Wut ebbte ab. Er hatte nicht den Vogel erwischen wollen, sondern Daniel. Das war ihm mit einem Mal klar. Ein Prügelimpuls. Regen rauschte massiv hinunter. Als er seine Hand vorstreckte, war ihm, als griffe er in den kalten Wasserstrahl einer Dusche. Sich jetzt nackt in diesen Regen stellen und alles wegspülen lassen. Anbrüllen gegen die Kälte, die auf einen runterprasselte. Vergessen, dass man sich wie ein Pavian benommen hatte. Überhaupt keine Gelassenheit dem Sohn gegenüber.

Warum eigentlich? Seit wann eigentlich? Seitdem der ihm ins Gesicht lachte. Wann war das losgegangen?

Er erinnerte sich an einen Urlaub, Daniel war fünfzehn, Judith neun. Familienwanderurlaub in den Alpen. Daniel hatte keine Lust zum Wandern, maulte nur herum, stand zu spät auf und frühstückte dann nicht mehr. Und zum Mittagessen bestellte er sich das Teuerste, dazu Vorsuppe und Dessert. Wie Graf Koks, hatte Thomas herumgebrüllt, und dass sein Sohn doch bitte hätte frühstücken können, seinen trägen Arsch eine halbe Stunde eher aus dem Bett erheben. Das der gerade *sein* Geld verfresse. Bevor er sich Vorsuppe und Dessert bestelle, solle er erst mal arbeiten. Judith hatte ganz geduckt am Tisch gesessen, Lilli blass, und Daniel hatte gelacht.

Du machst dich lächerlich Vater, hatte er gesagt, guck dich mal um, dann siehst du, wie lächerlich du dich gerade gemacht hast.

Dann war er aufgestanden und raus. Und Thomas wusste, dass er vor allen Leuten den Familientyrannen und Idioten gegeben hatte. Weder Judith noch Lilli aßen weiter. Er musste die Rechnung für die kaum berührten Speisen bezahlen und unter den neugierigen Blicken der an den Tischen Sitzenden die Gaststätte verlassen. Von Daniel vorgeführt. Der kam erst spät am Abend in die Ferienwohnung zurück, blieb die restlichen Tage im Bett oder strolchte alleine in der Gegend herum.

Das war ihr letzter gemeinsamer Urlaub gewesen. Thomas streckte den Kopf vor und ließ den Regen auf seinen Schädel prasseln. Um das türkisfarbene Rechteck des Schwimmbeckens sah er eine Frau spazieren. Er zog den Kopf zurück und beobachtete die im strömenden Regen Gehende. Die Frau trug ein langes klitschnasses Kleid, das sie ein wenig raffte, denn sie balancierte auf dem Beckenrand. Plötzlich kam etwas Dunkles auf sie zugestürzt, ein großer Vogel, der sich auf ihrer Schulter niederließ. Sie ging in die Beuge bei diesem Landemanöver.

Thomas war, als würde ihr das Vieh irgendetwas zukrächzen, denn sie blieb stehen und blickte zu ihm hinauf. Er verzog sich von der Balkontür. Sie hob den Arm und winkte ihm zu. Da schloss er rasch die Tür. Die Schultern seines Hemdes waren ganz nass vom Regen. Er holte sich ein Handtuch aus dem Bad, spähte noch einmal zum Schwimmbecken. Die Frau war fort.

Paula saß auf dem Bett und hatte ein altes Reclam-Bändchen aufgeschlagen. Platon. *Das Gastmahl oder von der Liebe.* Das hatte sie auf einem Flohmarkt entdeckt. Einmal im Leben, hatte sie gedacht, muss man doch Platon gelesen haben.

Wenn sie den Kopf drehte, konnte sie durch das Fenster direkt den Regen auf sich zutreiben sehen. Schräg einfallende Strähnen, die gegen die Scheiben klatschten und zerplatzten. Sprühende Funken, Blasen, rinnende, strudelnde Wasserfäden. Es hörte gar nicht mehr auf.

Sie kniete sich auf das Bett und blickte aus dem Fenster. Aber da war nichts zu erkennen außer der grauen Wand aus fallenden Tropfen. Bei schönem Wetter müsste man den Höhenzug des Rennsteigs sehen können. Wenn sie den entlangwandern würde und noch ein paar Kilometer östlich, könnte sie Vater besuchen. Ungefähr fünfundzwanzig Kilometer von hier saß er in seinem kleinen geduckten Haus im Schneidersitz am Küchentisch und trank einen Tee. Anders als am Küchentisch sitzend konnte sie sich ihn gar nicht mehr vorstellen.

Seit drei Jahren hatten die Katzen das Haus erobert. Nur die Tür zu ihrem Zimmer oben war noch geschlossen. Vier Katzen waren es inzwischen. Zur alten Minka waren Billy und Titus dazugekommen. Und in letzter Zeit gab es eine krummbeinige Marie, die irgendwann aus dem Wald aufgetaucht war, räudig und mit einem triefenden Auge. Die vier schlichen um den Vater herum, der ihnen irgendwann Namen gegeben hatte. Manchmal nahm er eine auf den Schoß und streichelte sie. Er sah dann aus wie ein alter Mann. Paula konnte das nicht aushalten. Er war doch gar nicht so alt, Mitte fünfzig.

Mit den Bewegungen einer mechanischen Puppe, in der etwas zerbrochen ist, ging er umher. Ruckende Schritte und ein leichtes Wackeln des Kopfes, wenn er die Weidezäune entlanglief, bis er den Wald erreichte und dort verschwand. Sie sah ihm von ihrem Fenster aus nach. Er lief wie eine Marionette, die Knie hoben sich zu hoch in die Luft, der Schwerpunkt war nicht richtig austariert.

Vielleicht hatte sie *Armer Hans* gebaut, weil sie die Silhouette ihres laufenden Vaters nicht aus dem Kopf bekam. Hier war sie so nah an ihm dran, dass es ihr die Luft wegnahm. Ein paar Kilometer Rennsteig. Sie hatte ihm nichts gesagt. Er wäre traurig, wenn sie so nahe war und ihn nicht besuchte.

Sie habe eine Hiwi-Stelle in der Bibliothek bekommen, hatte sie am Telefon gesagt. Die Stelle gab es wirklich. Einmal in der Woche saß sie von sechzehn bis vierundzwanzig Uhr dort an der Theke. Dazwischen gab es sechs Tage, an denen sie hätte nach Hause fahren können. Das Semester hatte noch nicht begonnen.

Sicher, sie musste endlich die Idee für ihre Diplomarbeit konkretisieren, legte Stoffreste nebeneinander, blätterte Kunstbände durch und zeichnete wahllos Skizzen, die sie nicht befriedigten. Das hätte sie genausogut zu Hause machen können. Doch sie wollte sein Schweigen und Kopfrucken nicht sehen. Sie wollte die Katzen nicht im Haus haben, nur die graue Minka mit dem spitzen aufmerksamen Gesicht, die ihr mauzend um die Beine strich, als wolle sie sagen: Wie weit ist es nur gekommen. Ich bin nicht mehr Herrin im Haus, Herrin im Hof, ach, Paula!

Paula sah aufs Handy. Johannes war schon vierzig Minuten drüben bei Max. Sie hatten keine zehn Minuten allein miteinander geredet. Ob sie hinüberging? Allmählich konnte sie da nicht mehr locker anklopfen, mal so *Hey!* sagen. Es würde schon wie ein Vorwurf klingen. Dabei wollte sie sich doch wie nebenher zu ihnen gesellen. Als wäre ihr Alleingelassenwerden das Allernatürlichste, als wäre es das, was sie erwartet hatte.

Paula, das Buch in der Hand, denn irgendwas brauchte sie jetzt zum Festhalten, stand auf, ging durch den Raum. Jetzt bloß nicht nachdenken, einfach die Tür aufstoßen und hinaus in den Gang.

Der Flur mit den Bodenkammern roch muffig. Die Feuchtigkeit hing im Dachgebälk. Hinter welcher der Türen war denn jetzt Max' Zimmer? Sie klopfte kurz und drückte die Klinke.

Die Tür war zu. Die waren gar nicht mehr da, waren nach unten gegangen, womöglich wieder abgefahren, weil es so regnete. Weil es langweilig war in diesen kahlen Zimmern im Regen, saßen sie längst irgendwo in einer warmen Kneipe und lachten.

Neben ihr ging die Tür auf. Max' Kopf lugte heraus. Er grinste sie an: Dachte ich mir doch. Kein Einbrecher, der an fremden Türen rummacht, oder die weiße Frau, die übern Dachboden spukt. Obwohl bleich – Hannes, guck mal …!

Er lachte und zog sie am Arm und hinein in das Zimmer: Eine Verwechslung wäre möglich, besonders um Mitternacht.

Johannes saß auf einem Stuhl, hatte die Schuhe ausgezogen, die Füße auf die Bettkante gelegt und kippelte. Max warf sich auf das Bett.

Wir machen's trotzdem, sagte Johannes. Danach warm duschen.

Max gähnte: Dämlicher Regen. Sonst schlaf' ich hier ein. Paula, wir klettern nachher. Wie ist es, kommst du mit?

Ich weiß nicht. Vielleicht lese ich lieber. Sie hob das Reclam-Bändchen hoch.

Max warf einen Blick auf den Titel: Keine schlechte Wahl für den Anlass! Er blinzelte ihr zu.

Johannes erhob sich. Er sah gar nicht zu ihr hin. Die Tür klappte und er war draußen. Max klatschte mit der flachen Hand auf die Bettdecke: Na, komm, Paulus. Setz dich mal.

Sie setzte sich ganz krumm neben ihn, und er legte den Arm um sie.

Geht nicht so gut grade?

Sie schüttelte den Kopf.

Lass uns mal am Nachmittag klettern. Zu dritt. Und dann kriegt der dumme Hannes ein paar Bierchen, und alles wird einfacher.

Er klopfte auf ihre Schulter.

Guu-tes altes Pfäärd, murmelte Paula.

Max lachte: Und inzwischen bereitest du dich hier theoretisch auf die Ereignisse vor. Er wies auf das Buch.

Auf das Gastmahl, sagte sie.

Oder auf die Liebe, sagte er, schob ihr die Haare zur Seite und schnipste sacht gegen ihre Wange.

Die Tür ging auf. Paula rückte unwillkürlich von Max ab und begegnete dem finsteren Blick von Johannes, der das Manuskript in der Hand hielt.

Wir wollten das noch mal üben.

Paula erhob sich rasch vom Bett. Max zwinkerte ihr zu, während sie an Johannes vorbeiging, der ohne ein Wort zur Seite rückte.

Diesmal fand sie gleich die richtige Tür. Am liebsten hätte sie abgeriegelt, damit Hannes hier nie wieder hineinkäme. Das, was sich so fade und schwer in ihr ausbreitete, war Scham, sie spürte sie immer deutlicher. Erst als die Schritte und Stimmen auf dem Flur verklungen waren, ging es ihr besser.

In der Kammer war es inzwischen so brutwarm wie früher zu

Hause in der Wohnküche, wenn Vater noch einmal nachgelegt hatte und sie aus ihrem Kinderzimmer herübergekommen war.

Er saß dann mit einem Buch am Tisch oder war noch einmal draußen. Doch das war nicht schlimm. Die Küche war wie das Innere eines Walfischs, der durch die Nacht und den Regen schwamm, und der Ofen war sein heiß schlagendes Herz.

Sie setzte sich dann ganz nahe an dieses Walfischherz. Wenn sie allein war, schaltete sie das Licht aus. Durch die berußten Glasscheiben des Ofens drang rötlich das flackernde Licht. Das Holz knisterte. Knisterte ihr Geschichten zu vom Meer, durch das der Walfisch pflügte mit seinem offenen Maul und schluckte, was da so auf den Wellen trieb: Tassen, an denen der Henkel fehlte, verbeulte Töpfe, Konservendosen mit gezuckerter Milch.

Sie konnte sich ein kleines Essen kochen am Herzen des Wals, sie konnte in die Asche vor der Ofentür eine Insel zeichnen. Hier war die Höhle des Zyklopen und dort der Seeräuberschatz.

Sie war glücklich vor dem Küchenofen gewesen. Es war so lange her, dieses Glück. Die Wärme in dem Hotelzimmer war nur noch eine Erinnerung an die wirkliche Wärme ihrer Kindheit. Ein Holzfeuer hätte dazugehört, sein flackernder Schein über ihrem Gesicht.

Der Regen hatte nachgelassen. Vielleicht war von ihm nur noch das Rinnen und Tröpfeln von allen Schrägen des Dachs, das Gurgeln in den Rohren übriggeblieben.

Nebenan übten sie. Zu zweit hatten sie immer noch die besten Ideen, sagte Max. Schon als Kinder. Experimente mit Wodka und Feuerzeug zum Beispiel. Obwohl es auch Konkurrenz unter ihnen gab. Johannes war immer der Kleinere und Schwächere. Und deshalb melancholischer, sinnierte Max auf dem Sofa in der WG-Küche. Der ewige Zweite, so Max über seiner Tasse Kaffee. Dafür war er dann unser Klassenclown und vielleicht wusste nur ich, dass er dahinter traurig war. Ein Loser, der sich hinter seinem Lachen versteckte.

Ich mag Verlierer, hatte Paula gesagt.

Dann, auf der Party hatte sie sein Gesicht gesehen und gleich erkannt. Er trug eine Woody-Allen-Brille, lachte, als er sie sah und sagte: Du bist also die berühmte Paula Tanner.

Sie waren sich nach ihrem ersten Gelächter vor knapp zwei Jahren immer wieder in winzigen Küchen, finsteren Fluren, schrankschmalen Speisekammern und auf eisigen Balkonen in die Arme gefallen, hatten gelacht und dennoch gewusst, dass hinter dem Gelächter etwas zurückgehalten wurde, das sie einander nicht zu zeigen vermochten.

Johannes kam nie wirklich zu ihr. Er besuchte Max, und sie vermutete, er besuchte ihn inzwischen nur noch, wenn er wusste, dass sie nicht da war. Das erste Mal waren sie wie zwei zufällig in dieselbe Mulde gerollte Kugeln zusammengestoßen. Damals schien jemand mit ihnen gespielt zu haben. Eros, dachte sie und stellte sich einen kleinen verbrauchten, pausbäckigen Kerl vor, gnomhaft lachend. Er trieb seine Späße mit ihnen. Pfeile wurden dabei nicht geschossen, er schupste sie nur aufeinander, so dass sie sich anrempelten, einander auf die Füße traten, das Gleichgewicht verloren und sich gegenseitig festhalten mussten.

Zuletzt hatten sie sich vor drei Monaten auf einer Party getroffen. Johannes kam spät, aber er suchte sie doch. Mit einer Bierflasche in der Hand lief er durch die Räume, bis er sie fand. Sie hatte in der winzigen Küche des Gastgebers auf dem Fensterbrett gehockt. Erschrocken darüber, dass er plötzlich vor ihr stand, war sie hinunter auf den Fußboden gesprungen, eine Fluchtbewegung, die bloß dahin führte, dass sie mit ihrer Stirn gegen seine gerammt war.

Im Regal hatten sie Messer gefunden. Sie hatten sich sämtliche kalten Messer nacheinander an die Stirnen gedrückt. Die Tür war hinter den leeren Weinflaschen, den Bierkästen und ausgekratzten Schüsseln zugefallen, und die blinde, dunkle (denn in dieser Küche gab es bis auf ein paar Kerzen kein Licht) Sehnsucht war erneuert worden.

Ich habe uns wirklich Beulen gehauen, hatte sie geflüstert.

Ja, murmelte er, aua, lass mal fühlen.

Seine Finger tasteten über ihre Stirn, und sein Marathonherz schlug so langsam und laut wie das eines Walfischs.

Die Eltern sind da! Lilli machte die Tür hinter sich zu und atmete durch. Dann ging sie zur Handtasche und holte Kamm und Lippenstift heraus. Während sie die Lippen nachzog, murmelte sie: Das Jackett.

Thomas zog es wieder an. Es hatte jetzt keinen Zweck, eine Diskussion anzufangen. Sie mussten in zwei Minuten den allerbesten Eindruck machen, das war Lillis heilige Pflicht. Er warf einen letzten Blick in den Spiegel und fing bloß den Eindruck seines müden Gesichts mit dem Seehundschnauzer ein. Überarbeiteter Mitfünfziger. Besser ging es nicht, das war ausreichend, das war ehrlich.

Lilli nahm seine Hand. Ihre war kalt und feucht. Sie zog ihn hinter sich her zu Daniels und Sophies Zimmer. Dabei sah sie aus, als müsse sie in eine mündliche Prüfung hinein. Mit weißen Knöcheln klopfte sie an die Tür.

Zuerst entdeckte Thomas in der Gruppe Menschen nur Daniels gerötetes Gesicht. Sein Sohn sah ihn beinah hilfesuchend an.

Mein Mann. Lillis Stimme neben ihm hatte wieder diese unangenehme Höhe. Als sie durch die Tür gegangen waren, hatte sich ihr kleiner Körper gestrafft.

Sie lächelte, und Thomas wusste, dass sie wollte, dass alle es ein *bezauberndes* Lächeln nannten.

Vor ihm stand ein schmaler Herr von Mitte sechzig. Seine Frau war ein Stück größer und vielleicht genauso alt wie er. Ihr flächiges strenges Gesicht verzog sich zu einem Ausdruck, der nur höflich war, nicht einmal freundlich.

Meine Eltern ... Sophie klang unbeirrt herzlich. Thomas sah sie an. Sie hatte überhaupt keine Ähnlichkeit mit ihrer Mutter und strahlte eine Gelassenheit aus, von der er nicht wusste, woher sie die nahm.

Sehr angenehm! Die Frau sah ihn prüfend an und er hatte das Gefühl, dass er ihr besser gefiel als Lilli, die bereits auf Sophies Vater einredete. Wie er das nur aushalte, eine Wochenendehe seit fast zwanzig Jahren und immer dieses Pendeln.

Dafür wäre die Arbeit in Leipzig sehr interessant, sagte Herr Körnig. Sein Gesicht war fein und schmal. Die dünne Haut verzog sich zu einem Lächeln. Er wies mit der Hand auf ein paar Stühle, die Daniel vor dem Fenster zusammengeschoben hatte.

Aber setzen wir uns doch! Die Hand, die Herr Körnig dabei vorzeigte, war mager und schon von einigen Altersflecken heimgesucht.

In zehn Jahren, dachte Thomas, würde er also auch so aussehen, ein altersfleckiges Männchen, vielleicht nicht so verfeinert wie Körnig, der für Lilli den Stuhl zurückzog und sich leicht verbeugte. Am liebsten hätte er ihnen wohl noch aus irgendwelchen Mänteln geholfen. Auch Frau Körnig ließ sich von ihm den Stuhl nach hinten schieben. Ihr großer Kopf trug eine etwas aufgebauschte Frisur in zwei Farbtönen, die dem herben Gesicht etwas Löwenähnliches gaben. Herr Körnig versuchte seine Tochter auf den Stuhl zu drücken.

Lass mal, Sophie lachte, ich bin doch nicht schwerbehindert. Ich habe schon die ganze Zeit eingequetscht im Auto gesessen.

Auch Daniel schüttelte den Kopf, so dass sich Herr Körnig endlich setzte: Sibylle und ich freuen uns sehr, Sie endlich kennenlernen zu dürfen.

Sophie erzählt immer so liebevoll von ihnen, plapperte Lilli. Thomas konnte gar nicht mehr zu ihr hinsehen. Sie war jetzt im Fahrwasser der Konversation. Es kam darauf an, dass sie höflicher war als Herr Körnig, herzlicher, spontaner.

Daniel stand an die Balkontür gelehnt, war gewissermaßen schon halb aus dem Zimmer.

Es war gesellschaftliche Schwerstarbeit, fand Thomas, die Schwiegereltern seines Sohnes kennenzulernen. Sollte Daniel sich mit ihnen allein abplagen.

Und Sie sind Restaurator? Das kam von der Löwenkopfgattin.

Ja, aber verwaltend, ich habe im Landesamt die Kirchenkunst unter mir.

Das ist interessant. Sie haben bestimmt noch einen ganz anderen Blick als ein Kunsthistoriker. –

Thomas sah sie jetzt genauer an. Er hatte sich vorhin geirrt, sie hatte doch Ähnlichkeit mit Sophie. Der Schnitt der länglichen Augen. Nur war Sophie eine Katze und ihre Mutter eine Löwin, hünenhaft sportlich, vielleicht ein wenig abgewetzt, aber sehr wach.

Früher habe ich selbst restauriert. Nun beschäftige ich mich nur noch mit Organisatorischem.

Sie nickte. Aber sie haben sicher ihren Blick für das Handwerkliche erhalten.

Er freute sich, weil sie so etwas gleich verstand.

Oh, gleich halb eins. Lilli sah auf ihre Uhr. Gertrud achtet immer sehr auf Pünktlichkeit, und wir müssen uns ja alle noch ein wenig erholen.

Das war das Signal, die erste Runde verlassen zu dürfen. Thomas konnte sie wieder ansehen. Sie sprang auf, schneller als Herr Körnig.

Auch Frau Körnig erhob sich, an ihrer kompakten Figur war das Weibliche abgeschliffen. Ihr Mann wirkte sehr grazil neben ihr. Sein Lächeln schien verletzbar. Sophie legte einen Arm um ihn. Sie ging mit ihm voran, und Lilli redete zu Frau Körnig hinauf. Wie sie bei dem Unwetter überhaupt hierhergefunden hätten.

Sie fände sich immer zurecht, sagte die, ihr Mann lasse sich am liebsten von ihr kutschieren.

Noch bevor alle draußen waren, öffnete Daniel die Balkontür weit. Thomas drehte sich noch einmal um. Sein Sohn war nicht mehr im Zimmer, in das nun die kalte Luft eindrang. Die vier Stühle standen wie gescheitert im Raum.

Als Lilli im Bad war, trat er auf ihren eigenen Balkon hinaus. Draußen war Feuchtigkeit und Kühle. Der Regen war schwächer geworden, sprühte. Von überall tropfte und gurgelte das Wasser hinunter. Ein Vogel zirpte. Aus dem tropfnassen Wald kamen zwei Gestalten auf das Hotel zu. Man konnte sehen, dass sie gemächlich liefen, der eine fuchtelte mit der Hand. Die andere konnte die Frau vom Pool sein. Sie schienen die ganze Zeit miteinander zu reden.

Im Zimmer hörte er Lilli wie zu sich selbst reden: Mutter kommt erst am späten Nachmittag. Sie will das Ganze so kurz wie möglich abarbeiten.

Lillis Stimme drang ironisch eingefärbt zu ihm auf den Balkon.

Dennoch hörte er ihre Gekränktheit heraus. Sie kam in ihrem seidenen Unterrock an die Balkontür. Sie liebte elegante Unterwäsche, dafür war er ihr dankbar. Der weiche Glanz der Seide umschmiegte ihren Körper. Er trat auf sie zu.

Langsam werden sie dich für meine Tochter halten.

Ach, Quatsch! Lilli schüttelte ihn ab, lächelte aber zufrieden. Sie legte ihm ein blaues Hemd hin. Also wir dürfen es den Omas nicht erzählen, sagte sie.

Was? Er war kurz entnervt. Ihr Denken hüpfte ständig wie ein Floh hierhin und dorthin.

Dass wir noch Stühle brauchen?, fragte er ironisch.

Nein, das mit Sophies Cousine.

Er hörte ihren leisen Sensationstonfall. Du meinst, Cousin.

Letztes Jahr hat sie sich die Brüste wegoperieren lassen.

Hat *er* sich, verbesserte sie Thomas.

Mit dreizehn wollte sie sich umbringen, sagte Lilli nachdenklich. Bei der ersten Regelblutung. –

Sie war jetzt ganz in den Tatbestand versunken, hatte das Sensationelle daran vergessen. Er spürte ihr Mitleid, erinnerte sich, wie Sophie es ihnen vor ein paar Wochen erzählt hatte, weil es wegen dem Cousin – Jonny, mein Lieblingscousin wird mein Trauzeuge – der noch einen weiblichen Namen hatte, Ärger mit der Pastorin gegeben hatte.

Das ist doch keine amtliche Urkunde, hatte Sophie trotzig gesagt. Sie war im Kampfmodus gewesen.

Er verkniff sich jede ironische Bemerkung und dachte an das kleine Mädel im Anzug und groben Schuhen auf Judiths Abi-Feier.

Toll, dass die Eltern da mitmachen, hatte Lilli zu Judith gesagt, die ein schönes blaues Kleid trug, das wie ein glänzender Wasserfall um ihre schlanke Figur floss, so dass er sie immer wieder anschauen musste, seine schöne, erwachsene Tochter. Wie wohl die anderen Eltern auf ihre kleine Husarentochter schauten?

Nun würden sie ihn kennenlernen, einen *Transgender* – und Lilli machte sich Sorgen wegen ihrer Mütter. Hoffentlich merkten die nichts. Hoffentlich würde ihr Weltbild bis zu ihrem Tod durch nichts mehr erschüttert. Er verspürte große Lust, es beiden zu sagen.

Mal gucken wie deine und meine reagieren. Wäre doch ein Experiment.

Untersteh dich!, sagte Lilli mit einer Stimme, die zwischen Ärger und Belustigung schwankte. Lass den Kindern ihr Fest.

Ihre Harmoniesoße! Er wollte sie jetzt aufziehen. An dieser kleinen Bombe könnten sich die beiden doch schön abarbeiten.

Lilli wurde wütend: Es geht aber nicht um die alten Frauen, sondern um Sophie und Daniel.

He, ich mach ’nen Spaß, sagte er und fühlte sich gemaßregelt.

Lilli nickte grimmig: Das ist nicht lustig.

Er hatte es übertrieben, umarmte sie und gab ihr einen Kuss auf die Schläfe, denn sie hatte rasch den Kopf zur Seite gewandt.

Hallo, mein Schatz, murmelte er: Frieden! Es geht nicht um uns altes Raufpaar. Es geht um Dani und Sophie.

Die Körperspannung, mit der sie sich gegen ihn stemmte, ließ nach. Blödmann, sagte sie leise.

Ich schweige eisern über alle Familiengeheimnisse, flüsterte er in ihr Ohr. Dann gab er ihr einen Kuss. Noch eine halbe Stunde bis zum nächsten Gefecht. –

Unwillkürlich seufzte Lilli, hockte sich auf einen Sessel und schlang die Arme um ihre Knie.

Mittagessen, verkündete Johannes, während er kurz den Kopf ins Zimmer steckte, wir gehen schon mal runter.

Nachdem die Tür zugeklappt war, fühlte sich Paula erleichtert. Ihr krampfhaftes Lächeln verschwand. Lächelabwehr, so war das schon auf allen Kinderfotos von ihr zu sehen, zumindest seit dem Schuleintritt. Mit ihrer Zuckertüte im Arm, den Kopf seitlich gelegt, hatte sie auf dem Klassenfoto verlegen gelächelt. Das sollte sie endlich ablegen mit achtundzwanzig Jahren.

Ihr Blick suchte die Zeilen auf, die sie wieder und wieder mechanisch gelesen hatte. Eros, endlich hatte sie den Satz kapiert, ist ein Mittelwesen, eine Chimäre aus Gott und Mensch – *ein großer Dämon, Sokrates, denn alles Dämonische steht in der Mitte zwischen Gott und Mensch*.

Sie klappte das Buch zu. Am liebsten würde sie hierbleiben, die Tür abschließen, die eine Tapetentür sein müsste, die mit der Wand verschmolz. Wenn Max und Johannes nachher zurückkämen, wäre sie nicht mehr auffindbar, denn das Zimmer wäre ein aus dem Raum gefallener Ort. Das hatte sie sich schon als Kind vorgestellt, vor allem Tarnmäntel oder einen Ring, an dem sie drehte und der sie unsichtbar werden ließ.

Aber sie war nie unsichtbar geworden. Sie hatte es aushalten müssen. War sie wütend, beschämt oder traurig, hatte sie Vaters Methode versucht: Wenn du irgendetwas richtig blöd findest, zähle bis sechzig. Dann ist eine Minute vom Blöden vorbei. Und das ist eine ganze Menge.

Das erschien ihr als Kind einleuchtend. Eine Minute war damals eine ungeheuer lange Zeit, besonders wenn man dabei die Luft anhielt oder auf einem Bein stand. Nun probierte sie es wieder aus. Bei der Zahl vierzehn, dachte sie: das Dämonische. Und dann erschien *es* ihr. *Das Dämonische* stand in der Mitte des Zimmers. Für den Bruchteil einer Sekunde: Eros als ein kleines fratzenhaftes Wesen, das sie angrinste.

Nein, sie wollte nichts von Eros.

Verflucht. Ich brauche mich nicht verstecken! Vor wem denn?, dachte sie voller Zorn.

Doch es gab Mittagessen. Dreizehn Uhr – und sie hatte überhaupt keinen Hunger. Sie lief zum Speisesaal hinunter. Ihre Schritte wurden von den roten Läufern gedämmt. Aber sie wollte laut sein. Große Klappe, energische Schritte. Diese Scheißteppiche bremsten sie aus.

Im Erdgeschoss irrte sie umher. Eine Frau kam aus einer Tür und lief vor ihr her, schwarzes Kleid, weiße Schürze. Sie trug eine riesige Suppenschüssel. Mit dem Fuß stieß sie gegen eine Flügeltür. Paula hielt den klappenden Türflügel fest, der der Frau fast an den Rücken geschlagen wäre.

Im Speisesaal standen weißgedeckte Tische, beladen mit Geschirr und Silberleuchtern, als wäre heute bereits die Hochzeit. Von einer Ecke her winkte Max.

Sie ging auf den Tisch zu, an den sich die Freunde zu einer Gruppe älterer Leute gesetzt hatten. Max' Kopf wirkte dunkel über seinem weißen Hemd. Er hatte sich tatsächlich umgezogen. Vielleicht hatten das alle gemacht.

Ihr war, als ob die Leute sie anstarrten. Wahrscheinlich war sie die Letzte, und wahrscheinlich hatte sie irgendwo einen Fleck auf ihrem T-Shirt. Der scharfe Blick des Mannes mit dem Schnauzer streifte sie von einem Nachbartisch. Johannes schaute entnervt, als sie kam. Sie hatte das Gefühl, durch eine Prüfung gefallen zu sein. Vielleicht war sie nur von Max und Johannes mitgenommen worden, damit die beiden feststellen konnten, ob sie das Gesellschaftsspiel beherrschte.

Völlig parkettunerfahren, dachte sie.

Sie hätten es ganz gut hingekriegt, sagte Max und goss ihr ein Glas Wasser ein. Nur er hätte einmal den Text vergessen. Aber er könne sich das Manuskript unauffällig auf den Boden legen. Das Stück würde heute Abend einschlagen.

Er grinste vergnügt.

Und nachher kletterten sie. Hannes sei schon ganz wild darauf.

Johannes sah aus, als sei er auf überhaupt nichts wild. Mürrisch saß er vor seinen leeren Tellern. Die Kellnerin ging mit ihrer Terrine herum und bediente die Älteren.

Oh, danke! Man lächelte sie an wie eine Freundin.

Die Gespräche waren leise. Ein blasser Student mit einer riesigen kantigen Stirn setzte sich zu ihnen. Ob hier noch frei sei? Da war wenigstens noch einer später dran als sie.

Max schenkte ihm Wasser ein. Klar. Für Freunde sei immer Platz.

Nein, er wäre Sophies Cousin. Gregor. Der Blasse lächelte.

Jetzt wurde eine der Damen, eine kräftige große Frau, aufmerksam: Du bist der Gregor?

Ja. Der Angesprochene guckte verblüfft.

Ich bin Susanne, eine Cousine deiner Mutter.

Gregor sprang sofort auf. Er kriegte so etwas wie eine winzige, nicht übertriebene Verbeugung hin. Vielleicht war es auch nur ein freudiges Kopfnicken.

Ich habe so ein schlechtes Gesichtergedächtnis, entschuldigte er sich.

Ich habe dich gesehen, das warst du noch so.

Sie zeigte mit der Hand knapp über die Tischkante.

Ich bin ja auch schon lange in Rotterdam. Das ist Jovis, mein Mann.

Der rotgesichtige stämmige Mann streckte dem blassen Gregor die Hand entgegen. Gregors weiße Rechte verschwand in der behaarten Pranke, als wäre sie für immer verschluckt worden.

Ihren Teller, bitte! Paula hatte die Kellnerin nicht mitbekommen und drehte sich erschrocken um.

Entschuldigung.

Die Frau roch nach Schweiß. Sie hatte einen schmalen Mund, mit vielen Fältchen darum und hohe Wangenknochen. Geübt goss sie Paula die Suppe auf den Teller und ging wie eine mechanische Puppe weiter. Ein Einschenkautomat, der nach Schweiß roch. Der Kunststoff ihrer schwarzen Bluse glitzerte unterm Licht der Kronleuchter.

Paula nahm ihren Löffel, uraltes schweres Silber, und fischte in der Suppe herum.

Wir haben noch nicht begonnen, zischte Johannes.

Du kannst nicht immer der Erste sein, sagte Max spöttisch, während die alte Dame vom Empfang in die freie Fläche zwischen den Tischen trat.

Meine Lieben, ich sehe, Sie haben inzwischen großen Hunger, rief sie gutgelaunt zu Paula hinüber. Dennoch möchte ich Sie erst einmal herzlich begrüßen. Ich freue mich, dass Sie so zahlreich unserer Einladung gefolgt sind. Ich freue mich über unser strahlendes Brautpaar.

Hier erhoben sich Sophie und Daniel. Daniel lächelte verlegen. Sophie zwinkerte mit einem Auge und winkte zu ihnen herüber. Max saß zurückgelehnt, die Arme ineinander verschränkt und grinste zurück.

Ich habe noch eine Bitte, fuhr die alte Dame fort. Selten ist mein

Haus so bis unters Dach belegt. Vielleicht könnten Sie ein wenig helfen und das Geschirr nachher auf die Anrichte vor die Küche tragen. Meine Mitarbeiterinnen würden es Ihnen danken.

Sie strahlte, sie nickte. Sie trippelte los und setzte sich an den Tisch zu Daniels Eltern. Daniel Mutter sagte etwas, und alle lachten.

Paula nahm wieder ihren Löffel in die Hand, den sie eben erschrocken wieder hingelegt hatte. Sie hatte keinen Hunger. Wahrscheinlich würde sie den Teller umstoßen, das Tischtuch bekleckern. Zu Hause hatte es nur zusammengesuchtes Geschirr gegeben, keine Tasse, die nicht angeschlagen war. Und oft hatten sie beide mit einem aufgeschlagenen Buch dagesessen, versunken löffelnd, bis Vater sagte: Das ist ja ein Ding!

Und ihr erzählte, was er gerade gelesen hatte. Denn er war ein Sachbuchfan. Es gab eigentlich nichts, für das er sich nicht interessierte. Von Astronomie bis Zoologie las er alles. Und es machte ihm Spaß, Paula davon zu berichten.

Weil nun alle aßen, wagte auch sie wieder zu essen und bemerkte, wie sie ihre Teller fast gleichzeitig zur Tischmitte neigten, um die Reste der klaren Brühe zu löffeln. Mit vielen Ah's und lobenden Worten ließen sie sich von der verschwiegenen Kellnerin Fleisch und Gemüse auflegen. Gelb warf der Kronleuchter sein Licht über das dünne Porzellan und die Silberbestecke. Geübt schüttete sich Johannes das Mischgemüse auf den Teller. Keine Erbse geriet an die falsche Stelle.

Warum bist du eigentlich konvertiert?, fragte Tante Susanne den blassen Gregor.

Der katholische Glauben scheint mir der einzig vernünftige zu sein.

Jovis schnaubte: Dasch haben Calvin und Luther anders geschehn.

Bevor das Geld im Kasten klingt, zitierte Max.

Ja, sagte Gregor, die üblichen Nebensächlichkeiten.

Aber die Dogmen, warf Tante Susanne ein. Die jungfräuliche Geburt zum Beispiel.

Darüber habe ich auch schon nachgedacht, sagte Max gutgelaunt. Jesus hätte seine Mutter während des Geburtsvorgangs von innen nach außen entjungfern müssen. Keine schöne Vorstellung.

Gregor sah ihn voller Verachtung an: Das haben die Kirchenlehrer schon im neunten Jahrhundert diskutiert.

Und zu welchem Ergebnis sind sie gekommen?, fragte Max.

Johannes klickte mit seiner Gabel ans Glas und sagte: Maria erbrach ihren Sohn.

Plötzlich fingen er und Max an zu lachen. Jovis fiel nach kurzer Verzögerung dröhnend ein, während Tante Susanne sagte: Nehmt den Jungen doch ernst.

Der *Junge* blickte zu Johannes. Auf seiner riesigen bleichen Stirn stand eine Falte, er antwortete nicht mehr, während Max und Hannes weitermachten, ein Spiel bei Tisch, über die schwere, silberne Fleischplatte hinweg, ein Männerspiel, dachte Paula, und es wäre nun an ihr gewesen, sich an Tante Susanne zu wenden, die jetzt mit ihrer Nachbarin zur Rechten ein höfliches Geplauder begonnen hatte: erwachsene Kinder, Gesundheit, Wetter.

Oder war es an ihr, diesen Gregor mit einem freundlichen Satz zu erlösen? Sie sah, wie die senkrechte Falte seine Stirn in zwei schweißig glänzende Rechtecke teilte. Der Adamsapfel hüpfte, während er schweigend aß. Der Typ stieß sie auch körperlich ab. Sie bekam kein Wort heraus.

Das Dessert rührte sie nicht mehr an. Fleisch und Kartoffeln steckten noch immer wie Steine, die ein Bach mitführt und in einer Biegung irgendwo liegen lässt, kurz unter ihrem Hals und kamen nicht weiter. Ihre Stimme klang gepresst, als sie erklärte, sie wäre total satt.

Also, ich muss ja noch wachsen, rief Johannes und erntete das nachsichtige Lächeln der Tante Susanne, während er sich mit großem Appetit die übriggebliebene Zitronencreme einverleibte. Die Reste der Creme schimmerten grün in der Kristallschale, und grün zersprang das Licht in den Facetten des Kristalls.

Das müssen sie morgen noch steigern, dachte Paula und betrachtete all das Silber und Kristall, das scharfe Lichter über die Tafel warf, an der sie saßen und redeten.

Nur Gregor und sie schwiegen. Sie hatte das Gefühl, dass ihr nun genau wie ihm der Schweiß ausbrechen müsste. Sie würde mit dem bleichen Gregor eine unappetitliche Schweige- und Schwitzgemeinschaft bilden. Sie hatte es nicht gelernt! Sie hatte nicht gelernt, einen Satz leichthin zu sagen. Smalltalk, das konnten doch alle.

Sollte sie sich zu Max drehen und erklären: Eros ist ein großer Dämon, Max, denn alles Dämonische steht in der Mitte zwischen Gott und Mensch? So redete doch keiner. Es ging jetzt am Tisch allgemein um Sport. Die kräftige Tante Susanne erklärte, dass sie früher Ruderin gewesen wäre. Im Achter. Und wie schön es sei, am Kanal zu wohnen. Gleich mal am Abend ins Boot zu steigen. So ging es dahin. Wie einfach es war, vom Hundertsten ins Tausendste zu kommen. Johannes war schon gepaddelt. Seine Eltern hatten ein Kanu. Das hatte sie nicht gewusst. Sie erschrak darüber, was sie alles über ihn nicht wusste, weil er es ihr nicht erzählt hatte. Und es gab ihr einen Stich, dass er es einfach so an Fremde ausplauderte.

Reiß dich zusammen, dachte sie, das ist doch banal.

Aber es war nicht banal, weil es eine Facette von ihm war. Sie sah ihn, konzentriert und entspannt zugleich, die Paddel ins Wasser tauchend, über einen Fluss gleiten. Da war diese Sehnsucht, mit ihm zu paddeln, mit ihm ein Zelt an einem wilden Ufer aufzubauen, ein Feuer in der Nacht, eine Flasche Bier, die sie sich abwechselnd reichten.

Es hatte nichts davon gegeben. Sie hatte geträumt. Dieser unbekannte Johannes, der jetzt die Zitronencreme auslöffelte und neben dem sie saß, so fremd wie dieser Gregor, würde nie mit ihr auf einem Fluss paddeln. Das war ihr plötzlich klar.

Sie stand auf, räumte die Schälchen zusammen, Glas klirrte auf Glas, am liebsten hätte sie den Stapel auf den Boden fallen lassen und wäre davongegangen.

Wieder gefiel sie Thomas. Das Mädchen in T-Shirt und Jeans schien geradezu schwerelos. Sie hätte Seiltänzerin sein können. Wie auf einem knapp über dem Boden gespannten Seil lief sie. In Turnschuhen. Sie sah aus, als ob ihr das hier alles nicht gefiele … während die anderen sich ganz selbstverständlich in dem Luxus bewegten.

Die jungen Leute sind viel zu verwöhnt, dachte er, und dazu auch noch freundlich-angepasst. Die müssen doch Probleme mit uns haben. Stattdessen arrangieren sie sich. Man beißt nicht die Hand, die einen füttert.

So war er früher nicht gewesen. Als er jung gewesen war, hatte es die DDR gegeben, und man war damals für oder gegen sie, zumindest war es bei den Kunststudenten so. Man konnte bereits für einige kritische Späße, die man zum Fasching inszenierte, aus dem Studium fliegen. Unter Freunden nannten sie es die Gretchen-Frage stellen: Wie hältst du es mit dem Staat?

Doch diese Generation sah beflissen aus. Das bürgerliche, weiße Hemd blühte an allen Tischen. Da wirkte Daniel geradezu wie ein Farbfleck: kornblaues Jackett, dunkelblaues Hemd.

Thomas musste zugeben, dass sein Sohn gut aussah. Aber er gefiel ihm nicht. Die dunkle Haartolle. Wie ein Gigolo, dachte er und wusste wieder, dass er ungerecht war, es ärgerte ihn sogar, dass sie schön waren, freundlich, weltoffen, diese bürgerlichen jungen Leute.

Ihm fiel sein Outfit als junger Mann ein – strähniges langes Haar, Holzfällerhemd, leicht gebeugte Haltung. Wie hatte er damit nur Lilli erobern können, fragte er sich und trank sein Wasser. Auch das war furchtbar. Es gab nur Apfelsaft oder Wasser. Wie sollte er da kommunikativ sein, so wie Lilli es wollte und mit Familie Körnig ins Gespräch kommen?

Bei Apfelsaft oder Wasser konnte er nur noch verkümmern. Ihn nervten die Kaugeräusche seiner Mutter, die neben ihm saß. Er warf kurz einen Blick auf ihr verschrumpeltes Mauseprofil. Sie kaute langsam, andächtig und verängstigt.

Wahrscheinlich befürchtete sie, sich ohne ihre Schürze zu bekleckern. Sie wirkte wie ein beflissenes Kind am Tisch von Erwachsenen, und er hatte das Gefühl, dass er sie vor den anderen beschützen musste. Wehe, jemand lacht über meine Mutter. Noch vor ein paar Jahren hätte sie jedem von euch ungerührt den Hintern abgewischt, wenn es hätte sein müssen, die Schamhaare rasiert und den Katheder gesetzt.

Aber es lachte niemand über sie, nicht einmal, als ihr jetzt tatsächlich ein in Soße getunktes Stück Kartoffel auf die geblümte Bluse fiel. Erschrocken sah sie ihn an. An ihrem Blick begriff er, dass sie sich vor seiner Reaktion fürchtete.

Nicht schlimm, murmelte er und lächelte ihr verkrampft zu. Unauffällig schnipste er ihr das Kartoffelstückchen vom Rock. Erleichtert wie ein Kind, dass keine Schelte bekommen hatte, rubbelte sie mit der Serviette über den Fleck.

Er war Lilli dankbar, dass sie Herrn Körnig in ein Gespräch verwickelt hatte. Der arbeitete im Bundesverwaltungsgericht. Leipzig gefiele ihm, das ein wenig Chaotische einer Stadt, die noch nicht fertig sei wie die Städte, die er sonst kannte. Wo schon alles ausgereizt und geordnet sei. Seine blassen Hände fuhren in die Höhe.

Thomas wunderte sich, wie dieser korrekte Jurist sich für das Chaotische erwärmte. Der war jetzt lebhaft geworden. Lilli hatte ein Gespür für die richtigen Fragen.

Ja, er habe es in Kauf genommen, dass seine Familie nicht mitgezogen sei, sagte Herr Körnig. Er mache Erfahrungen, für die er dankbar sei. Sicher, es gäbe Ressentiments, aber auch Kreativität. Und für die jungen Leute sei das wiedervereinte Deutschland sowieso normal.

Die kennen die Diktatur ja auch gar nicht mehr, sagte Frau Körnig. Lilli erzählte, wie sie damals ausgegrenzt wurde, weil sie kein Jungpionier war. Natürlich war das als ein Signal an Körnigs gedacht. Sie würden es nicht mit der Anhängerschaft des alten Regimes zu tun haben.

Thomas hätte gerne gelacht. Süße Lilli, hätte er am liebsten gesagt, so wie früher, wenn er sie bei einer kleinen Naivität erwischte. Aber sie war vierundfünfzig. Sie trug eine randlose Brille, Designerschmuck und ein blaues, schmal geschnittenes Kleid, über ihrer im Fitnessstudio schlanktrainierten Figur.

Sie war eleganter als Frau Körnig. Während er sehr viel weniger elegant als der Richter Körnig war, Doktor Körnig, promoviert natürlich, alte Juristenfamilie. Nur Sophie wirkte so frisch, als wäre sie nicht aus dieser Generationenreihe zu Pergament gewordener Juristen gekommen. Vielleicht hatte Frau Körnig neues Blut untergemischt. Auf jeden Fall gefiel ihm ihr Löwinnengesicht. Thomas hätte sie gern einmal als junge Frau sehen wollen. Als junge Löwin, dachte er. Vielleicht war sie da weniger streng gewesen, aber wilder. Er tat sich Kartoffeln und Fleisch auf.

Leipzig und Legida. Das war jetzt das Thema für Herrn Körnig. Er beobachte es halb als Westdeutscher und halb als Einwohner. Lilli nickte, sagte kleine Sätze, während Herr Körnig von ihrem Zuhören befeuert, immer begeisterter sprach.

Thomas schien, dass Frau Körnig überrascht auf ihren Mann blickte. Wahrscheinlich hatte sie ihn lange nicht mehr so viel reden gehört. Das Dessert ließ Thomas aus. Er war müde, weil er zu viel gegessen hatte. Weil es keinen Wein gab. In einer Gaststätte hätte er sich ein Glas bestellt oder einen Kaffee. Hier quälte er sich herum. Ging ihn die Leipziger Metro wirklich etwas an?

Lilli berührte seine Hand: Guck mal auf die Uhr.

Ja, es war Zeit. Er konnte jetzt Judith abholen. Er durfte sich entschuldigen und verschwinden. Erleichtert stand er auf.

Draußen regnete es wieder. Im Auto ließ er die Scheibenwischer klicken, sah in den Regen, war einfach nur müde, ein Regenhund, der schlafen wollte. Er musste sich zusammenreißen.

Vorsichtig fuhr er den Berg hinunter, war jetzt wieder bei sich, wendete langsam in den Kurven. Der Lichtkegel seines Autos war ein Tunnel im tiefhängenden Laub der Bäume. Der Regen hatte diesen Sommer alles üppig werden lassen. Würde eine Seuche die Menschen hinwegraffen, die Natur würde in Kürze alles zurückerobern, was man ihr weggenommen hatte.

Endlich erreichte er die Straße, schaltete hoch, fuhr zügig seiner Tochter entgegen. Seinem Liebling, der so schön geworden war, so souverän, eine junge Frau.

Ihm fielen die Worte von Johannes dem Täufer aus dem Neuen Testament ein: Er wird zunehmen, ich aber werde abnehmen. Er stellte sie sich wie die Frau im zunehmenden Mond vor, sehr blond, mit weich über die Schulter fallenden Haaren und in einem weißen Kleid.

Er spürte die unsinnige Lust, die Schnauze seines Autos nach oben zu ziehen, in drei Metern Höhe mitten durch das Laub der Chausseebäume zu fahren, eine Art fliegendes Auto zu lenken, davon hatte er als Junge geträumt.

Eine barocke Turmhaube war seitlich hinter dem Acker zu sehen, an der Kreuzung fuhr er nach links. Überm Acker sah die Dächer der kleinen Stadt unter einer Glocke aus Regen und diffusem Licht, auf die er zuhielt.

Er schaffte es nicht rechtzeitig. Judith stand bereits an der Bahnhofstür und wartete.

Papa, du kommst zu spät. Sie war gekränkt.

Während sie sprach, sah er ihre Zahnspange. Die Augen waren geschminkt, das blondes Haar streng nach hinten gekämmt, eine Spange mit einer Stoffblume steckte an der Seite.

Sie war fast so groß wie er. Irgendwie hatte er das Gefühl, sie war schon wieder gewachsen. Aber dann sah er, sie trug Schuhe mit Absätzen. Ihre Jeans saß knapp, und während er ihre Reisetasche trug, beobachtete er, wie sie routiniert in ihren hochhackigen Schuhen lief.

Paula war zu zeitig dran. Sie hatte keine Geduld mehr gehabt. Sie konnte die Kristallschälchen mit den Resten zitronengrüner Creme nicht mehr ertragen, dieses protzig zersplitterte Licht. Trotzdem hätte sie die Schälchen noch nicht zusammenstellen dürfen.

Warten wir noch fünf Minuten, hatte Daniels Patentante gesagt und eindeutig missbilligend zu ihr herübergesehen. Den Kaffee gibt es dann in der Bibliothek.

Darauf hatten die anderen aber ebenfalls keine fünf Minuten mehr gewartet. Ein allgemeines Stühlerücken, Geschirrzusammenstellen begann. Paula war froh, dass es vorbei war. Mit den anderen lief sie zur Anrichte, die im Flur für das benutzte Geschirr vorgesehen war.

Das sah nicht mehr edel aus, in schiefen Türmen, mit Soßenresten bekleckert. Ein paar Kartoffeln platschten in einen Eimer. Mit diesem Geschirr konnte sie sich anfreunden. So sah es auch in einer Mensa aus. Gabeln und Messer aller Länder, vereinigt euch!

Leise versuchte sie durch die Ansammlung der Menschen zur Treppe zu schlüpfen. Doch da wurde sie am Arm festgehalten.

Paulus, zier dich nicht so.

Max stand neben ihr: Du gehst da einfach rein. Mit uns. Wir spielen Billard und du trinkst 'nen Kaffee.

Unschlüssig stand sie auf dem roten Teppich. Warum ließ Max sie nicht in Ruhe?

Johannes trat hinter Max auf sie zu und sah sie gequält an: Warum kommst du nicht einfach mal rein? Wir sind alle in der Bibliothek.

Sie ließ sich von ihm in den Raum ziehen. Max lehnte sich an ein Bücherregal, und sie stellte sich neben ihn. Daniel und Gregor und ein paar andere standen um einen Billardtisch herum. Gerade schlug die kleine weiße Kugel gegen die Bande, prallte zurück und rollte ins Leere.

Knapp vorbei ist auch vorbei! Das war Gregor. Seine Stimme kreischte ein bisschen. Seine kantige Stirn glänzte.

Max verdrehte die Augen, er beugte sich zu Sophie hinüber, die in einem schwarzen Ledersessel saß: Kannst du deinem Cousin nicht ein bisschen Esprit beibringen?

Bin ich der Hüter, fragte die übermütig zurück, meines Cousins?

Der Hüter dieses Ladenhüters? Hannes hatte sich grinsend zu dem Kasten *Bionade* gebückt und zog zwei Flaschen heraus. Er reichte Paula eine Flasche. Sie nahm sie wortlos.

Wahrscheinlich war sie für alle so eine Lachnummer wie Gregor, unerträglich langweilig, unerträglich in ihrem beschissenen Schweigen. Sie nahm einen Schluck in den Mund, musste ihn hinunterkriegen. Ein Ventil ging vernehmlich in ihrer Kehle auf, und der Schluck rutschte wie ein Klumpen tiefer. Nicht einmal trinken konnte sie.

Die Kellnerin ging umher. Mit ihrem unerbittlichen Gesichtsausdruck trug sie ein Tablett mit Espresso-Schalen. Sorgfältig das Gewicht ausbalancierend, hob sie Tässchen um Tässchen vom Tablett und reichte es den Gästen. Paula mit ihrer *Bionade* in der Hand hatte wieder das Gefühl, von der Frau verachtet zu werden, denn die ging, ohne sie anzublicken, an ihr vorüber, während Johannes, die Flasche schwenkend, lachte und den Kopf schüttelte.

Er entlockte tatsächlich der Kellnerin den Ansatz eines Lächelns. Die ging mit diesen Kringeln in den Mundwinkeln weiter, Espresso verteilend. Aufrechter nun, fand Paula, ihr Dienst oder bloß ihr Tablett schien nun für sie weniger zu wiegen. Das hatte Johannes mit seinem Lachen geschafft. Für so viele hatte er hier ein Lachen, nur nicht für sie. Nein, in einem Kanu würde sie niemals mit ihm über einen Fluss paddeln. Das war nur ein Tagtraum.

Wirklichkeit schlägt Traum, dachte Paula. Weil sie einfach geschieht und wir in ihr funktionieren. Insektenhaft. Aus allen Winkeln der Bibliothek krochen sie hervor: Gottesanbeterinnen, Wespen, Grillen, Waldameisen, Fliegen, Hirschkäfer, Borkenkäfer, Wasserläufer, Asseln, Schnaken. Sie sah Chitinpanzer, Köpfe mit Facettenaugen, seltsame Gelenke wie Rohre und Maschinenteile, überlebensgroße Kreaturen – und sie sah sich an der Nähmaschine, auf dem Linoleum des Ateliers hockend, sah Plastiktüten, Metallteile, Alufolie, Siebe, Raspeln … Ihr war, als säße eine Biene auf ihrer Hand, pumpend, sich von dem Stachel, den sie in ihr Fleisch gestochen hatte, zurückziehend. Ihr Hinterleib zitterte. Eine entsetzliche Stachelgeburt, Sekret wie Blut absondernd, kroch das Insekt todmüde weg.

Den Kragen hochgeschlagen, rannte Thomas um das Auto herum und öffnete die Klappe. Er befürchtete, dass unglaubliche Mengen Regen in den Kofferraum stürzen könnten, während er Judiths Reisetasche herauszog.

Judith war schon unter das Vordach gelaufen. Er rannte ihr nach, und sie lachte: Papa, du siehst aus wie ein Walross, das gerade aus der Nordsee aufgetaucht ist.

Was hast du nur alles mitgeschleppt? Willst du Goldbarren verschenken?

Das sind Bücher. Chirurgie.

Ich dachte, wir feiern Hochzeit.

Ich habe meinen Zeitplan. Da ist jetzt einfach getaktet, wofür ich lernen muss.

Thomas legte seinen Arm um sie. Er hatte den Eindruck, dass sie dünner geworden war. Sie nahm alles zu ernst. Aber so war sie schon als Kind gewesen. Während Daniel einfach nie was machte, hatte Judith sogar Rolle vorwärts und rückwärts für Sport geübt. Eine Zwei hatte sie immer todunglücklich gemacht. Er wusste gar nicht, von wem sie das hatte. Lilli hatte ihr Studium abgebrochen und war dann MTA geworden. Er selbst war zwar nicht schlecht gewesen, aber doch stets ökonomisch herangegangen. Wahrscheinlich schlug das Erbgut der Familie Jünger bei ihr durch. Protestantischer Arbeitsethos und die hagere Durchhaltefigur des alten Pfarrers.

Als sie den Flur entlanggingen, öffnete sich eine Tür. Daniel guckte heraus: Na, Dicke? So nannte er sie, seit sie ein rundliches Kleinkind gewesen war.

Ein kleines Begrüßungsbier?

Thomas schüttelte den Kopf. Er hätte Judith jetzt lieber schnell die Tasche nach oben gebracht. Später würde er keinen Schneid mehr dafür haben.

Komm doch ganz kurz mit rein.

Sie zog ihn an der Hand, als wäre sie wieder das kleine Mädchen, das seinen Papa hinter sich herziehen darf.

Auf ein Bier. Mit mir, ja?

Vor den Bücherschränken standen junge Leute. Wer es rechtzeitig geschafft hatte, lümmelte auf den abgeschabten Ledersesseln.

Er musste nur unentwegt seine mürrische Miene aufsetzen, um sich Respekt zu verschaffen. Das war sein Amtstrick. Mit einem grimmigen Gesicht konnte man quasi keine lächerliche Figur abgeben.

Einer von den Burschen, die er heute Vormittag im Foyer gesehen hatte, der mit der Woody-Allen-Brille, stand neben den Kästen mit Bier und Brause: Wollen sie eins?

Zwei sogar. Judith drängelte sich an ihm vorbei.

In ihrer hellgrauen Bluse bekam ihre Bewegung etwas Schlangenhaftes. Sie schüttelte die Haare aus der Stirn. Wie hübsch sie ist, dachte Thomas. Aber sie sind alle hübsch. Es gibt nur Nuancen ihrer Schönheit. Es gibt nur Schönere und etwas weniger Schöne.

Das Mädchen zum Beispiel, wie sie in ihrem verwaschenen T-Shirt und der Jeans am Regal lehnte. Die sandte die anmutige Schwermut einer Quellnymphe aus. Sie stand da, als müsse sie sofort in die Wälder zurück. Nur die Flasche in ihrer Hand störte. Thomas stellte sich ein Füllhorn vor, einen Kranz mit Wasserrosen.

Sein Blick wanderte weiter. Nein tatsächlich, diesem Gregor stand Jugend einfach nicht. Dem könnten ein paar Jahre mehr die Gesichtszüge schärfen. Ein paar nachdenkliche Falten in dieser gigantischen, glänzenden Stirn würden ihm ganz guttun.

Mit dem Daumen fuhr Thomas kurz über die Flaschenöffnung. Das Bier war leicht bitter, kühl. Es war zu früh dafür. Aber dafür würde er nachher Körnigs besser überstehen.

Daniel schien das nicht zu besorgen. Der ging gemächlich um den Billardtisch herum, den Queue in der Hand, selbstvergessen, als wäre er hier nur zum Billardspielen angereist.

Während Sophie Judith auf die Wange küsste: Schön, dass du da bist!

Das finde ich auch, mischte sich der mit der Brille ein und lachte.

Machte der seine Tochter an? Thomas taxierte ihn. Seine Simmer klang barsch: Wohl brotloser Geisteswissenschaftler?

Soziologe, antwortete der. Aber nicht völlig nutzlos. Ich habe eine Assistentenstelle an der Uni.

Methoden, warf jetzt sein Freund ein, es war der Autofahrer vom Vormittag. Ein Statistikheini. Das wird immer gebraucht.

Am Bücherregal lehnte die Quellnymphe. Sie wirkte verschlossen.

Und Sie? fragte Thomas.

Vollkommen brotlos, sagte sie. Ihre Mundwinkel versuchten ein Lächeln: Textile Kunst.

Weben?, fragte er hilflos.

Das auch. Aber auch Skulptur, Installation, Performance.

Ihr Lächeln war abwehrend, und ihr Blick suchte den Autofahrer. Der lehnte sich zu ihr hinüber, umfasste sie schützend. Nicht nur die nützlichen Ameisen, auch die Grillen sollen leben, sagte er zu ihr. Dann wandte er sich zu Thomas. Er sei übrigens eine Soziologengrille vom Schlage der Frankfurter Schule.

Das ist also ihr Freund, dachte Thomas und sah die riesige Pranke an der schmalen Hüfte des Mädchens. Dass man mit solchen Händen überhaupt Soziologie studieren konnte? Wenn so einer schon studierte, dann Sportwissenschaft.

Das Mädchen lächelte jetzt. Schüchtern und nur für den Frankfurter Schüler. Thomas holte seine Zigaretten heraus, bot sie an. Der Soziologe nahm eine, das Mädchen schüttelte den Kopf. Während er rauchte, sah er zu, wie der Rauch zu ihr zog und sie sich immer tiefer in das Regal zu drücken schien.

Der Statistikheini zwinkerte Judith zu, nahm seine Brille ab und hielt eine geschlossene Flasche an sein linkes zusammengekniffenes Auge. Ist alles nur mentales Training, sagte er, lachte und hatte den Kronkorken im Muskelring um seine Augen stecken. Judith lachte ungläubig.

Schleimer, dachte Thomas und sagte: Ich geh' jetzt mal in meine Altersklasse zurück.

Judith hängte sich an seinen Arm: Ich komm mit, Papa.

Schlangenhaft lief sie neben ihm her. Das war eine neue Gangart, fand Thomas. So verführerisch lief sie wohl nur für den Kronkorken-Akrobaten. Tatsächlich hatte er im Flur das Gefühl, ihr Gang würde normaler werden. Sie war wieder Judith, die er kannte und die auf einen Neurologie-Professor schimpfte, der ein absoluter Korinthenkacker wäre.

In der Glasveranda saßen Lilli und ein paar andere Gäste. Lampen leuchteten auf den Fensterbrettern. Draußen hatte es aufgehört zu regnen, doch der Himmel blieb grau. Es gab Kaffee, jemand hatte eine Flasche Rotwein geöffnet. Er sah gleich, dass Lilli bestimmt schon das zweite Glas trank. Sie redete lebhaft auf Herrn Körnig ein, der an eine Kaffeetasse vor sich stehen hatte.

Vorsicht Lilli, dachte Thomas und sah in ihr leicht gerötetes Gesicht, mach dich nicht nackt.

NÄSSE

> … denn alles Dämonische steht in der Mitte
> zwischen Gott und Mensch.
>
> *Platon, Das Gastmahl*

Paula kannte den Kronkorkentrick. Johannes hatte es ihr später erklärt. Man musste die Flasche vorher bereits unauffällig geöffnet haben. Das war albern. Aber sie hatte ja auch ungläubig gelacht, so wie das Mädel jetzt.

Max schlenkerte zum Billardtisch, und sie konnte sich endlich davonmachen. Eine leise Drehung, ein paar Schritte. Am Ende des Flurs stand die Kellnerin und redete in die Küche hinein. Eine aufgeregte Stimme, ein tschechischer Akzent. Es ging wohl um Geld. Wochenendzuschlag, rief die Kellnerin und verstummte sofort, als sie Paula sah. Die lief rasch zur Treppe, nahm zwei Stufen auf einmal. Warum benahm sie sich hier pausenlos wie auf der Flucht?

Paula schloss das Zimmer auf. Trat ein. Ein kleiner ungemütlicher Raum, vollgestopft durch das zusätzliche Beistellbett. Wer hier sonst wohl schlief? Ein Handelsreisender? Dem Geruch nach wurde das Zimmerchen nur selten benutzt.

Sie riss das Fenster auf. Draußen hatte es endlich aufgehört zu regnen. Die Luft war dicht bepackt mit Feuchtigkeit. Der Wald dampfte. Das liebte sie so. Das erinnerte sie an ihre stillen Kindheitsnachmittage, an denen sie auf der tiefen Fensterbank in der Küche saß, ein Buch auf den Knien. Vater deckte sie mit einer Wolldecke zu.

Sie hatte so viele thüringische Vorfahren. Ihre Oma mütterlicherseits kam aus Suhl und der Großvater aus einem Dorf in der Nähe. Er hatte Landwirtschaft studiert und war LPG-Vorsitzender geworden. Im Eichsfeld. Ein Genosse, der den katholischen Saustall ausmisten sollte. Das waren seine Worte: katholischer Saustall.

Der Großvater hatte eine Warze über der Oberlippe, um die er herumrasieren musste. Sie hatte sich vor ihm immer ein wenig gefürchtet, wenn sie die Großeltern besucht hatte. Da waren sie schon in eine kleine Neubauwohnung in Erfurt-Nord gezogen.

Später, als sie all die Bücher über Depressionen las, um herauszufinden, was mit ihrer Mutter passiert war, hatte sie ihn gehasst. Sie hatte lange gebraucht, bis sie begriff, dass er nicht lieben konnte. Er liebte seine Frau nicht, er liebte sie nicht. Er sprach niemals liebevoll von irgendwem oder irgendwas. Er war bloß verbittert, ein notorischer Nörgler. Süchtig paffte er seine Zigarren, bis der Krebs seine Zunge fraß, seinen Mund, seine Lungen.

Davon erzählte die Oma am Telefon. Sie hatte sich das nicht ansehen wollen. Zur Beerdigung kamen all die thüringischen Verwandten der Großeltern. Sogar hier vom Rennsteig, sie erinnerte sich, war jemand da. Omas Schwester. Die beiden alten Frauen sahen sich ähnlich. Neben ihrer Schwester blühte die Oma auf. Sie erzählten aus ihrer Kindheit. Von den Waschtagen. Erst die Wäsche, dann die Kinder.

Vielleicht sollte Paula einfach ins Dorf hinunter. Vielleicht entdeckte sie dort Omas Schwester. An einen Zaun gelehnt mit einer Nachbarin schwatzend. Aber das war Unfug. Sie kannte nicht einmal den Nachnamen, sie wusste nicht, ob sie wirklich in dem Dorf da unten wohnte. Es blieb einfach dieses Gefühl von Heimat. Eine Kindheitslandschaft mit Hügeln, Wald und Wiesen, die sie verloren hatte, lange bevor sie zum Studium weggezogen war. Seit Vater ihr das weggenommen hatte.

Ich gehöre hier nicht mehr her, dachte Paula und sah aus dem Fenster. Der rauchblaue Dunst über den Wipfeln. Sie hörte eine Krähe ganz nahe krächzen, sah sie aber nicht. Vielleicht hockte sie auf dem Dachfirst. Das Krächzen klang höhnisch.

Paula warf das Fenster zu. Alles fühlte sich falsch an. Sie wollte raus aus dem Zimmer, nahm ihr Platon-Bändchen. Im Vorbeigehen rammte sie das Beistellbett, auf dem Hannes heute schlafen würde. Mehrere Meter von ihr entfernt, so dass sie sein Marathonläuferherz in der Brust nicht klopfen hören würde. Sie wusste, wie das klang. Es schlug wirklich langsam. Es brauchte anscheinend lange, um sich zu entscheiden. Paula hatte plötzlich Angst vor seiner Entscheidung.

Weil aus der Bibliothek noch immer Stimmen drangen, verkroch sie sich auf einen der Ledersessel im Empfang. Der roch nach Zigaretten, nach bürgerlicher Männlichkeit. Sie schlug Platon auf, suchte wahllos eine Stelle im *Gastmahl*:

Was mag denn nun der Eros sein? fragte ich. Etwa ein Sterblicher?

Keineswegs.

Aber was dann?

Wie vorhin, sagte sie, ein Mittelwesen zwischen Sterblichem und Unsterblichem.

Was also Diotima?

Was also, dachte Paula, während sie das Reclam-Bändchen wieder zuklappte, ist die Liebe? Ein verfetteter Gnom, ein Irrwisch? Sie neigte den Kopf. Es tat gut, den Kopf immer tiefer zu senken, als könnte sie so unter eine Wasseroberfläche tauchen. Grüne kühle Flut um sich, ein Weiher im Wald, Schwebeteilchen im Wasser, zartbeinige Wasserläufer von unten betrachtet gegen ein goldenes Licht. Und wenn sie hinabblickte, Wasserflöhe, Kaulquappen. *Ein großer Dämon, Sokrates, denn alles Dämonische steht in der Mitte zwischen Gott und Mensch.*

Immer noch Plato?

Sie schreckte hoch. Da stand Max und sah sie an. Hey, sagte er, nimm mal das Buch weg und guck hoch.

Paula legte das Buch auf die Knie und sah ihn herausfordernd an.

Du hast geweint.

Natürlich nicht. Ich habe definitiv mit siebzehn das letzte Mal geweint, und auch nur, weil … Ach …

Was, weil?

Ist nicht so wichtig.

Max grinste ironisch: Männer sind nun mal Säcke.

Schön, eure Selbsterkenntnis.

Du siehst weinerlich aus.

Sie drehte den Kopf weg: Blödsinn.

Max setzte sich neben sie. Wie willst du dich eigentlich in der Welt verteidigen? Dir fehlen die stärksten Waffen: Ironie und Polygamie.

Aber ich kann zynisch sein.

Ja, kannst du. Manchmal. Aber Zynismus ist noch ein ganzes Stück unter der Ironie. Zynismus ist so'n Schwert …

Das hat keinen Griff, nur eine Schneide, murmelte sie.

Du bist eine richtig schlaue Jungfrau. Ich meine jetzt nicht Häutchen und Häubchen. Ich mein' deinen virginalen Geist. Diana oder so. Ich würde dich glatt heiraten, als Einzige, wenn ich je heiraten oder irgendetwas ernst nehmen würde.

Nun sah sie ihm voll ins Gesicht. Er hatte sie herumgekriegt. Sie musste grinsen: Ach, und Maria?

Mit der krieg' ich ein Kind. Sie wird die Stammmutter meines Geschlechts. Man soll die Dinge nicht durcheinanderbringen.

Das ist also ein Antrag für den Fall, dass dich deine Ironie verlässt?

Was sie natürlich nie tut.

Keine Sorge. Ich versteh' das schon richtig. Sie schlug ihr Buch wieder auf.

Max legte seine Hand auf die aufgeschlagenen Seiten: Eigentlich wollte ich dich fragen, ob du mit klettern gehst. Jetzt! Er drückte ihr ihren Fleecepullover in die Hand.

Und Johannes?

Lach ihn aus, den alten Sack.

Die Tür der Bibliothek wurde geöffnet. Stimmen, Schritte. Eine Gruppe Menschen kam heraus und drängte sich im Flur. Die alte Dame stand auf dem untersten Treppenabsatz und hatte ihre Händchen auf die Schulter einer alten Frau im Kittel gelegt, die im Fußbodenwischen gestört, stumm aufgestanden war und sich einem älteren Ehepaar zeigen ließ.

Und hier, Herr Doktor Körnig, ist die Seele unseres Hauses! Mit gewinnendem Lächeln trommelten die Fingerspitzen der alten Dame den Rhythmus ihrer melodischen Stimme mit, ließen die alte Frau nicht entweichen, ließen sie nicht hinunter zu ihrem Eimer, so dass sie mit dem Scheuertuch in den geröteten Händen dastand, wie ein Kind, das noch einmal allen Gästen guten Tag sagen sollte.

Paula betrachtete den schmalen Herrn, der mit sichtlichem Unbehagen in die Situation gezogen worden war. Sie sah, wie seine Handgelenke sich tiefer in die blütenweißen Manschetten seines Hemds verkrochen, wie das graue, feine Haar am Hals zitterte, weil der Adamsapfel auf und ab rutschte, während er, das vermutete Paula, nach einem ehrlichen Satz für die alte Frau rang, nach einem Trost oder einem Lob jenseits der verlogenen Vorführung.

Wir haben im ganzen Haus, sagte er und griff die roten Hände, die den feuchten Scheuerlappen hielten, so dass ein paar Tropfen Wischwasser auf seine Manschetten fielen, alles äußerst reinlich vorgefunden.

Max, der rascher als Paula begriffen hatte, dass man hier besser verschwand, zog sie aus dem Sessel und schob sie ins Freie.

Paula stieg zögernd die glitschigen Stufen hinunter, während er ihre Hand hielt und sie weiter zerrte.

Super. Es regnet nicht mehr.

Vorbei an Daniels Eltern, die auf der Treppe standen, Hand in Hand und auf die Einfahrt blickten.

Ein Taxi fuhr quietschend vor. Der Taxifahrer klappte den Kofferraum auf. Eine alte Frau stieg aus. Ihr Kopf mit dem kurzen schneeweißen Haar drehte sich zu Paula. Es war ein kluges Gesicht. Der abschätzige Blick streifte sie kurz.

Ich kann doch auch was tragen! Energisch griff die alte Dame nach einer Reisetasche.

Du hattest doch erst vor kurzem die OP, rief Daniels Vater ihr zu.

Die ist acht Wochen her. Sie hielt die Reisetasche fest, die er ihr wieder aus der Hand nehmen wollte.

Du warst schon immer zu übereifrig. Mir gegenüber. Ihr Tonfall war jetzt verärgert. Mit raschen Schritten stieg sie, die Tasche grimmig in der Hand, die Treppe hinauf und verschwand in der Tür.

Unten startete das Taxi. Neben Daniels Vater stand ein kleiner

Rollkoffer, auf dem eingewickelt ein Blumenstrauß lag. Finster sah er zum Eingang des Hotels. Für einen Augenblick schaute er böse zu Paula hinüber.

Thomas! rief seine Frau. Sein Blick löste sich von Paula. Er sah seine Frau an, die zu ihm hinunterkam, lächelnd. Sie bückte sich zu dem Strauß, griff seinen Arm, wie man nach dem Arm eines Kranken fasst: Du kennst doch Mutter.

Ihr Mann nahm den Koffer. Ihn festhaltend und noch immer lächelnd, stieg sie mit ihm die Stufen wieder hinauf.

Ich möchte so werden wie sie, dachte Paula, während sie neben Max herlief, so gelassen.

Am liebsten hätte er den Koffer unten im Empfang stehenlassen. Sollte Schwiegermutter doch sehen, wie sie das Ding nach oben kriegte, denn weiß der Himmel, der Koffer war klein, aber schwer. Sie musste ihren ganzen Schmuck eingesteckt haben. Selbst alte Frauen schleppten noch immer eine unglaubliche Menge Zeug mit. Man konnte doch annehmen, die Eitelkeit verginge mit den Jahren.

Die Weisheit des Alters war nur ein Witz. Es gab sie nicht. Es gab nur die Verstärkung der Eigenschaften, vorwiegend der schlechten. Oder es war so, dass es überhaupt gar keine guten Eigenschaften gab. Gute Eigenschaften waren gewissermaßen der Mangel an schlechten Eigenschaften. Toleranz war zum Beispiel nur das Fehlen von Intoleranz. Deshalb verstärkten sich auch die guten Eigenschaften nicht im Alter. Es gab sie gar nicht.

Eigentlich rang ihm die Energie dieser sechsundachtzigjährigen Frau Anerkennung ab. Da hatte sie sich erst vor zwei Monaten am Fuß operieren lassen, gekrümmter Zeh, *Hallux valgus*, und nun ging sie aufrecht wie eine Dreißigjährige vor ihm her. Aber er konnte nicht anders als voller Wut auf ihren Rücken blicken. Leichter Witwenbuckel, die linke Hand zitterte. Hatte Hitler so was nicht auch gehabt? Immer eine verräterische Hand, die die ganze Disziplinierung nicht mitmachen wollte.

Und das Mädchen draußen auf der Veranda, noch blasser als vorhin, ein beinahe durchscheinendes Gesicht unter der Fülle des roten Haars, des rot gefärbten Haars. Die Augen weniger dunkel umrandet, darum ebenfalls blasser, aber größer. Jetzt war sie noch deutlicher ein Wasserwesen.

Wie hatte sie ihn nur angesehen? Voller Mitleid? Verständnis? Irgendetwas hatte sie ihm sagen wollen. Wäre Lilli nicht gekommen, er hätte sie gefragt.

Aber Lilli hatte ihn abgeführt. Frauen haben manchmal den siebenten Sinn, besonders nach so vielen Jahren Ehe. Lilli hatte diesen Sinn. Sie hatte sich noch bei jeder Party neben ihn gestellt, wenn ihm irgendeine Frau gefallen hatte. Sie konnte dann so selbstverständlich neben ihm sein. Immer eine leichte Berührung, Körperkontakt, der der anderen signalisierte: Der hier gehört mir.

Aber war das jetzt wirklich nötig gewesen?

Das Mädchen war doch ungefähr so alt wie Judith. Er konnte ihr Vater sein. Er hatte sie einfach nur väterlich angesehen. Wie man in seinem Alter eben die jungen Leute beobachtet. Es ist so lange her, dass er selbst jung gewesen ist. Ein zielloser, verbockter Zwanzigjähriger.

Er hat es dem alten Restaurator Rickert zu verdanken, dass er nicht verkommen ist. Der ihn erst mal mitmachen ließ, trotz Rundrücken und hilflos schlenkernden Armen. Das Gesicht hinter langen und natürlich ungewaschenen Haaren versteckt. Will er so noch einmal sein?

Lillis Mutter stellte die Reisetasche ab, ließ sich von Gertrud auf die welken Wanken küssen und tätschelte ihre Hand. Die alten Frauen sahen sich in die Augen.

Sag bloß nicht, dass ich gut aussähe. Sie lachte.

Dafür mochte er sie wieder. Die Gertrud-Verlogenheiten machte sie nicht mit. Lilli machte sie mit. Lilli war schwächer, anschmiegsamer. Menschlicher, dachte Thomas und spürte wieder, wie er sie beschützen wollte – vor allen hier. Vor ihrer ganzen Familie, in deren Fänge sie immer wieder geriet. Eine mächtige Sippe, aus der er sie nie wirklich herausgehauen hatte.

Es war in Wahrheit umgekehrt – diese Sippe hatte ihn aufgesogen, in ihre Vergangenheit, in all die Vergangenheitsgeschichten, die Lilli erzählte, die ihre Mutter erzählte.

Seine eigene Familie, die nur aus seiner Mutter und den Großeltern bestand, war zu schwach gewesen. Der Großvater war gestorben, bevor er überhaupt wusste, dass er eine Geschichte hatte, denn als Kind hatte er einfach in den Tag hineingelebt, gut gefüttert, ein wenig tollpatschig mit der Gießkanne im Schrebergarten der Großeltern hantierend.

Der Garten war schon immer da, die Großeltern, die Mutter. Von Anbeginn zu Anbeginn, bis der Großvater eines Herbsttages im Garten zusammengesackt war, beim Beschneiden des Apfelbaums, die Hände am Brustkorb gekrampft. Rasch, ganz rasch.

Husch, hatte die Großmutter später gesagt, fassungslos, und sie hatte Herrn Melzer von nebenan gebeten, diesen Baum abzusägen.

Bevor noch die Nachbarn angestürzt kamen, lange bevor der Krankenwagen vor der Kleingartenanlage gestanden hatte und der Notarzt durch den Gang gerannt, war die Seele fort. Die Opa-Seele. *Wir sitzen unterm Hollerbusch und machen alle husch, husch, husch,* sang der Tod dem Siebenjährigen vor, in dessen Leben er getreten war.

In dessen Leben der Tod nun vorkam. Auf dem Einschulungsfoto gab es den Großvater noch. Doch im nächsten Frühjahr war der Schrebergarten leer ohne den Boskop und ohne Opa, der doch eigentlich in blauer Latzhose und Gummistiefeln die Beete bearbeiten sollte. Der Garten war ein Paradies ohne Gott den Herrn geworden. Und kein Apfel, keine Erdbeere schmeckte mehr so süß wie vorher.

Schrecklicher Tod, der den Großvater, und als er neunzehn war, die Großmutter holte und so fort, hier einen Nachbarn und dort einen Mitschüler (schon immer herzkrank, was niemand wusste) und Lillis Vater, da war Dani zwei Jahre, und Lillis Bruder vor drei Jahren endgültig.

Der Tod hatte Tillmann schon lange gewiegt, mit ihm gespielt wie mit einer halbtoten Maus, seit er mit siebzehn den Motoradunfall hatte und aus dem jungen schönen König, dem Erstgeborenen und Sieger ein Koma-Patient und später einer geworden war, der in einem evangelischen Heim vor sich hinvegetierte, mager, gewindelt, unleidlich die meiste Zeit, als nähme er allen seinen Unfall übel, an dem nur er Schuld hatte, überhöhte Geschwindigkeit, die ihn aus einer Kurve herausgeschleudert hatte, als nähme er ihnen übel, dass sie ihr Leben einfach fortsetzen durften, während er, mit sabberndem Mund und zu einem Lichtfleck kriechend, einfach nur noch warten musste, dass der missglückte Versuch endlich abgebrochen wurde.

Vielleicht hatte Lillis Mutter ihn schon lange auf die Seite der Toten gestellt, denn in ihren Erzählungen gab es Tillmann nur als herziges Kind, als begabten Oberschüler. Sein Bild als Konfirmand hing im schwarzen Rahmen an der Wand. Das erste halbe Jahr hatte er angenommen, Lillis Bruder wäre gestorben. Nie, auch Weihnachten nicht, holten seine Schwiegereltern Tillmann nach Hause.

Es verwirrt ihn nur, sagte Lilli und plapperte nach, was ihre Mutter ihr seit ihrem dreizehnten Jahr eingetrichtert hatte, seit sie ein Einzelkind geworden war, aufgerückt in der Geschwisterfolge zu einer Erstgeborenen, die nun leisten sollte, was Tillmann in den Graben gesetzt hatte. Was sie nicht konnte, Lilli das ewig herumtrödelnde Mädchen.

Papperlapapp, sagte seine Schwiegermutter gerade. Das Gespräch war an ihm vorbei gegangen. Irgendwohin, zu einer Schmeichelei wahrscheinlich, dachte Thomas und entdeckte jetzt Judith, die auf ihre Großmutter zustürzte und den Arm unter ihren schob.

Ich zeig' dir dein Zimmer, ja? Vielmehr bin ich neugierig auf dein Zimmer.

Sie lachte. Ich habe mir ein ganz süßes Kleid von deinem Geld gekauft. Papa meinte, ich kann ja mein altes Abiball-Kleid anziehn, dieser Banause.

Wieder hatte Judith dieses neue Schlangenhafte an sich. Sie sah ihrer Großmutter ähnlich, derselbe rund geformte, gelungene Hinterkopf. Die Augen ein wenig katzenhaft.

Thomas dachte an die weiblichen Lukas-Cranach-Portraits, an den Hüftschwung der stehenden Figuren.

Gertrud hatte den Schlüssel von Brett genommen: Zweite Etage, meine Liebe. Ich hoffe, es gefällt dir.

An der Ausfahrt wartete Johannes, den Rucksack mit Seilen und Haken auf dem Rücken. Max hatte den Kletterführer und eine Karte in der Hand, mit dem Finger fuhr er einen Weg nach.

Wir nehmen gleich die Abkürzung über den Hang, erklärte er.

Die Wiese dampfte und Paulas Jeans wurde bis zu den Knien

hinauf nass. Max lief voran. Johannes stapfte gleichmäßig mit dem Rucksack hinterdrein. Er wirkte wie Max' Sherpa.

Nur für Paula blieb keine Rolle übrig. Warum bin ich mitgekommen, dachte sie, während sie das Tempo nicht halten konnte, sich am langen Gras festhielt um nicht auszurutschen. Steinchen kamen unter ihren Füßen ins Rollen. Sie war die Einzige, die diese kleinen Lawinen auslöste.

So gingen sie wohl eine halbe Stunde. Paula konnte schon den Felsen sehen, einen knurrigen grauen Riesen, auf den sie zuliefen. Der Hang wurde steiler.

Scheißabkürzung, murrte Johannes. Nun rollten auch unter seinen Schuhen die Steine, kollerten auf Paula zu. Sie sprang zu Seite und geriet auf nasses, wie poliert glänzendes Gestein. Instinktiv drehte sie sich um, kam in den Vierfüßerstand und versuchte sich irgendwo festzuhalten. Doch sie rutschte immer weiter, fiel auf die Knie, fand keinen Halt für ihre Hände und schrammte über den glitschigen Felsen. Dann war die schräge Ebene unter ihren Füßen plötzlich weg. Sie fiel. Krachte mit Knien und Füßen auf. Ihr Kinn knallte irgendwo dagegen.

Hast du dir was getan? Max kam sofort zu ihr herunter.

Ihr Herz klopfte heftig. Gleichzeitig schämte sie sich für ihre Ungeschicklichkeit. Sie drehte sich zu Max und versuchte zu grinsen.

Der nahm besorgt ihr Gesicht in seine Hände und betrachtete ihr Kinn. Etwas Feuchtes rann ihr den Hals hinunter und ihr in den Kragen. In ihrem Unterkiefer begann ein Schmerz zu bohren.

Ist nur 'ne kleine Platzwunde unterm Kinn. Hannes, haben wir Verbandszeug?

Warte. Ich kann den Rucksack hier nicht absetzen.

Er versuchte hinunterzuschlittern, rief von oben: Geht es denn?

Paula nickte benommen. Sie wusste überhaupt nicht, ob es ging.

Der Schmerz puckerte in ihrem Unterkieferknochen, und das Blut sickerte warm aus der Wunde. Max legte die Arme um ihre Hüfte und schob sie neben sich her. Sie schloss kurz die Augen, wusste überhaupt nicht, wo es langging. Öffnete die Augen, sah nur Max' besorgtes Gesicht.

So ließ sie sich führen, bis sie einen Weg erreichten. Auf einem Baumstumpf setze sie sich. Das Kinn brannte heftig, im Knochen pochte es. Das Bluten hatte nachgelassen, doch sie musste völlig verschmiert sein. Sie hatte Angst, dass da ein riesiger Riss war, etwas, dass für immer ihr Gesicht entstellen würde. Ihr ganzer Kopf schmerzte. Sie begann zu schlottern.

Das wird wieder. Max klang schuldbewusst.

Johannes hatte eine Taschentuchpackung herausgekramt und drückte ihr ein ganzes Bündel Taschentücher an das Kinn. Tränen traten ihr in die Augen.

Und jetzt?, fragte Max.

Binden wir 'ne Binde drum.

Wir haben doch keine.

Johannes wickelte sein Halstuch ab. Legte die restlichen Taschentücher hinein und wickelte es ihr um den Kopf, machte am Hinterkopf einen Knoten.

Sie versuchte zu lächeln: Ich sehe aus wie Witwe Bolte.

Zumindest hält es. Johannes zog seine Jacke aus. Hier, du frierst doch. Er legte sie ihr um die Schultern.

Sie hockte unter der Jacke. Am liebsten hätte sie sich hingelegt. Eine leichte Übelkeit stieg hoch.

Da hinten ist eine Bank. Max zeigte den Weg entlang. Paula nickte. Sie stolperte ein bisschen beim Aufstehen. Johannes hielt sie fest. Da war sein Brustkorb, der warme Atem, der ihren Hals streifte.

Geht's? Seine Stimme klang fürsorglich.

Sie lächelte, wollte sich nicht stützen lassen, aber die beiden hielten sie links und rechts. Hannes' Jacke hing schwer über ihren Schultern.

Die Bank war weit entfernt. Sie lief wie eine Marionette. Arme-Paula-Puppe, dachte sie und versuchte an den imaginären Schnüren zu ziehen: linkes Knie hoch, rechtes Knie hoch.

Dann war sie da, legte sich hin, zog die Knie an und schloss die Augen.

Was ist?

Mir ist bloß ein bisschen übel.

Soll'n wir dich zurückbringen? fragte Max.

Nein, mich bloß mal 'ne halbe Stunde liegenlassen. Sie öffnete die Augen und lächelte zu den beiden hinauf. Ihr klettert solange eure Wand hoch, und ich bleib' hier. Nachher gehen wir zusammen zurück.

Wir können dich hier doch nicht liegen lassen, sagte Johannes.

Paula setzte sich auf, lächelte unaufhörlich: Mir geht's schon besser. Deine Jacke ist superwarm. Ich bleib' einfach hier sitzen und warte auf euch. Da ist doch euer Fels.

Ja, ist vielleicht auch besser, wenn du dich erst mal ausruhst. Max hatte sich eigentlich schon überreden lassen. Dauert wirklich nur 'ne halbe Stunde.

Na also.

Paula wusste auch nicht, warum sie so sehnlich wünschte, dass die beiden endlich verschwanden. Ein bisschen frische Luft und dann geht's wieder.

Wirklich? Johannes setzte sich ungläubig den Rucksack auf.

Endlich trollten sie sich. Der Feuchtigkeit ausatmende Wald verhüllte sie rasch. Sie blieb mit dem Rauschen der Baumkronen, die ihren Regen abschüttelten, zurück. Gut, dass sie weg waren. Die Kälte kühlte ihr heißes Kinn. Nur noch ein dumpfer, saugender Schmerz, kein pulsierendes Pochen mehr.

Sie setzte sich aufrecht hin und sah auf die Hügel zurück, die sich, einer nach dem anderen, wie die Rücken riesiger, urzeitlicher Tiere in der Ferne verloren, eine Herde, die vor Zeiten in ihrer Bewegung erstarrt war. Fast meinte sie, das leichte Auf und Ab ihrer atmenden Körper zu sehen.

Die Kammlinie da hinten war der Rennsteig. Diesen Rennsteig entlangwandernd und wieder hinab in ein Tal gehend und von dort durch das Dorf und einen weiteren Hügel hinauf würde sie nach Hause kommen.

Zu Fuß, dachte sie, bräuchte sie vielleicht drei bis vier Stunden. Am Abend könnte sie an der Haustür anklopfen, und Vater würde öffnen. Sie würde seine schlurfenden Schritte im Hausflur hören.

Seit seiner Krankheit ging er wie ein alter Mann, obwohl er erst Mitte Fünfzig war. Sie konnte es nicht ansehen, wie sein Bart grau und struppig geworden war und seine Bewegungen unscharf. Er griff daneben. Hob er eine Tasse, musste er sich konzentrieren, sie wirklich fest zu fassen. Alles wollte ihm aus den Händen fallen.

Er war so leicht zwischen den Dingen geworden. Trug jetzt immer einen Gürtel, der ihm die Hose, in deren Bund der dicke Pullover gestopft war, festhielt. Wenn sie ihn umarmte, fühlte sie die Schulterblätter unter der Wolle. Sein Hals war dürr und von grauem Flaum bewachsen. Er freute sich so, wenn sie kam, dass sie am liebsten die ganze Zeit geweint hätte.

Der Irre, nannten sie ihn nun unverhohlen im Dorf. Aber er war nicht irre. Er war nur so sanft geworden, dass sie es nicht aushielt. Er schrieb ihr Briefe: *Mein Kind, mein liebstes Mädchen, mein liebes*

Paulakind, heute regnet es ununterbrochen. Ich bin sehr müde, muss aber noch mal runter. Der Bäckerwagen kommt um elf.

Sein Leben gefiel ihm nicht mehr, sie wusste es. Sie war seine letzte Verbindung zur Welt. Aber sie hielt es nicht aus.

Was machte er da den ganzen Tag, dachte sie, in dem kleinen, mit Schiefer gedeckten Haus am Waldrand. Das Haus wurde immer maroder. Hier und da lockerte sich eine Schieferplatte. Die Feuchtigkeit kroch die Kellertreppen hinauf. Bis zu den Knien war sie bereits in die Küche gestiegen, in der er saß und nichts tat. Sie sah ihn am Tisch hocken, eine Tasse mit erkaltetem Tee vor sich, ein Butterbrot auf dem Teller, das sich krümmte, weil er vergaß, es zu essen.

Was dachte er, während er nicht aß und trank, sondern nur ununterbrochen am Tisch saß?

Er riss sich zusammen, wenn sie kam, kaufte ein, kochte sogar. Er wischte den Steinboden der Küche, reinigte die Teller, auf denen das Katzenfutter klebte. Sie stellte sich vor, wie er mit den Katzen redete, wenn er allein war. Sie sollte öfter kommen, doch sie fürchtete sich vor seiner weichen demütigen Liebe.

Du bist nicht mein Vater, dachte sie. Du hast selbst gesagt, man kann nichts dafür, wenn man jemanden nicht liebt.

Sie konnte ihn nicht lieben. Nur bemitleiden konnte sie ihn, bis ihr innen ganz flau wurde davon. Auf allen Fotos sahen sie sich ähnlich, das war das Absurde. Sie sah ihm und ihrer Mutter ähnlich, aber nicht ihrem Erzeuger.

Vater, du bist nicht mein Erzeuger, dachte sie und in ihren Unterkieferknochen bohrte der Schmerz heftiger. Sie schloss die Augen und versuchte ruhig in den Bauchraum hinein zu atmen. Als Vierzehnjährige hatte sie Mutters Briefe und Notizen gelesen, ein Bündel Papiere, in einem Karton, den sie auf dem Dachboden gefunden. Darin hatte sie auch das Foto eines Flüchtenden entdeckt, verwischt und weggedreht. Das Foto war in der alten Wohnung der Mutter aufgenommen, bevor sie nach Dresden gezogen war.

Ihr Erzeuger war das gewesen, hatte sie damals gespürt. Warum hätte Mutter sonst das misslungene Bild aufheben sollen?

Eines Tages war er im Internat ihres Gymnasiums aufgetaucht und hatte sich vorgestellt. Ein großer, vierschrötiger Mann, gescheit, ein Genießer. Das Gegenteil ihres Vaters. Er hatte seine Verlegenheit hinter einer scharfen, schnellen Sprache verborgen. Und doch sagte er am Ende der ersten Begegnung: Verzeih mir, ich habe es nicht gewusst.

Es war dieses Verzeih mir, dieser Moment von Hilflosigkeit und Scham, der ihre Abwehr durchbrach. Ein paarmal hat sie seine Familie besucht, hatte ihre beiden jungen Halbschwestern getroffen, die für Kinder ungewöhnlich schnell sprachen. Kicherten. Die so intelligent und so siegesgewiss waren. Die ihr fremd blieben, obwohl sie sie rührten.

Denn sie selbst war mit der langsamen Sprechweise ihres thüringischen Vaters aufgewachsen, mit seinen zögerlichen Sätzen, die immer gründlich sein wollten. Die ihr immer unbarmherziger erschienen, je älter sie wurde. Je älter Vater wurde.

Denn je älter und gründlicher ihr Vater wurde, desto genauer nahm er es mit der Wahrheit. Mit *seiner* Wahrheit. Das hat sie jetzt begriffen: Ich habe deine Mutter nicht geliebt, man kann nichts dafür, wenn man einen Menschen nicht liebt. Willst du mir mein Nicht-lieben-Können wie ein Verbrechen vorhalten?

Ja! Ja!, wollte sie ihn anschreien.

Sie hielt es nicht aus auf der Bank mit ihrem Zorn gegen ihn, der nicht mehr da war. Nur Mitleid, Flauheit. Er hatte sein Leben verdorben. Es war so sauer wie die Milch in den Schüsseln der Katzen.

Sie hätte ihn anschreien mögen: Steck mich nicht an mit deinem Leben.

Darum musste sie hoch, sich bewegen, Johannes' Jacke zuknöpfen und zum Wald marschieren. Es puckerte in ihrem Unterkiefer, während sie durch einen Gürtel aus Farn und hüfthohem Gestrüpp watete. Sie drang tiefer ein, machte einen großen Schritt über ein Rinnsal, das sich auf dem abschüssigen Gelände gebildet hatte und ging immer weiter in dieses Triefen, Tropfen, Rinnen und Murmeln.

Weit entfernt sah sie die glatte, vom Regen glänzende Felswand, erblickte zwei kleine Gestalten, die wie Fliegen daran krabbelten. Einen Feldstecher hätte sie dabei haben müssen, um die konzentrierten Gesichter von Max und Johannes genau ins Visier zu nehmen. Um ihre Lippenbewegungen zu studieren, wenn sie einander etwas zuriefen: Mehr links, setze den Fuß ein wenig höher, da ist ein Spalt.

Wind kam auf. Von den Bäumen begann es wieder zu tropfen, rann ihr den Nacken hinunter. Es roch nach Fichten und Moos. Sie sah, dass einer von den beiden Kletterern jetzt ganz oben war. Winzig und schwarz stand er vor dem grauen Himmel. Sie wollte zurück zur Bank.

Als sie aus dem Wald trat, entdeckte sie ein Paar, das darauf saß. Komische Leute, dachte sie, als sie sich zögernd der Bank näherte. Die Frau, die nicht mehr jung war, hatte ein langes weißes Kleid an, einen Kranz aus Blättern und Beeren auf dem offenen Haar, als wäre sie eine Braut. Er trug eine Lederjacke, eine Mütze aus Fell, mit der er wie ein vorzeitlicher Jäger aussah.

Paula blieb stehen. In ihrem Kinn begann der Schmerz erneut heftig zu pochen. Sie schämte sich für das blutige Tuch, dass um ihren Kopf gewickelt war. Am besten sollte sie einfach an den beiden vorbeigehen. Doch die Frau winkte ihr zu, rutschte bereitwillig zur Seite und Paula setzte sich schüchtern neben sie.

Ein süßer Geruch von Äpfeln, die vom Baum gefallen waren und im Gras faulten, ging von der Fremden aus. Die Hände, die im Schoß des weißen Kleides lagen, waren gebräunt, ein wenig faltig, die Fingernägel schmutzig. Die rechte Hand langte in die Falten ihres Rocks und holte ein paar Fliegenpilze hervor. Die roten Kappen leuchteten auf dem grobgewebten Stoff des Rockes.

Die Frau brach ein Stück ab und steckte es sich in den Mund. Ein weiteres Stück gab sie dem Mann neben sich. Beide begannen leise zu lachen. Ein leichter Windstoß fuhr unter den Rock, auf dessen Gewebe winzige Tröpfchen glitzerten. Paula wurde schwindlig. Sie musste ihren Kopf in den Schoß der Frau legen, in den süßen Apfelduft hinein, in den Geruch von Pilzen und Moos. Die braunen Finger streichelten sie. Die Augen der Frau sahen aufmerksam zu ihr hinunter. Sie hatten die Farbe von Holunderbeeren, tiefblauviolett. Nebel stieg aus der Wiese auf und die Holunderbeerenaugen betrachteten sie neugierig und freundlich. Sie begann leise zu singen: *Miameide … steht auf der Heide … hat ein grün's Röcklein an …*

Hey, Paula, schläfst du?

Sie setzte sich auf. Die Nässe war nun überall in ihre Kleidung gedrungen, sie begann zu frieren. Max und Johannes standen über ihr und schauten, zwei ferne Göttersöhne, von einem grau leuchtenden Himmel auf sie herab. Johannes streckte seine Hand nach ihr aus und zog sie hoch.

Warum hast du dich neben die Bank gelegt? Du erkältest dich doch!

Er wollte sie an die Hand nehmen, doch sie wich aus, so dass er sie nur am Ellenbogen erwischte.

Komm, es regnet gleich wieder. Wir hätten dich gleich nach Hause bringen sollen. Ich habe mich von Max und dir überrumpeln lassen.

Paula schwieg. Mich ins Gras legen, dachte sie, Ameisen sollen über mich laufen, so liegen bleiben, zuwachsen lassen von den Pflanzen des Waldes. Tiefblauviolette Holunderbeeren über mir, die gegen den grauen Regenhimmel leuchteten.

Sie ging langsam, sie trödelte. Denn zwischen Max und Johannes abgeführt zu werden, als wäre sie ein streunendes, von Erwachsenen aufgegriffenes Kind, erschien ihr lächerlich. Als Max kurz vor dem Hotel auch noch ihre Hand nehmen wollte, zog sie die zurück: Ich will jetzt alleine sein!

Abrupt drehte sie sich um. Sie mochte mit ihrem blutigen Tuch nicht über den Parkplatz gehen, deshalb schlug sie den Gartenweg ein. Die Freunde waren unter dem Vordach verschwunden. Weit hinten, am Gartenhaus waren schon Leute am Arbeiten. Die Fenster standen offen, und aus einem Auto wurden braune Kartons entladen.

Oben schloss Johannes jetzt vielleicht die Zimmertür auf, legte sich auf das Beistellbett oder ging duschen. Warum, dachte sie, hat er nur dieses gemeinsame Zimmer besorgt? Vielleicht war dieses Zimmerchen immer noch zu groß für sie beide. Es hätte ein Abstellraum sein müssen, eine Besenkammer; dies schienen die Orte zu sein, in denen sie sich nahe kamen. In Hässlichem und Verbotenem erlaubte sich Hannes ein Gefühl für sie.

Ein riesiger Berg Briketts erhob sich auf dem Platz hinter einem Schuppen. Die kleine, rundliche Frau mit der Trisomie 21 schaufelte die Kohlen, jetzt mit einem Jogginganzug bekleidet und von der alten Bediensteten beaufsichtigt, in eine Schubkarre.

Die alte Frau, in Gummistiefeln, eine Strichjacke über der Schürze und ein durchsichtiges Plastikhäubchen auf den Haaren, sammelte die über den Rasen versprengten Kohlestücke in ein Pappeimerchen. Es ist genug Bea, rief ihre brüchige Stimme. Fahr jetzt zum Ballhäuschen.

Bea schob an, und im Wenden sah Paula ihr Gesicht. Die Zunge vor Anstrengung zwischen den vollen Lippen herausgedrückt, die Augen starr auf die Spitze der Karre gerichtet, tapste sie vorsichtig los. Ja, sie hatte die Kurve gemeistert, und stolz wie ein Kind schob sie ihr Gefährt den Gartenweg entlang.

Pass schön auf, murmelte die alte Frau. bückte sich und klaubte ein Brikettstück aus dem Gras.

Paula ging zum Seiteneingang, um die Hintertreppe hinaufzulaufen. Sie würde nicht mehr versuchen mit Johannes zu reden, einfach ihr Handtuch nehmen und duschen gehen. Ihr Kinn schmerzte, sie fror. Als sie an der Tür klinkte, war die verschlossen.

Thomas hob den nächsten kopfüber gestellten Tisch von seinem Gegenpart. Er hatte jetzt den Schwung heraus, mit dem er das Möbel sofort auf die Beine stellen konnte. Tisch um Tisch räumte er auseinander. Er kam langsam außer Atem, aber die Bewegung machte ihm Spaß.

Plötzlich fiel im Gartenhaus der Strom aus. Es drang nur noch das trübe Nachmittagslicht durch die Fenster und ließ den Raum trostlos aussehen. Frau Körnig, die versucht hatte, eine alte, mit einem Schirm aus Pergament versehene Stehlampe anzuschalten, zuckte zurück.

Einen Schlag bekommen?, fragte Thomas.

Nein, nur einen Schreck. Sie lachte kurz auf.

Tante Gertrud ging zum Sicherungskasten und drückte die Sicherung wieder herein. Glühbirnen sind im Büro, sagte sie: Thomas, kannst du eine holen?

Ja, mach' ich.

Erleichtert steckte er das Schlüsselbund, das Tante Gertrud ihm reichte, in die Jackentasche. Dann griff er in den Schirm der Stehlampe und drehte an der Glühbirne. Die saß fest, und mit einem leisen Klick, brach das Glas

Mist! Er zog den Splitter aus dem Finger.

Schon kam Lilli angelaufen.

Ist nur Pillepalle, sagte er zu ihr und wickelte ein Papiertaschentuch um den Mittelfinger. Ärgerlich drehte er die kaputte Birne heraus und warf sie in den Abfalleimer.

Die Eifrigkeit, mit der alle die Tische zusammenrückten, war ihm schon eine Weile zuwider. Sophie und Lilli agierten wie ein altes Team, und ihm fiel ein, was seine Oma immer über neu dazugekommene Schwiegersöhne oder Schwiegertöchter ihrer Gartennachbarn gesagt hatte: Die passen in den Streifen. Solange er ein Kind war, hatte er dabei immer an den zwischen zwei Stöckchen gespannten Bindfaden gedacht, mit dessen Hilfe Oma schnurgerade ihre Samen in den Boden legte.

Überhaupt hatte Oma immer rasche Urteile parat, die sie mit Sprüchen ausstaffierte. Schuster, bleib die deinem Leisten. Der Apfel fällt nicht weit vom Stamm. Der passt in den Streifen.

Seine Mutter hatte keinen angebracht, der in den Streifen passte. Das konnte ihr Oma nicht verzeihen, und deshalb verzieh seine Mutter ihm auch nicht. Es war der Opa gewesen, der Thomas einfach so nahm, wie er war – dass es ihn überhaupt gab. Nur starb sein Opa, da war er erst sieben Jahre, und danach gab es keinen mehr in seiner Kindheit, der ihn einfach nur annahm.

Sophie, fand Thomas, passte in den Streifen. Sie passte besser zu

Lilli und zu Judith als zu ihren Eltern. Körnigs waren ein disparates Ehepaar. Es hatte niemanden gewundert oder aufgeregt, dass Herr Körnig gar nicht erst ins Gartenhaus gekommen war. Er habe sich Akten mitgenommen, hatte seine Frau erklärt, anders könne er gar nicht existieren.

Thomas beneidete Herrn Körnig plötzlich um diese Akten. Er nahm prinzipiell nie Unterlagen mit nach Hause. Lieber blieb er länger im Büro. Meist fiel ihm noch eine Problemlösung ein, wenn das Amt leer war. Und obwohl er sich über alle ärgerte, die Punkt halb sieben ihre Gleitzeit begannen, um fünfzehn Uhr wieder abzuhauen, genoss er, dass es im Gebäude stiller wurde. Dann kochte er sich oft noch einen Kaffee und schrieb einen schwierigen Brief.

Zu Hause gab es nur seine Grafiken und seine Bücher. Er hatte in den letzten Jahren die Farbholzschnitte für sich entdeckt. Insbesondere liebte er einen Holzschnitt auf Leinwand, dessen subtile Feinheit und Farbigkeit ihn an einen alten Gobelin erinnerte und der in seinem Arbeitszimmer hing, in dem er an Regentagen zum Garten hinaussah.

Als er sein Zimmer einrichtete, hatte er gedacht, er würde an dem großen Arbeitstisch noch hin und wieder etwas restaurieren, aber das hatte er schon seit Jahren nicht mehr gemacht. Er las im Sessel vor dem Fenster, oder er sah einfach nur hinaus.

Sein Garten, sein Haus, sagte er sich, während er durch den Nieselregen stapfte, waren seine feste Burg, und je älter er wurde, umso mehr war es auch sein Kloster. Vom Arbeitszimmer aus, sah er die Birke. Sie war der erste Baum, den er gepflanzt hatte. Ihre Blätter begannen nun gelb zu werden, raschelten schon.

Am liebsten würde er sich monatelang in sein Zimmer wie in eine Klause zurückziehen, ein Klausner in einer Kutte, in deren weiten Ärmeln er seine Hände verstecken konnte. Und so, die Kapuze über den Kopf gezogen, in einen langsamen Schritt fallend, stellte er sich selbst gerade vor, als er Bea sah, die mit einer Karre den Gartenweg entlangschwankte. Frau Bertram ging hinter ihr her, bückte sich, warf ein Holzstück auf die Karre, grummelte etwas zu ihrer Tochter, die jetzt stehenblieb und ihn anlachte.

Schwer, sagte sie und schnaufte.

Du bist aber kräftig, sagte Thomas. Ihn rührte ihre Zutraulichkeit, die sie ihm schon immer bewiesen hatte.

Ja, sagte Bea stolz. Abrupt setze sie die Karre ab. Guck mal, meine Muskeln. Sie schob den Ärmel ihrer Jacke hinauf.

Er sah auf ihren rundlichen Arm, den sie anwinkelte wie ein Boxer, wenn er vor dem Kampf vor dem Publikum posiert.

Lass das. Frau Bertram zog ihr den Jackenärmel wieder herunter. Komm schon. Wir müssen heizen.

Bea strahlte. Wir müssen heizen, erklärte sie wichtig und griff nach der Karre.

Dann entdeckte sie seinen umwickelten Finger. Haste dir weh getan?

Er lächelte über ihr Mitgefühl. Nur ein kleiner Splitter.

Sie schaute noch immer ernst und kramte in ihrer Jackentasche, in der sie endlich ein kleines braunes Glasfläschchen fand.

Da, musste drauf machen. Habe ich von Holda geschenkt bekommen.

Sie reichte ihm das Fläschchen.

Nehmen Sie schon, das Zeug hilft wirklich, sagte Frau Bertram ungeduldig. Ihr Blick streifte ihn noch einmal, bevor sie erneut hinter ihrer Tochter herging wie ein Bauer hinter seinem Maultier. Da war etwas Stolzes, Abweisendes in ihrem Blick gewesen. Auch Wut. Diese Sekunde, in der sie ihn beobachtet hatte, wie er das Fläschchen nahm und dann, als sie sich von ihm beobachtet sah, wegdrehte, um ihre Aggression zu verstecken.

Ich gehöre doch zu euch, hätte Thomas ihr am liebsten nachgerufen. Ich bin ein uneheliches Krankenschwesternbalg. Aber er gehörte nicht mehr zu ihnen. Er hatte die Seiten gewechselt.

Kurz vor der Hintertür suchte er nach dem richtigen Schlüssel, den ihm Gertrud gezeigt hatte. Die Schlüssel klapperten aneinander – es waren viel zu viele, ein Bund für einen Gefängniswärter.

Auf der Türschwelle hockte die Wassernymphe, die mit den beiden Soziologen hier war. Um das Kinn und über die Ohren zum Haar hinauf hatte sie ein Tuch gewickelt. Die junge Frau war völlig blass, eigentlich schon gelb. Am Kinn lugte unter dem Tuch ein blutiger Stofffetzen hervor. Das Blut war ihr in den Kragen gelaufen. Sie sah aus, als hätte ihr einer von den Burschen kräftig eine verpasst.

Ich bin ausgerutscht. Sie ahnte wohl, was er dachte.

Das hat ja mächtig geblutet. Er glaubte ihr das Ausgerutschtsein nicht. Sie schämte sich zu sehr dafür. Ich war mal Sanitäter, auch wenn es schon 'ne Weile her ist. Im Büro ist ein Medizinschränkchen. Kommen Sie.

Thomas schloss auf und ging in das mit alten Möbeln vollgestellte Büro.

Neben der Tür hing das Schränkchen mit dem roten Kreuz darauf. Dort fand er Jod und Pflaster.

Setzen Sie sich.

Sie wickelte das Tuch ab, hob das Kinn, und er zog ihr vorsichtig das Bündel blutiger Papiertaschentücher ab. Im Blutverschmierten konnte er einen Riss erkennen.

Am besten, wir spülen die Wunde aus.

Ich bin einen Felsen runtergerutscht. Wollte eine Abkürzung nehmen.

Sie folgte ihm zum Waschbecken. Er wickelte sich das Taschentuch vom Finger und grinste.

Zwei Versehrte, sagte er, um sich solidarisch zu zeigen.

Er drehte den Wasserhahn auf, während sie ihren Kopf nach unten senkte und seitlich drehte. Vorsichtig lenkte er ihr Kinn unter den schwachen Wasserstrahl, wusch um die Verletzung herum. Hat mächtig geblutet. Ist aber gut, dann infiziert sich die Wunde nicht.

Das Wasser lief ihr hellrot um Mund und Kinn. Sie hatte den Hals weit über den Beckenrand gereckt. Auch da wusch er ihr das Blut ab. Versuchte sachlich mit diesem wehrlosen, sanft gebogenen Hals umzugehen. Dann riss er ein paar Papierhandtücher ab und wischte getrocknetes Blut aus den Kuhlen ihrer Schlüsselbeine. Wie zart sie war. Ihr blasses Gesicht sah aus, als hätte er sie aus einem Brunnen gezogen. Eine Wassernymphe eben, die vor Nässe tropfte.

Thomas gab ihr ein paar Papierhandtücher, die sie gegen das Kinn drückte. Ich habe hier noch ein Wundermittel bekommen, sagte er und zeigte ihr das Fläschchen. Vorsichtshalber probierte er es an seinem Finger aus. Es zwickte nur ein wenig wie Alkohol und roch nach Kamille.

So, wir desinfizieren jetzt, sagte er, und dann machen wir ein Pflaster drauf und Sie legen sich ’ne Stunde hin.

Vorsichtig tupfte er die braune Flüssigkeit an ihre Wunde und klebte ihr das Pflaster unter das Kinn.

Sieht aus wie neu.

Es kam ihm vor, als hätte er eines seiner Kinder verarztet. Sie versuchte zu lächeln, wirkte aber weiter bedrückt. Im Medizinschränkchen fand er Schmerztabletten. Er gab ihr einen Riegel.

Wahrscheinlich ist das Ganze eine unglückliche Liebesgeschichte, vermutete er und kam sich vollkommen abgeklärt neben ihr vor. Solche Gefühlskatastrophen waren zum Glück vorbei. Und gleichzeitig wollte er so viel Leid auch keiner Frau mehr antun.

Ihm fiel die uralte Geschichte mit Gritta ein. Gnadenlos hatte er sich damals benommen, als er Lilli kennenlernte. Wie hatte er es nur fertiggebracht, ihr mitten in ihre Verzweiflung zu sagen, wie sehr ihn ihr masochistisches Leiden abstoße? Du kotzt mich an damit, hatte er gesagt und konnte es nicht mehr zurücknehmen. Sie hatte damals so unglücklich ausgesehen wie das Mädchen jetzt. Und sie war so jung gewesen wie sie.

Das war nicht mehr gutzumachen, und er hoffte, irgendjemand anderer hatte die Wunde, die er ihr zugefügt hatte, geheilt. Die Zeit, einer Frau Leiden zuzufügen, war vorbei. Deshalb wollte er einfach immer weiter zu Lilli halten. Bloß dies Mädchen vor ihm hätte er gerne getröstet. Doch er war ein alter Sack, und ein väterlicher Trost würde ihr nicht helfen. Jemand, der jung war, müsste ihr sagen, wie schön sie sei, begehrenswert, rührend mit dem Pflaster auf dem Kinn.

Bevor ihm irgendetwas taktvoll Tröstendes einfiel, war sie schon aus dem Büro geschlüpft. Durch die offene Tür sah er, wie sie wie auf einem Seil zum Tresen im Empfang lief. Dort nahm sie den Schlüssel vom Haken. Er trat aus dem Büro und blickte ihr nach. Mit ein paar lautlosen Sprüngen gelangte sie zum nächsten Treppenabsatz und war weg.

Auf dem Waschbecken stand das geöffnete Fläschchen. Wohl durch den Sauerstoff hatte sich die Flüssigkeit darin verfärbt. Misstrauisch schnupperte er. Es roch nun nach feuchtem Waldgrund. Spinnenbein und Fliegenpilz, dachte er grimmig, und in minimalen Mengen wohl auch Kamille. Hoffentlich half das Zeug wirklich.

Scheißbirne!, fluchte er und durchsuchte die Schränke. Dann fand er sie in einer Schublade – geordnet nach der Wattzahl, stapelten sich dort die Schachteln mit den Glühbirnen.

Der Korridor war still, beinahe feierlich mit dem roten Läufer und den grünen Lämpchen, die knapp über dem Boden angebracht waren. Paula schaltete das Flurlicht nicht ein. Die kleinen Leuchten genügten. Sie strahlten ein mildes Unterwasserlicht aus. Ihr schien, als würde ein wenig Nebel im Flur treiben, und sie würde durch den Nebel, die Stille, das grüne Licht gehen und vergessen, dass sie sich so lange gequält hatte, bis alles in ihr weh tat.

Im fahlen Nachmittagslicht waren die Dinge im Zimmer farblos. Sie ging zum Waschbecken, vermied den Blick in den Spiegel, während sie Wasser in das Glas füllte und eine Tablette schluckte. Die war bitter, das Wasser kalkig. Eisig rutschte es die Kehle hinunter. Der Schädel brummte.

Die sachliche, hilfsbereite Haltung von Daniels Vater hatte ihr gutgetan. Ohne Licht einzuschalten, zog sie Hose und T-Shirt aus und kroch unter die Decke. Sie wurde nicht warm, sie wurde nicht müde. So zog sie die Knie zum Bauch, legte die Stirn an die Knie und zitterte vor Kälte.

Als Johannes kam, wurde sie wieder wach. Er roch frisch nach Duschgel. Sie hörte, wie seine Kleidungsstücke raschelten, während er sich umzog.

Schläfst du?, flüsterte er.

Nein. Ich habe bloß eine Tablette genommen. Daniels Vater hat mich verarztet. Ihre Stimme klang ein wenig heiser.

Zeig mal. Er beugte sich zu ihr und sie streckte ihr Kinn hoch. Sein Gesicht sah liebevoll und besorgt aus. Sieht schon besser aus.

Schlaf mal noch ein bisschen. Leise stand er auf, ging umher, Papier raschelte, dann klappte die Tür.

Das Nachmittagslicht nahm immer weiter ab, die Konturen im Zimmer wurden unscharf. Der Wind rüttelte am Fenster, so dass die Regentropfen in dünnen Fäden über das Glas rannen. Es war, als träufele jemand eine Flüssigkeit direkt in ihr Ohr. Sie war gefangen, sie war dieses geöffnete Ohr, in das jemand eine Flüssigkeit tropfte. Sie wollte wenigstens ihren Kopf ein winziges Stück drehen, um dem Schmerz auszuweichen. Die Tropfen fielen in sie hinein, unausweichlich, und immer wieder stellte sie sich die gleichen Fragen. War sie nicht mitgefahren, weil Max und Maria etwa kitten wollten, was kaputtgegangen war, ohne dass es jemals bestanden hätte?

Jene Manu, die sie auf den Urlaubsfotos gesehen hatte, war die Freundin gewesen, die Johannes haben wollte. Max hatte eines Abends spät an ihre Zimmertür geklopft. Sie war aus dem Schlaf gefahren.

Dieser Idiot, hatte er gemurmelt, dieser Idiot, und sich neben sie auf das Bett gesetzt. Manu hat 'nen neuen Typen. Aber das weiß er schon eine Weile. Fand es sogar schick, eine Freundin zu haben, die er sich mit jemandem teilen muss. Doch nun will sie ausziehen. Und deshalb schluckt der Esel Tabletten. Eine Stunde, bevor sie mit ein paar Freunden kommen will, um ihr Zeug abzuholen. Sehr durchsichtig das Manöver, findest du nicht auch?

Max lehnte sich zurück, legte sich neben sie auf das Bett. Er hatte die Hände hinter dem Kopf verschränkt und redete zur Zimmerdecke.

Aber wenn sie nun nicht gekommen wäre? Der Termin ausgefallen wäre? Der neue Lover sie abgehalten hätte? Dieser Idiot wäre verdammt nochmal verreckt in seiner Badewanne mit den Tabletten im Bauch.

Er drehte sich zu Paula. Sein nahes Gesicht war neu für sie. Sie sah die Poren auf seinen Wangen mit Bartstoppeln drin, die steile Falte über den Augen.

Hab' ich dich erschreckt?, fragte er. Er ist schon übern Berg. Mich hat es auch erschreckt.

Max setzte sich auf. Manu habe dann, erzählte er weiter, den Notarzt gerufen, habe dem erklärt, was los sei, habe die Pflanzen gegossen, die Heizung abgedreht und die Wohnungstür hinter sich abgeschlossen. Den Schlüssel bei den Nachbarstudenten abgegeben. Hannes hätten sie den Magen ausgepumpt und über Nacht beobachtet. Und das war's.

Ans Handy geht er nicht, der Idiot, sagte Max. Ich weiß nicht, ob der noch im Krankenhaus ist.

Zwei Tage später kam eine SMS für sie an. Im Anhang ein Selbstportrait Egon Schieles, auf der die Hand des Malers die Haut seiner Wange herunterzog, so dass das Weiße des Augapfels sichtbar war. Der Text bestand nur aus zwei Wörtern: Komm bitte. Darunter aufgelistet waren Zugfahrzeiten.

Sie hatte ihre Arbeit im Atelier sausen lassen und im Zug auf seinen Anrufbeantworter gesprochen: Komme elf Uhr vierzig an. Auf dem Bahnsteig lief er hin und her, in eine uralte Wildlederjacke verkrochen, in der er mit seiner Brille und den zerzausten Haaren aussah wie ein junger, aus dem Nest gefallener Kauz.

Er klammerte sich an sie, Lautsprecheransagen gingen über sie hinweg, Schritte trappelten vorbei, ihr Gesicht war so dicht an das Wildleder gedrückt, dass sie kaum noch Luft bekam; ihre Hände auf seinem Rücken wurden eiskalt, aber sie wollte nicht die Erste sein, die losließ, hatte sie sich vorgenommen und hielt durch, bis er verlegen sagte: Nu is mal genug.

In seinem kahlen Zimmer saß sie auf seinem Schreibtischstuhl und er unten auf der Matratze, die auf den Dielen lag, sein Gesicht war aufgedunsen.

Sie verachtet mich bloß für diesen jämmerlichen Versuch. Ich war noch nicht mal richtig weg, als sie kam. Sie klopfte an die Badtür, und irgendwie bin ich aus der Wanne und habe aufgemacht. Hab' benommen rumgelallt, dass es mir leidtäte und falscher Termin und so'n Zeug. War ziemlich komisch für alle, Johannes lachte bitter.

Er schaute nicht zu Paula, redete vor sich hin, als ob er das schon die ganze Zeit getan hatte: immer dasselbe, das Kreisen um diesen Nachmittag.

Wahrscheinlich hatte er die SMS an sie nur geschrieben, um irgendjemandem zum Zuhören zu haben. Dann hielt er inne.

Kaffee?

Schlaff ging er in die Küche. Im Flur stand ein großes Holzregal. Die hat immer noch nicht ihre Schuhe abgeholt.

Paula sah stumm auf die hochhackigen Pumps, die Sneaker und Ballerinas in verschiedenen Farben, die Stiefel, Stiefeletten, Sandalen, auf ein Paar wunderlich hoher, schwarzglänzender Reitstiefel und versuchte sich eine Frau vorzustellen, die das trug, Manu, von der sie nur ein paar Urlaubsfotos kannte und die unter Zurücklassung dieses riesigen Schuharsenals für immer aus der Wohnung verschwunden war.

Sie sah auf die schweißdunkle Färbung des hellen Innenleders eines Schuhs, ihr war, als ströme noch der Geruch der unbekannten Manu heraus. Dass Johannes neben ihr gehen konnte als ihr stets passender Begleiter, während sie in all diese Schuhe wie in Rollen schlüpfte, erschreckte sie, als wäre unter der Maske des Clowns, mit dem sie damals auf der Geburtstagsfeier gelacht hatte, eine andere Larve zum Vorschein gekommen und, beim Absetzen dieser, eine dritte. Sie kannte ihn nicht.

Wortlos stellte ihr Hannes den Kaffee auf den Schreibtisch, einen aus einem Tütchen geschütteten Fertig-Cappuccino. Er benahm sich wie einer, der Besuch von einer längst verabschiedeten Freundin bekommt. Doch nun war sie da, und man musste ein wenig höflich sein, ein wenig mitleidig, denn sie war ja umsonst gekommen.

Er schlug einen Ausflug vor, eine Fahrt ins Grüne, wie er es nannte. Sie waren mit der S-Bahn bis zu einer Endhaltestelle gefahren und in eine Landschaft gelaufen, in der es nichts Grünes gab. Der Frühling hockte in den Mulden, in denen er einige Schneeglöckchen hervorgetrieben hatte, winzig in der grauen Landschaft. Schwarz standen die Bäume. Ihre Zweige wackelten im Wind, der ein paar zerfetzte Wolken darüber hintrieb. Abgebrochene Zweige rollten über den Boden. Auf einer Anhöhe stehend, starrten sie auf die Lichter der Stadt, die nach und nach aufglommen – tausende gelbe Äuglein, die in das dunkelnde Violett des Abends blinzelten.

Johannes schrie in den Wind. Ein Speichelfaden klebte in seinem Mundwinkel, während er brüllte, während er sie auskotzte, diese erbärmliche Kindheit zwischen sich einander bekämpfenden Erwachsenen.

Wie sie sich anrotzten bei Tisch, wie ihre Sätze über das Tischtuch flogen und über die dazwischen sitzenden Kinder. Irgendwann in der Pubertät war er dann soweit. Er wusste nicht, wen er mehr verachten sollte, den seine Frau betrügenden Vater oder die Mutter, die ihm nachspionierte. Aber dann war es immer wieder der Vater, der ihn demütigte, und die Mutter, die ihn in ihr verschwörerischgeducktes Vertrauen zog, das er nicht wollte. Nein, er wollte nicht, dass sie ihm ihr altes, von Tränen aufgeschwemmtes Gesicht zeigte. Er verstand nicht, warum er versucht hatte, Manu in die Rolle seines Vaters zu drängen. Vielleicht, um die schwammige Verschwörung mit seiner Mutter nicht aufzugeben, die ihn anwiderte. Denn zum Schluss hatte er sich doch benommen wie sie: gejammert, geklammert, beleidigt, gedroht.

Johannes schwieg, verkroch sich gegen den Wind, die Hände in den Taschen, tief in seine speckige Wildlederjacke. Paula hätte seine Jacke aufknöpfen und mit ihren Lippen die verätzte Stelle über seinem Herzen berühren mögen. Sie hätte seine Hand halten wollen, mit der er die Haut seiner Wange herunterzog, damit sie das Weiße seiner Augäpfel sähe, die erblindeten Stellen seiner Wut. Sie hätte ihn küssen wollen, um ihn zu heilen. Doch er ließ das nicht zu. Er riss einen Witz, irgendeinen Macho-Witz, über den sie nicht lachte. Sie gingen zur S-Bahn und fuhren in die Stadt zurück.

Lange lagen sie wach auf der Matratze. Er zerrte an ihrem Körper herum wie ein Junge an seinem Teddybären, der herausfinden will, warum dieses Wesen *Bär* macht. Doch der Junge fand es nicht heraus. Er zog nur Holzwolle hervor, nur einen kleinen Blasebalg, den er hochhob und fragte: Ist dies deine Seele? Paula schüttelte den Kopf. Ihre Arme und Beine taten ihr weh. Die Untersuchung ihres Körpers ließ sie frieren – sie lag auf der Matratze. Mit Johannes, mit Manu, die am Fußende saß, mit einem roten Pantöffelchen spielte und ihnen zusah.

Es war bis auf das ferne Rauschen des Winds in den Bäumen so still, dass sie hören konnte, wie nebenan Maria ankam.

Schritte im Flur. Eine Tür klappte.

Ihr schöner Alt drang durch die Wand, gefolgt von Max' ironischer Stimme. Die beiden lachten.

Die Stimmen hinter der Wand wurden tiefer. Marias bekam etwas Gurrendes. Jetzt schmetterte sie ein paar helle Töne heraus. Maria spielte in einem Studententheater mit. So auch gestern. Ein E.T.A.-Hoffmann-Abend. Sie hatte ein paar Arien des Komponisten Hoffmann einstudiert.

Sie ist in allem begabt, dachte Paula. Vielleicht nicht vollkommen schön, irgendwie ein bisschen zu groß und zu schlaksig, aber begabt. Und so extrovertiert, dass sich Paula wie ein ausdrucksloses Nichts neben ihr vorkam. Maria konnte schauspielern und singen, spielte Klavier und Akkordeon und war durch die Küche der WG gesteppt, in Schuhen, die klapperten und knallten.

Max' Kind würde eine musische Mutter haben. Überhaupt tolle Eltern. Während Paula unter der warmen Decke steckte, wünschte sie sich Max und Maria zu ihren Eltern. Ein kleines Kind sein, die Eltern im Nachbarzimmer lachen hören – und dann kämen sie und nähmen einen in den Arm.

Wie wäre es gewesen, wenn ihre Mutter damals nicht den Gashahn aufgedreht hätte? Oder ihn einfach wieder zugedreht? Gab es denn niemanden in Dresden, zu dem sie hätte gehen können und weinen? Warum waren sie nicht früher aus dem Zoo zurück gewesen?

Ein paar Tage später wäre Frühling geworden und alles leichter. Hätten sie nicht doch eine glückliche Familie sein können? Nur waren ihre Eltern nicht glücklich damals. Nicht miteinander und nicht mit dem kleinen Kind, dass sie damals war. Sie hätten wie zwei Ertrinkende um sich geschlagen, hatte Vater gesagt. Nie hatten sie im Nachbarzimmer miteinander gelacht, während sie in ihrem Bettchen lag.

Aber sie hat mich geliebt, ich war trotzdem glücklich mit meiner Mama, dachte Paula. Sie empfand ihr damaliges Glück ganz deutlich. Es war in einem Bild eingeschlossen, einem Foto, das sie hunderte Male betrachtet hatte: Sie, die winzige Paula, mit noch winzigeren Zöpfen und ihre Mutter hocken im Gerüst eines Kletterpilzes. Man sah auf dem Foto, dass es regnet, doch unterm rotweißen Blechdach des Kletterpilzes sind die kleine Paula und ihre Mutter geborgen. Sie lachen. Das Kind ist bis fast ganz nach oben geklettert, und die Hand der Mutter hält es fest. Paula kam es vor, als könne sie sich an alles erinnern, an den rostigen Geruch der Eisenstangen, an ihre abgeblätterte Farbe, an die kreisrunden braunen Flecken an der Unterseite des Blechdachs, Rostblasen, aus denen Wasser tropfte.

Doch sie hörte nicht das Geräusch des tropfenden Wassers, sie hörte ihre Mutter nicht lachen. Es war nur das Foto, das diesen stummen Videoclip in ihrem Gehirn installiert hatte.

Letztes Jahr war sie nach Dresden gefahren, hatte die Straße gesucht, in der sie knapp vier Jahre gewohnt hatte. An die Straße konnte sie sich vage erinnern. Den Spielplatz hatte sie nicht mehr gefunden. Sicher hatte man die alten Spielgeräte schon vor Jahren abgebaut.

Sie war dann zum Friedhof gegangen. Jemand hatte die Grabpflege organisiert. Der Efeu war geschnitten. Dennoch sah das Grab so einsam aus, keine blühende Pflanze wuchs, keine spitz zulaufende Plastikvase steckte in der Erde. Es gab niemanden in Dresden, der das Grab besuchen würde. Und bald würde ein Brief von der Friedhofsverwaltung kommen. Die Jahre wären um, es gäbe neue Tote, für die die alten Platz zu machen hätten. Paula hatte ihre Blumen unter den Grabstein gelegt, ihre Hand auf die nasse Erde. Und dann hatte sie geheult wie ein Schlosshund, wie ein einsamer Säugling im Nebenzimmer.

Mit einem Ruck sprang sie aus dem Bett. Nebenan wurde noch geschwatzt. Sie putzte sich am Waschbecken die Zähne, spritzte kaltes Wasser an ihr Gesicht. (Los grinse, reiß dich zusammen!) Betrachtete im Spiegel das Pflaster auf dem Kinn. Sie sah bescheuert aus, blass und kränklich. Den ganzen Sommer hatte sie in der Stadt verbracht. Gut, dass Max auch nicht viel weg gewesen war. Nur mal eine Woche mit Maria in Prag.

Paula strich mit dem Bürstchen über ihre Wimpern, ließ ihre Lippen ungeschminkt. Ihr war, als könne sie mit Hilfe ihrer Blässe durchsichtig werden. Sie würde unsichtbar sein und ginge, ein Geist, durch das Hotel. Im Speiseraum höbe sich die Tasse vom Tisch, der Kaffee verschwände in die Luft.

Draußen an der Tür klopfte es. Sie wollte niemanden sehen. Vielleicht konnte sie einfach ihre Reisetasche nehmen und gehen. Jetzt bedauerte sie, nicht alles in den Rucksack gepackt zu haben. Man sah einfach unauffälliger damit aus im Thüringer Wald. Man verwandelte sich in einen Touristen.

Sie könnte nach Hause wandern und sich für ein paar Tage in ihr Zimmer verkriechen. Aber Vater würde sie bekochen wollen, er würde mit ihr reden wollen, er würde sich freuen wie ein Hund, wenn sie käme. Sie konnte seinen Hundeblick nicht ertragen, seine Demut ihr gegenüber. Waren es die Medikamente, die ihn so verändert hatten? Diese neue Art Liebe passte nicht zu ihm und sie würgte ihr die Luft ab.

Johannes streckte den Kopf hinein: Kommst du rüber? Wir wollen rasch noch mal unseren Auftritt besprechen.

Nebenan, im Schein der Nachttischlampen, lagen Maria und Max auf dem Bett, bekleidet, aber bis zu den Hüften zugedeckt. Ihr Kopf lag auf seinem Arm, und sie sahen entspannt und glücklich aus.

Setzt euch, sagte Max und wies auf zwei Stühle, die an einem verschnörkelten Tischchen standen. Also ich denke, wir beginnen so gegen zweiundzwanzig Uhr. Da sind alle da, aber noch nicht betrunken.

Ich stelle vorher schon mal unseren Krempel aufs Frauenklo, sagte Paula, da kann ich es dann unauffällig rausholen.

Gute Idee, lobte Max und sagte dann: Ruf mich mal an.

Sie wählte, und aus seinem Handy schrillte ein wahrhaftiger Theaterklingelton. Er grinste zufrieden.

Ein bisschen lauter kann ich noch stellen. Das wird sie wach machen.

Johannes kramte in einer Papiertüte, die neben ihm stand, und holte einen riesigen fleischfarbenen Büstenhalter hervor. Bei Ebay ersteigert, sagte er grinsend. Schließlich kann ich nicht in ein Geschäft gehen und sowas kaufen.

Er zog sich das spitzhügelige Teil über sein T-Shirt und versuchte mit ungeschickten Bewegungen, den Verschluss am Rücken einzuhaken.

Dann schnaubte er ungeduldig und drehte Paula seinen Buckel zu. Sie half ihm. Johannes hob aus seiner Tüte eine blonde Perücke, die wie ein Haufen glänzender Spaghetti aussah, stülpte sie über, schlenkerte die Arme über dem Kopf und begann zu singen: Bei mir bist du scheen …

Er versuchte die Hüften kreisen zu lassen und bewegte sich durch das Zimmer. Maria kletterte aus dem Bett und tanzte mit fließenden Bewegungen neben ihm. Ihr Bauch schwang wie eine wunderbare Babywiege. Sie kannte den Text nicht, aber die Melodie: Dada-dadada. Sie sang, sie winkte Max zu sich, griff nach Paulas Händen und zog sie vom Stuhl. Paula ließ sich von Marias selbstvergessener Freude anstecken, Max und Hannes grölten wie besoffene Vatertagsausflügler, da war es einfach mitzusingen: Bei mir bist du scheen … Dada-dadada … und gemeinsam mit Maria und Max klatschte sie, während Johannes sich wie eine Travestiekünstlerin zwischen ihnen drehte.

Als Thomas mit seiner Glühbirne zurückkam, nagelte Daniel Efeuranken, die Lilli und Judith draußen abgeschnitten hatten, an die Balken. Sie hatten Hagebuttenzweige und Buchenlaub verteilt. Der kleine Ofen bullerte, und es roch nach Holzrauch.

Lilli kam ihm mit roten Ohren entgegen: Schön, nicht?

Er nickte. Sie hatte ein Händchen für so etwas. Wenn sie etwas auf den Tisch stellte, sah es gleich nach einem niederländischen Stillleben aus.

Toll, sagte er.

Ich habe Sophie weggeschickt, plauderte Lilli, sie sah so blass aus.

War ihr schlecht?

Nein, es war nur ein bisschen viel. Sie will eine Stunde schlafen.

Lilli sah besorgt aus. Sophies Schwangerschaft beunruhigte sie. Die Schwangerschaften aller Frauen ringsum beunruhigten sie. Auch damals ihre eigenen.

Ich krieg' ein behindertes Kind, zur Strafe. Das weiß ich.

Sie hatte sich das weder bei Daniel noch bei Judith ausreden lassen. Sie war fassungslos über die gesunden, schönen Säuglinge gewesen.

Als er sie kennenlernte, hatte sie etwas Überdrehtes gehabt, eine hysterische Fröhlichkeit, hinter der eine hysterische Verzweiflung steckte. Das hatte er nicht erkannt. Sie gefiel ihm, sie war hübsch, sie war sehr bürgerlich. Ihr Urgroßvater war etliche Jahre in Afrika

Missionar gewesen. Es gab im Haus ihrer Eltern ein paar Überreste davon. Einen getrockneten Elefantenfuß als Schirmständer, ein paar Masken an der Wand und Fotos, auf denen die Urgroßeltern eingerahmt von dunkelhäutigen Kindern standen.

In so einem Haus mit Elefantenfußschirmständer, Klavier und afrikanischen Masken wäre er auch gern groß geworden. Aber er hatte seine Kindheit in einer Zweiraumneubauwohnung mit seiner Mutter verbracht, der alleinerziehenden Krankenschwester, die mit den Jahren einer immer fanatischeren Reinlichkeit gefrönt hatte. Faktisch roch die Wohnung nur nach Desinfektionsmitteln. Selbst der Sonntagsbraten wurde in *Wofasept* gegart.

Aus dieser klinischen Reinlichkeit war er dann abgehauen. In sein Studium. Restaurierung. Altes Zeug gegen die neuen und klinisch sauberen Gegenstände der mütterlichen Wohnung. Seine sterile Vaterlosigkeit sehnte sich nach Vorfahren, wie Lilli sie hatte.

Während er damals von ihrem Elternhaus schwärmte, wurde Lilli immer wortkarger. Vielleicht lag es daran, dass ihre Eltern beide Ärzte waren. Bei ihr hatte der Abi-Durchschnitt für ein Medizinstudium nicht gereicht. Wahrscheinlich war es eine Blamage, besonders für Lillis Mutter. Sie nötigte ihm Respekt ab. Doch er war vorsichtig ihr gegenüber. Er fand sie zu organisiert, zu herb mit ihrem ergrauten Kurzhaarschnitt, der ihren runden klugen Kopf betonte, der sich ruckartig zu ihm drehen konnte, um ihn kühl zu beobachten.

Lilli war schlampiger. Lilli wusste viel weniger als ihre beiden zielstrebigen Eltern, was sie wollte. Er hatte sie auf dem Fasching der Kunststudenten in Dresden kennengelernt. Sie trug ein seltsames Gerüst mit blauen und weißen Kugeln um sich. Sie ging als Molekül. Sie studiere halt Chemie, sagte sie. Ob das interessant sei?

Für sie nicht. Sie hätte eigentlich Medizin studieren wollen. Oder irgendwas anderes. Das andere blieb unbestimmt.

Als Restaurator, sagte er, brauche er auch eine Menge Chemie. Da könne sie ja für heute Abend bei ihm bleiben, da hätte er ja nichts gegen sie. Sie lachte. Er schaute in ihren Ausschnitt, er sah die zarte Haut ihres Halses. Zuerst zog ihn ganz einfach ihr Körper an, ihre scheinbare Unkompliziertheit.

Später verwirrte ihn der Zug von Hysterie an ihr. Lillis Mutter sagte: Meine exaltierte Liliane. Lillis Gesicht wurde ausdruckslos, wenn sie das hörte. Erst zwei Jahre später, als sie schwanger war, kam heraus, was sie ihm verschwiegen hatte. Dass es schon eine Schwangerschaft gegeben hatte. Da war sie gerade neunzehn und im ersten Studienjahr in Halle. Es wären drei Väter möglich gewesen. Sie wäre damals völlig überdreht gewesen, zum ersten Mal ohne die Kontrolle der Eltern. Aber das Kind habe sie trotzdem gewollt.

Naiv hätte die Mutter sie genannt, und dann habe sie, die Tochter und Enkelin berühmter Pastoren, ihre Freundin angerufen, die Frauenärztin.

Bevor Lilli sich zum Widerstand sammeln konnte, hatte sie schon auf dem gynäkologischen Stuhl eines Kreiskrankenhauses gelegen, im letzten Abdrehen der Narkose die Augen von Mutters Freundin sehend, die sie mit forschendem Blick betrachtete. Und dann war alles vorbei, alle Aufregung, alle Angst, alle Liebe. Nur Leere und nach und nach die Furcht vor der Strafe. Wir bekommen ein behindertes Kind, flüsterte Lilli, und ich bin schuld.

Seitdem war ihm der Elefantenfuß als Schirmständer suspekt geworden, die graumelierte Kurzhaarfrisur seiner Schwiegermutter, ihr zupackender Händegriff, die Fotografien aus der Missionszeit der Vorfahren, das Gediegene, Schlicht-Elegante, das sie alle ausstrahlten. Niemals wurde ein Wort über das geredet, was vergessen werden sollte. Er fühlte keine Achtung mehr vor ihnen, keine Minderwertigkeit ihnen gegenüber. Ihm war, als müsse er Lilli da herausziehen, als müssten sie ein neues Geschlecht gründen, die Randts.

Es gab Jahre, da hatte er sich das eingeredet. Aber Lilli blieb eine Jünger. Die Kinder hatten die hohe, schlanke Figur des Pastorengeschlechts. All die Fäden hin und her, die gewebt wurden mit den Jahren, das soziale, das biologische Netz der Familie – sie waren nicht rausgekommen. Jahrelang hatten sie die Finanzspritzen der Jünger gebraucht. Das hatte ihm die Schwiegermutter oft genug aufs Brot geschmiert. Dass sein Haus ja zur Hälfte ihr gehöre.

Du kannst ja nichts dafür, du bist halt als armer Schlucker geboren. Aber genau dafür verachtete sie ihn auch. Wie eine Anhängerin der Karma-Lehre, schien sie ihm genau das vorzuwerfen. Obwohl er immerhin – und das war ihm anzurechnen – Liliane, die polygame Schlampe, geheiratet und damit vor ihrem liederlichen Lebenswandel gerettet hatte. Mit dieser Ehe war er der Gute geworden, während sie Lilli weiterhin argwöhnisch beobachtete.

Später würde er an die Tür seiner Schwiegermutter klopfen, damit er sie, die bestimmt elegant in ein dunkles Kostüm gekleidet wäre, hinüber zum Ballhäuschen begleitete. Er spürte schon ihren kühlen, nicht unfreundlichen Blick auf seinem Gesicht: Du siehst abgerappelt aus, Thomas.

Er würde seine Schwiegermutter abholen und Lilli seine Mutter, so war es abgemacht. Das waren Lillis Gesten, um die Familiengeometrie auszubalancieren.

Daniel war mit den Efeuranken fertig. Er kletterte vom Stuhl. So, nun sieht's aus wie bei Rotkäppchen, sagte er und gab seiner Mutter einen Kuss auf die Wange. Frau Körnig drehte die Birne in die Stehlampe, die nun durch das alte Leder ein schönes Licht abgab.

Fertig, sagte sie. Wir können hier immer noch was dazu basteln, aber die Party wird darüber hinweggehen.

Sie schaltete die Stehlampe aus und sammelte die Werkzeuge in eine Kiste, die sie Thomas in die Hände drückte. Eine energische Frau. Daniel half ihr, während Lilli wohl gerne noch weitergemacht hätte.

Frau Körnig war bereits an der Tür. Kommen Sie, jetzt machen *wir* uns schön. Sie lachte rau.

Thomas fragte sich, während er in ihr kluges und unschönes Gesicht sah, wie sie sich schön machen würde. Doch hoffentlich keine Schminke, das passte nicht zu ihrer herben Männlichkeit. Sie schaltete nach und nach die Deckenlampen aus und klatschte in die Hände. Gehorsam wie ein Kind lief Lilli an ihr vorbei.

Draußen war es dämmrig. Von unten kroch Nebel den Hang hinauf. Der Bewegungsmelder ließ die milchigen Kugeln aufleuchten, während sie zum Hotel zurückgingen. Daniel war schneller als die anderen gewesen. Thomas ging hinter Lilli und Judith her. Sie schwatzten, und er war froh, nichts sagen zu müssen.

Er hatte keine Lust auf diesen Polterabend. Es würde laut werden, er würde Konversation machen müssen, Lilli würde wollen, dass er tanzte. Er konnte nicht tanzen, er mochte es nicht. Es reichte, wenn er zur Hochzeit eine Ehrenrunde mit Sophie drehte. Das war mehr als genug. Im Zimmer wollte er Lilli noch einmal sagen, dass sie ihn damit nicht nerven sollte. Er war jetzt schon entnervt. Die Vorstellung, zwischen seiner Mutter und seiner Schwiegermutter einen Abend zubringen zu müssen, war bereits schwer erträglich. Und dann kam morgen ja erst die Hochzeit. Warum mussten Daniel und Sophie überhaupt heiraten? Das war altmodisch und spießig.

Hinten, auf dem Parkplatz sah er einen sich bewegenden Schatten. Den eines Mannes. Geh schon mal hoch, sagte er zu Lilli, ich muss bloß mal zum Auto.

Lilli nickte. Sie ging weiter. An ihrem Gang erkannte er, dass sie erschöpft war. Die Füße hoben sich kaum noch über dem Boden. Sie hatte sich zu viel zugemutet.

Irgendwo zwischen den Autos war der Fremde verschwunden. Hatte er sich abgeduckt? Hockte er irgendwo zwischen den Fahrzeugen? Bestimmt wollte er ein paar aufbrechen.

Hey, Sie! Kommen Sie raus!, rief Thomas. Er hätte jetzt gerne was in der Hand gehabt, einen Schraubenschlüssel oder besser noch einen Hammer. Hinter dem Stamm der Birke bewegte sich etwas.

Ein Mann trat hervor. Ganz in Leder, mit dunklem bärtigem Gesicht. Was machen Sie denn hier?! Thomas gab seiner Stimme einen tiefen, bellenden Tonfall.

Hab' heute Abend hier was zu tun, brummte der andere.

Was denn?

Thomas glaubte ihm kein Wort. Wahrscheinlich war er ein Obdachloser oder ein Verrückter, der im Wald hauste. Raus aus der Zivilisation und hin und wieder mal was geklaut.

Der Fremde zeigte auf seinen Rucksack: Musik, sagte er.

Thomas betrachtete ihn genauer. Tatsächlich – mit seinen altmodischen Stulpenstiefeln, mit Leder und Samt sah er aus wie ein Schausteller auf einem Mittelaltermarkt. Nur schmutziger. Konnte Gertrud so einen wirklich engagiert haben?

Dann gehen Sie doch schon mal Richtung Küche und lassen sich was zu essen geben.

Thomas fand, dass er ihm damit eine gute Falle stellte. Würde der Mann jetzt brav mit ihm mitkommen, wäre er das, für das er sich ausgab.

Doch der grinste nur, als hätte er begriffen, was Thomas von ihm herausfinden wollte. Will mal so sagen, antwortete er, meine Stunde ist noch nicht gekommen.

Damit drehte er sich um. Ging mit wiegenden Schritten über den Parkplatz auf die Seite, die an den Wald grenzte. Thomas sah ihm argwöhnisch nach. Ein mittelgroßer, stämmiger Typ mit schaukelnden Bewegungen. Als er den Waldsaum erreichte, wand er sich mühelos durchs Gestrüpp und verschwand rasch, ein braungesprenkeltes Tier, zwischen den Stämmen.

Thomas blieb noch eine ganze Weile zwischen den Autos stehen. Er wollte sicher sein, dass der Fremde nicht zurückkam. Nein, er glaubte nicht, dass Gertrud ihn bestellt hatte.

Eher noch hätte sie ein klassisches Quartett engagiert, seriöse Musiker in schwarzen Anzügen. Als sie Anfang der neunziger hierher zurückgekommen war, hatte sie gleich den Anspruch gehabt, Kultur in dieses thüringische Nest zu bringen. Sie hatte viele Jahre in Hamburg gelebt und wollte etwas von Hamburg hier installieren. In einem kleinen thüringischen Dorf, in dem jahrzehntelang nur FDGB-Urlauber durch die Wälder gewandert waren.

Eigentlich hätte sie wissen müssen, dass es nicht ging. Denn sie war hier geboren, Tochter eines Hoteliers, der Anfang der Fünfziger Jahre in den Westen abgehauen war und Frau und Tochter zurückließ.

Mit fünfzehn war Gertrud eines Nachts über die grüne Grenze nach Hessen geflohen. Eine Jeanne d'Arc des Kapitalismus. Ich wollte zu meinem Vater, hatte sie gesagt.

Der hatte sie und ihre Mutter sitzen lassen und lebte nun in Frankfurt mit neuer Frau und neuem Hotel. Gertrud marschierte zu Fuß zu ihnen. Sie ließ sich nicht abweisen. Sie machte eine Ausbildung zur Hotelfachfrau. Von der Pieke auf, wie sie sagte. Ich habe

Toiletten geschrubbt und Betten bezogen. Sie bewegte sich wie ein Fisch im Wasser des Hotelgewerbes.

Und kam in Hamburg an. Als Direktorin eines mittelgroßen Hauses. Während aus dem thüringischen Hotel ein FDGB-Ferienheim wurde und ihre Mutter bis zur Rente als Köchin arbeitete. Kurz nach Eintritt in die Rente verschied. Als Letzte ihrer Familie, wie Gertrud erzählt hatte. Thomas hatte so etwas wie Verachtung in ihrer Stimme gehört. Eine Sippe, die ausstarb, die es nicht schaffte. Während Gertrud zu hundert Prozent eine Jünger war.

Zu ihrer Beerdigung reiste Gertrud zum ersten Mal wieder in die DDR. Lernte den Dresdner Zweig ihrer Familie kennen. Und eroberte mit ihren abgelegten Klamotten und üppigen Geschenken Lillis naives Mädchenherz.

Thomas hatte genug von seinem Lauern auf dem Parkplatz. Langsam kam er sich wie eine Vogelscheuche vor. Er hoffte, der Typ wäre weg. Würde aber Gertrud noch mal Bescheid sagen, dass er da einen am Parkplatz gesehen hatte.

Maria japste und warf sich auf das Bett. Johannes zog die Perücke vom Kopf.

Ich schminke dich noch, versprach Maria. Du hast so lange Wimpern, das sieht bestimmt cool aus.

Ihre Augen wurden schmal. Sie lag wie eine träge Katze auf der Bettdecke. Paula hätte sich nicht gewundert, wenn sie beginnen würde, sich mit rosiger Zunge zu putzen. Max lümmelte sich neben sie.

Paula plumpste auf das pseudoantike Stühlchen zurück. Die überdrehte Lustigkeit verließ sie, tröpfelte aus ihr heraus. Johannes zog die Perücke vom Kopf und klinkte den BH-Verschluss auf.

Ännchen von Tharau würde sie morgen in der Kirche singen, erklärte Maria. Das hätte sich Sophie von ihr gewünscht. Sie schmetterte schon mal kurz los: *Ännchen von Tharau, ist die mir gefällt* – ihre schöne Stimme war viel zu laut für die Dachkammer, eine übersteuerte Anlage, die, das merkte sie selbst, rasch zurückgeschaltet werden musste.

Paula zweifelte an der Freundschaft zwischen Sophie und Maria. Denn sie wusste, dass Sophie eine *alte* Freundin von Max war. Sogenannte alte Freundinnen waren immer Geliebte gewesen, die Maria mit Argwohn beobachtete. Bändelte nicht diese oder jene wieder mit Max an? Doch bei Sophie war alles gut. Sophie hatte ihren Daniel, und dann wurde sie sogar von ihrem Daniel schwanger.

Schwangerschaft steckt an, dachte Paula. Denn kaum war ihre gute Freundin Sophie schwanger, wollte Maria es auch sein. Am Küchentisch der WG begutachtete sie morgens ihren in Urin getauchten Teststreifen.

So viel Teilnahme an Marias Leben wollte Paula gar nicht haben. Sie musste, um morgens in der Küche nicht irgendetwas Zynisches zu sagen, sich immer wieder erklären, dass Maria ein anderer Typ war als sie, extrovertiert, spontan. Lachen, Weinen, Wutausbrüche oder Gesang – alles war schnell hervorrufbar bei Maria, sie war eine Emotionsmaschine auf Hochtouren. Und seit sie schwanger war, hatte sich das noch verstärkt.

Das Schlimme war nur, dass sie Paula missionieren wollte. Ein Kind würde einen ganz neuen Sinn in das Leben bringen. Ein Kind würde Verantwortung und Liebe in einem hervorrufen.

Wieso, wirke ich unverantwortlich und lieblos?, hatte Paula gefragt.

Nein, nein, natürlich nicht. Aber sie wirke zu melancholisch.

Ich habe nicht mal einen Typen, hatte Paula brüsk gesagt und war aufgestanden und aus der Küche gegangen.

Nein, sie wollte sich nicht anstecken lassen. Wer seine Probleme mit einem Kind lösen will, hatte sie gedacht, sollte seine Probleme lieber auf dem Dach eines Hochhauses lösen. So etwas war doch schon geplanter Kindesmissbrauch. Und wahrscheinlich, so vermutete sie jetzt, während Maria aus dem Bett stieg und nach ihrer Jeans griff, denn sie hatte keine Hemmungen vor Johannes und ihr, im Slip herumzulaufen, war die ganze Verkuppelungsgeschichte eher ihre als Max' Idee gewesen.

Sie würden doch so gut zusammenpassen. Sie wären beide nur so ungeschickt. Man müsse eben ein wenig nachhelfen. Und der Plan von Maria sollte final sicher auch noch von einer Schwangerschaft gekrönt werden, dachte Paula plötzlich wütend. Sie kam sich überrumpelt, instrumentalisiert vor. Sie sagte: Okay, wir haben ja jetzt alles geklärt. Ich bringe dann mal den Krempel zum Gartenhaus.

Soll ich helfen?, fragte Max, der ihren Stimmungsumschwung beobachtet hatte.

Nö. Ist alles leichtes Zeug, sagte sie rasch, froh, endlich einen Grund zu haben, aus dem Zimmer zu kommen.

Sie stand auf und sagte zu Max: Gibst du mir den Autoschlüssel?

Max angelte nach seiner Jeans, holte den Schlüssel aus der Tasche. Alles schick? fragte er.

Kriegst ihn in zehn Minuten wieder.

Paula nahm den Schlüssel und die Perückentüte und konnte endlich das Zimmer verlassen. Auf dem Flur atmete sie mehrmals tief durch, dann sprang sie in langen Sätzen die Treppe hinunter. Die Wunde am Kinn pulste schmerzhaft bei jedem Sprung.

NEBEL

Wir sitzen unterm Hollerbusch
und machen alle husch, husch, husch!

Vor der Tür atmete Paula auf. Um das Hotel tropfte die Nässe von den Bäumen. Ansonsten war es still. Die Autos standen geduckt, wie urzeitliche Tiere bis zum Bauch im Nebel versunken. Paula ging auf diese eiserne Herde zu. Da sah sie mitten zwischen den Autos ein Reh. Es hatte seinen schmalen Kopf zu ihr gewandt und sah sie aufmerksam an.

Paula blieb stehen. Ach, dachte sie, was hat dich denn hierher verschlagen?

Zwischen dem Tier und ihr waren vielleicht zehn Meter Abstand. Paula wollte es nicht erschrecken und nicht verjagen. So stand sie einfach da und schaute das Reh an, und das Reh blickte zu Paula, geduldig und aufmerksam. Es machte sogar noch einen Schritt auf sie zu. Auch Paula bewegte sich dem Tier entgegen. Dem schien das nun zu nahe zu sein, es wanderte sacht hinter ein Auto und sah sie weiterhin unverwandt und freundlich an. Dabei musste es den Hals wenden. Paula bewunderte die Anmut dieser stillen Bewegung.

Als Kind war sie öfter den schönen Waldbewohnern begegnet. Meist war da nur ein Rascheln, ein schnelles Huschen und Springen – und fort waren sie. Aber hin und wieder war ein Tier auch neugierig gewesen und hatte Paula beobachtet. Sie hätte damals als Kind so gerne ein Reh zum Freund gehabt, und manchmal stellte sie sich vor, wie sie, wie im Märchen, ein Reh als Brüderchen hätte, mit dem sie im Wald leben würde. Sie würde Kiefernzapfen essen und das Reh Blätter.

Paula lächelte. Sie probierte einen Ton. Hmmm, machte sie leise. Das Tier schaute noch aufmerksamer und die Ohren bewegten sich leicht. Hmmmmmm, summte Paula ein wenig länger. Das Tier trat einen Schritt zurück, drehte sich ihr aber stärker zu. Hmmmmmm, hallooooh, brummte Paula. Brrrrüderchen.

Das Reh kam näher, vom Singsang angezogen. Paula streckte ihre Hand aus. Sie hätte gerne ein paar Bucheckern oder ein bisschen trockenes Brot gehabt. Das Reh witterte. Dann schien es enttäuscht. Zum ersten Mal drehte es den Kopf von Paula weg. Paula summte noch einmal. Das Reh sah wieder zu ihr hin. Dann lief es mit zierlichen Bewegungen zwischen den Autos über den Parkplatz.

Ganz leise rollten die Schottersteine. Am Ende des Parkplatzes wurde es schneller. Mit ein paar Sätzen sprang es über die Wiese und verschwand lautlos zwischen den Bäumen. Nur das leise Tropfen war zu hören. Paula ließ die Hand sinken. Das Kinn pochte wieder. Ihr war, als wolle ihr Blut rinnen und tropfen wie das Wasser ringsum und sich mit den Rinnsalen zwischen dem Schotter mischen. Ein hellrotes Brünnlein.

Sie ging zu Max' Opel, ließ die Heckklappe aufspringen und nahm zwei große Tüten heraus. Dann lief sie den Weg zum Ballhäuschen hinauf. Die Kugellampen sandten ihr Unterwasserlicht durch den über den Boden kriechenden Nebel.

Eine Weile hörte sie nur ihre Schritte, bis nach und nach Bässe vom Ballhäuschen herüberdrangen. Es wurde lauter, ein paar Stimmen klangen. Kalt knallte weißes Licht aus der Tür. Die Anlage fiepte schrill auf. Jemand fluchte. Die Bässe wummerten erneut.

Als sie den Saal betrat, blickten die alte Bedienstete und ein zirka dreißigjähriger Mann zu ihr herüber.

Ich will das nur mal unterstellen, sagte sie entschuldigend und hielt ihre Tüten hoch. Für ein Programm nachher.

Die beiden schauten wieder zu ihrer Musikanlage hinunter.

Seitlich am Buffet standen bereits ein paar Gäste, die frierend und verloren ein paar Sätze miteinander wechselten. Sie sahen Paula an, als sollte mit ihr der Abend endlich losgehen. Paula blickte sich um, entdeckte die Toilettenschilder. Und rasch, als würde sie ihre Beute in Sicherheit bringen, eilte sie durch den Saal.

Thomas klopfte.

Ja, komm herein. Schwiegermutter Hildegard saß angekleidet auf dem Stuhl, sie hatte die dünnen Lippen oder das, was von ihnen übriggeblieben war, rosa geschminkt und trug ein blaues Kostüm, eine weiße Bluse.

Anklagend wies sie auf ihre geschwollenen Füße, die in flachen Sandalen steckten: Da, mit so etwas muss ich gehen. Morgen ziehe ich ein langes Kleid an, da sieht das keiner.

Aber Mutter, das wird doch zwanglos heute Abend.

Ich weiß Bescheid. Eine *Fete*.

Er hätte gerne gelacht. Feten feierte man, als er jung war, ganz jung, *fetzige Feten* gehörten in seine kleinbürgerliche DDR-Jugend.

Er half ihr in den Mantel, roch ihr Parfüm, den Haarfestiger, sah die rosableiche Kopfhaut durch ihre dünnen, sorgfältig frisierten Haare schimmern.

Ihre Hand war eiskalt und dürr. Dennoch zog sie ihn mehr, als dass er sie führte. Er hatte immer eine widerwillige Hochachtung für sie empfunden. Hildegard, das Kraftpaket.

Unten im Empfang wartete Lilli mit seiner Mutter, die in ihrem alten Pelzmantel dastand, den sie seit dem vorletzten Winter wieder trug. In den siebziger Jahren hatte sie so auf dieses Ding gespart, dann verschwand er nach der Wende im Schrank, um jetzt Wiederauferstehung zu feiern. Ihre aufgequollenen Beine guckten unter dem Pelz wie die Extremitäten eines Elefantenmenschen hervor. Die Schuhe mit den goldfarbenen Spangen erinnerten ihn an einen Kinderfilm-Prinzen. Er wollte nicht wissen, was sie unter dem Mantel anhatte.

Lilli trug einen Beutel mit in Zeitungspapier eingewickelten alten Tellern. Die werfen wir nachher, jeder zwei, sagte sie, und Thomas wäre am liebsten ausgerissen. Aber er wusste schon, dass er seine Teller nachher brav unter dem ironischen Grinsen seines Sohnes zerscheppern würde.

Draußen kroch Nebel den Hang hinauf. Die Laternen, die den Weg erhellten, sandten ihr Licht wie Tiefseequallen aus. Er ging mit der Schwiegermutter voran. Sie war nun sehr vorsichtig, hatte ihre Finger in seinen Arm gekrallt.

So ein Unfug, murmelte sie, warum denn im Gartenhaus?

Je älter sie wurde, umso mehr glich sie einem vertrockneten Raubvogel. Ihm war, als ob sie nie aufgehört hatte, auf Lillis Schulter zu hocken. Sie würde niemals sterben. Oder sie würde ausgestopft dort sitzen bleiben. Lilli würde sich nie freimachen können – und er deshalb auch nicht. Er hatte es nicht geschafft, sie zu befreien. Sie lebten in einer Als-ob-Befreiung, in einem Als-ob-Erwachsensein.

Schon etliche Meter vor dem Gartenhaus, hörte er die Bässe hinter den Fenstern wummern. Ruckartig setzten Kopfschmerzen ein. Das Mädchen, das er vorhin verarztet hatte, trat aus der Tür. Das große Pflaster klebte noch am Kinn. Sie sah ihn erschrocken an, murmelte *Abend* und lief an ihnen vorbei zum Hotel zurück.

Der Ballsaal, mit Fichtenzweigen und Efeu geschmückt, roch nach Wald und Kohlengasen, denn Frau Bertram hatte den gusseisernen Ofen geheizt, um den sich die Verwandtschaft gesammelt hatte und vorsichtig miteinander sprach. Er sah sie kaum an, die eigene und die fremde.

Hinter der Stirn begann der Kopfschmerz seine Bohrarbeit. Und als wäre das nicht genug, rauschte es in seinen Ohren wie in einer defekten Toilettenspülung. Er wollte keine neuen Verwandten dazubekommen. Er war es leid, sich mit wildfremden Menschen plötzlich duzen zu müssen, Auskunft zu geben. Schon lachte ein freundlicher rotgesichtiger Mann mit Lilli. Die lachte mit. Er wollte den Rest seines Lebens nicht mit Späßen der gutmütigen Art verbringen.

Die letzten zwanzig Jahre waren so rasch vergangen. Und die nächsten würden genauso schnell vorbei sein. Dann wäre er Mitte siebzig. Prostata, Bluthochdruck, Glaukom. Ein paar Jahre später würde er zu einem heuschreckenartigen Wesen verkümmern, klein und verwirrt durch sein Haus tappen, das viel zu groß geworden sein würde für ihn. Er sah zu seiner Mutter. Sie wirkte sehr zufrieden. Da sie inzwischen schwerhörig war, störte sie die laute Musik nicht; es war endlich einmal etwas los in ihrem kleinen Leben zwischen Küche, Wohnzimmer und diversen Arztpraxen.

Judith setzte sich zu ihr, legte ihre junge Hand auf die alte Hand seiner Mutter. Sie schrie ihr etwa ins Ohr. Sie hatte das offene, menschenfreundliche Wesen Lillis, wickelte sowohl die Omi als auch die Großmama um den Finger.

Seine Mutter erzählte ihr irgendetwas. Sie klopfte mit ihrer Altfrauenhand auf Judiths Oberschenkel. Er selbst konnte ihr schon Jahrzehnte nicht mehr zuhören. Die Banalitäten, von denen sie erzählte, waren so pappig wie die billigen Kekse, die sie ihm anbot, wenn er zu einem Kaffee bei ihr vorbeischaute. Falls sie nicht wegen irgendwelcher Krankheiten jammerte, ging es darum, was sie wo und wie billig eingekauft hatte.

Die höchsten Errungenschaften des vereinigten Deutschlands mussten für sie die Werbeblätter der Discounter sein. Die Werbeblätter der Discounter studierte sie wie heilige Schriften, in denen rosige Türme von billigem Gehacktem und kleinere Rechenaufgaben wie: Kaufen Sie drei für den Preis von zwei, abgebildet waren.

Er fragte sich, ob es je etwas Existentielles für sie gegeben hatte. Selbst von seiner Geburt hatte sie nur in wenigen medizinischen Fachbegriffen geredet, Zangengeburt, Ödem am Kopf, soundso viel Gramm bei soundso viel Zentimetern, den Säugling nach zwölf Wochen in eine Wochenkrippe gegeben, um ihren Dienst als Krankenschwester wieder aufzunehmen.

Wenn ihn, den ewig kränkelnden Säugling, nicht die Großeltern nach weiteren vier Wochen übernommen hätten, wer weiß, was aus ihm geworden wäre. Sie liebt mich nicht, das war, was er als Kind empfunden hatte. Genaugenommen liebte sie überhaupt nicht. Schon gar nicht ihre Patienten, von denen sie immer im Ton der Abscheu gesprochen hatte, sabbernde, vor sich hin tröpfelnde Männer auf der urologischen Station.

Für sein Alter fürchtete er nichts mehr als eine Prostataerkrankung. Mit einer Prostataerkrankung, das hatte er schon immer gewusst, würde er sich in das ekelerregende Wesen verwandeln, das er in ihren Augen schon immer gewesen war. Dann hätte sie ihn soweit. Er war wieder der ins Bett pissende kleine Junge, dem sie die nach Urin stinkende Bettwäsche unter die Nase halten würde. Da war nicht nur Ärger in ihrer Stimme gewesen, auch Genugtuung, dass sie Recht hatte mit ihrem Urteil ihm gegenüber. Genugtuung – und manchmal Schadenfreude – waren ihre positivsten Gefühle.

Vielleicht war er ungerecht. Vielleicht hatte seine Mutter das Existentielle bereits ausführlich in ihrer Kindheit erledigt und dann die Schotten dichtgemacht. Damals als sie von einem nahen Dorf aus, in das sie als Achtjährige mit ihrer Mutter und dem kleinen Bruder evakuiert worden war, den Luftangriff auf Halberstadt erleben musste. Die sogenannten Weihnachtsbäume gesehen hatte, die den Luftraum über der Stadt erhellten, das unaufhörliche Brummen der Flugzeuge gehört, die eines nach dem anderen die Bombenlast entluden, und den sich entfachenden Feuersturm angestarrt hatte, in dem ihre Geburtsstadt unterging, in Schutt und Asche gelegt worden war, wie er als Kind so oft hörte.

Wie seine Oma Lene sagte: In Schutt und Asche – und ihr Wohnhaus, ja, ihre ganze Straße war nicht mehr zu finden gewesen in diesen Schutt- und Aschebergen, so dass sie fast zwei Jahre in der Gartenlaube ihres Kleingärtchens gelebt hätten, sie und Gisi und Wolfi Und der Wolfi war erst vier Jahre alt, da hatte er die Zuckerkrankheit bekommen … Als ob er je zu viel Zucker gegessen hätte.

Bei dieser absurden Vorstellung konnte Oma dann immer nur fassungslos den Kopf schütteln. Es hätte kaum Insulin gegeben und schon gar keine Spritzen mehr. Spritzen hätte ihr eine Nachbarin aus dem Krankenhaus mitgebracht, die hätte sie immer mehrmals benutzt, ausgekocht auf dem kleinen Herd in der Gartenlaube und dem Wolfi wieder und wieder unter die dünne Haut gestochen. Der war noch so klein gewesen, als er zuckerkrank geworden war – und habe immer so herzzerreißend geweint. Dreimal hätte sie ihn ins Krankenhaus getragen mit seinem Zuckerschock, und beim vierten Mal habe sie es nicht mitbekommen, er hätte mit den anderen Kindern aus der Kleingartenanlage getobt und sich dann unter einem Johannisbeerstrauch verkrochen. Die Gisi habe ihn da entdeckt. Da wäre er schon kalt gewesen – ein so kleiner Junge, der Wolfi, federleicht und eisig kalt.

Nie, dachte Thomas, hatte seine Mutter diese Geschichte erzählt, dabei war sie damals schon zehn Jahre alt gewesen. Und kurze Zeit später war der Opa aus der französischen Kriegsgefangenschaft zurückgekehrt und die nunmehr auf andere Weise wieder dreiköpfige Familie nach Halle zu Opas Schwester gezogen. Da lebten dann sieben Menschen in zweieinhalb Zimmern.

Wir zogen dann, als ich zehn war, zu Tante Thea, sagte Mutter. Halle war kaum bombardiert worden. Es ging dort ganz einfach zu mit einer Grude in der Küche und dem Klo im Hof. Für Mutter allerdings ging das erzählenswerte Leben erst mit der Ausbildung zur Krankenschwester los, mit der Schwesternschule und ihren Mitschülerinnen dort. Wie sie sich da habe anstrengen müssen. Wie ihr die Oberschwester mit den Kanülen über den Handrücken gekratzt habe, wenn sie etwas nicht gut genug erledigt hatte.

Mutters Leben war Müh und Plag und Sauberkeit und Ordnung gewesen. Und nun war sie weich, windelweich und faltig und wehleidig, als wäre ein Panzer im Lauf der Jahre von ihr abgebröckelt, und darunter käme eine unförmige Larve zum Vorschein. Diese alte, leicht schrumpelige Mutterlarve machte ihn ratlos. Er fragte sich, was ihn mit dieser wehleidigen, Alltäglichkeiten plappernden Frau verband. Es gab keine Erinnerung an Zärtlichkeit für ihn.

Alles was Zärtlichkeit und Verständnis in seiner Kindheit gewesen war, hatte er bei seinen Großeltern erlebt. Und nun saß die alte Frau da und forderte von ihm Anteilnahme und vor allem Liebe ein. Nein, dachte er, brüllte das Nein in sich hinein. Ich kümmere mich um dich, das ist genug!

Wenn er sich aufrichtig erforschte, war dieses Kümmern nur Lillis Schutzimpuls seiner Mutter gegenüber zu verdanken. Obwohl

Mutter immer an Lilli herumgemäkelt hatte, die für sie nichts weiter als eine feine verwöhnte Prinzessin gewesen war und letztlich von ihr immer mit Neid betrachtet wurde, ging diese nachsichtig und fürsorglich mit ihr um.

Und nun saß Judith da, hörte dem Geschwätz ihrer Oma zu und ließ die alte Frauenhand auf ihrem Oberschenkel liegen. Thomas sah, wie gut das seiner Mutter tat. Ihr Blick auf Judith war liebevoll, so liebevoll, wie er es bei ihr nie für möglich gehalten hatte.

Vielleicht musste zu einem Verständnis zwischen den Generationen jeweils eine Generation Abstand geschaltet werden, dachte er.

Wie zur Bestätigung ging erneut die Tür, und Sophie und Daniel kamen. Daniel knallte die Tür laut ins Schloss. Der Kopfschmerznerv, als wäre er genau jener Strang für die Daniel-Entnervung, eine geradezu allergische Reaktion seinem Sohn gegenüber, für die der vielleicht nicht mal was konnte, das wollte er sich immerhin eingestehen, zuckte auf.

Alle jungen Männer dieser Generation waren ihm fremd. Er dachte an Daniels Freunde. Sie waren größer, schlanker, sie sahen alle verdammt gut aus, während er auf seinen Jugendbildern ein hässlicher Vogel gewesen war, wie alle damals übrigens. Zottelige lange Haare, gekrümmte Schultern, die in einem armeegrünen DDR-Parka steckten, eine Kippe in der einen Hand, ein Bier in der anderen.

Sophie trug ein grünes Kleid mit bunten Streublümchen drauf und den Kranz, den Judith vorhin draußen aus den letzten Blumen geflochten hatte, kleine blaue Glockenblumen, gelbes Johanniskraut, violette Köpfchen unbekannter Blumen.

Vielleicht hatte sie sich an die Hochzeitsfotos ihrer Eltern erinnert. Da war Lilli zu sehen, schön wie eine Erntekönigin, einen prächtigen Sommerwiesenkranz auf dem Kopf. Sophie lächelte verlegen und ließ Daniels Hand nicht los.

Thomas sah, wie Lilli Tränen in die Augen traten. Wie werden rührselig dachte er und starrte Sophie an wie ein Phantom, bewunderte sie für ihre Grazie, wie er einmal Lilli bewundert hatte. Soviel Schönheit war für ihn inzwischen unerreichbar. Damals hatte er sich unbesorgt daran gemacht, die Schöne zu erobern. Erstaunlicherweise hatte es funktioniert.

Nun war es Daniel, der mit Besitzerstolz neben Sophie herwatschelte. In einem Cord-Jacket, einem T-Shirt und einer Designerbrille, die natürlich von der Sorte war, wie sie jetzt alle schicken jungen Männer trugen. Wie nannten sie es? Nerd-Brillen. Er musste darauf achten, seinen Sohn nicht allzu ironisch anzusehen. Sein Daniel-Entnervungsstrang pochte unter der linken Schläfe. Er brauchte Sauerstoff. Vielleicht war es auch nur der Holzrauch.

Er ging zu Lilli hinüber. Ich geh' mal an die frische Luft, flüsterte er.

Willst du eine Tablette?

Lilli kramte in ihrer Handtasche, zog eine Packung hervor.

Zwei, sagte er und ließ sich die weißen Linsen in die Hand drücken.

Übelkeit auch?, fragte sie.

Er nickte, obwohl es nicht stimmte. Aber damit bekam er die Chance, erst einmal eine ganze Stunde zu verschwinden. Sie reichte ihm ihr Glas Wasser, und er schluckte die Tabletten herunter.

Draußen war es kühl und feucht. Der Weg zum Hotel mit den Kugellampen war ihm zu hell. Er wollte es dunkler, ging über die Wiese. Das nasse Gras streifte seine Hosenbeine. Lilli würde missbilligend gucken, wenn sie ihn mit einer klatschnassen Hose zurückkommen sähe. Aber erst einmal war er draußen. Gerettet, wie er fand, zumindest für eine Weile.

Er lief auf den Wald zu. Vom raschen Gehen bergauf wurde ihm nun tatsächlich übel. Er versuchte ganz langsam und regelmäßig zu laufen. Immer weiter rauschte es in seinen Ohren, aber vielleicht waren es nur die Baumkronen über ihm. Nebel bildete sich in den Senken, in den er hüfthoch versank. So dicht war er, und wie durch ein milchiges Wasser schritt er, nun schon beruhigt, tief atmend.

Wie lange war ihm eigentlich schon die Natur abhandengekommen, seitdem er als junger Mann durch die Tatra und den Făgăraş gewandert war? Nach einer Weile entdeckte er einen kleinen Weg den Hang hinauf. Schöne Nacht, schönes Tropfen und Glucksen. Er war müde und ausgelaugt. Wünschte sich die Kraft seiner Jugend zurück. Noch einmal durchs Gebirge wandern. Dreißig Kilo auf dem Rücken, Zelt, Wasser, Brot, Büchsenfleisch, das hatte er vierzehn Tage ohne Mühe gemacht. Rauf und runter auf einem Kammweg. Jenseits der Baumgrenze, kollernde Steine und abends die Matten hinunter, das Zelt aufgebaut und mit dürrem Holz ein Knäckerchen entfacht.

Er hatte die falsche Weggabelung genommen. Vierundzwanzig war er gewesen, als Dani kam. Ab da hieß es, für die Familie zu sorgen. Jeden Ferienjob annehmen und zu Ende studieren. Das ging trotzdem alles ziemlich leicht. Westcousine Gertrud hatte Wegwerfwindeln geschickt. Diese von ihnen als höchste Perversion des Westens betrachteten, tatsächlich nur einmal benutzbaren Hygieneartikel ließen sie ihr Baby auf einem Mecklenburger Zeltplatz vollscheißen. Morgens um fünf standen sie mit dem kleinen Schreihals auf. Lilli machte Milch auf dem Campingkocher warm, kurz danach schnappte er sich Dani, setzte ihn in seine mit Decken weich ausgestopfte Kraxe und wanderte einmal um den See herum.

Nebel über dem Wasser, Gegacker im Röhricht und ein brabbelndes, ihm in den Nacken sabberndes Wesen auf seinem Rücken. Nun schnaufte er beim Ersteigen eines Hanges.

Oben entdeckte er eine Bank und plumpste erleichtert darauf. Die Wolkendecke war an einer kleinen Stelle aufgerissen und gab ein paar Sterne frei. Er starrte zu ihnen hinauf. Überm Wald gab es ein fahles helles Licht. Dahinter musste der Mond sein. Schöne Nacht, schöner verborgener Mond.

Vom Wald herkommend, entdeckte er zwei Silhouetten, wie Scherenschnitte über der hellen Nebeldecke des Weges und unterhalb der Knie darin verschwunden. Je näher sie kamen, umso sicherer war er, dass es ein Mann und eine Frau waren. Endlich konnte er sie gut erkennen. Sie trug ein langes Kleid, und er war der verlotterte Musiker. Beide hatte er schon um das Hotel streichen sehen.

Fahrendes Volk, musste er plötzlich denken, denn dieses altmodische Wort passte auf sie. Der bärtige Typ in Lederklamotten, die Frau in einem Kleid, dessen Farbe an die Wolle herumstreifender weißer Schafe erinnerte und die doch braun von Schlamm war, verfilzt und mit Varianten von Grasgrün und Brombeerviolett gefärbt.

Kurz vor der Bank blieben sie stehen. Die Frau hatte ein rundes Gesicht. Ihre Augen sammelten wie Katzenaugen das geringe Licht der Nacht. Ihre Mimik schien ihm spöttisch. Vielleicht war er auf eine gegenteilige Weise so albern anzusehen wie sie: im grauen Anzug, mit dem Schal um seinen Hals, der auf das zweifarbige Muster seines Hemds abgestimmt war. Ein Feiergeck mitten im Wald.

Die beiden setzten sich zu ihm, links die Frau und rechts der Typ, wie Diebe, die ihn in den Schwitzkasten nehmen wollten.

Nanu, rief er unwillkürlich rau und tief. Sein erster Impuls war aufzuspringen.

Lass nur, sagte die Fremde sacht, lächelte und legte einige prächtige Fliegenpilze neben sich auf die Bank. In ihrem Haar steckten ein paar Blüten und rote Blätter. Es war kraus, mehr grau als braun und duftete nach Herbstlaub. Gerne hätte er sein Gesicht in diesen Duft gehalten, sich von den Haaren wie von Gras kitzeln lassen.

Das erinnerte ihn … an die Herbste seiner Kindheit, ans Pilzesammeln mit den Großeltern und später nur noch mit seiner Oma, die viele kannte – Pfifferling, Hallimasch, Birkenpilz, sie sorgsam mit einem rostigen Gemüsemesserchen ausgrub. Mit allen Wurzeln, dachte er, Blödsinn, Pilze haben doch keine Wurzeln, es hieß anders … Myzel, dachte er erleichtert, während die Frau zu summen begann, eine kleine muntere Melodie. Er kannte sie, musste aber schon wieder so lange … lange überlegen … *Der Kuckuck und der Esel* … Über ihm leuchteten ihre Katzenaugen, sie lachte jetzt.

Lach nur, dachte er, lach mich alten Esel aus. Denn ich habe seltsame Wünsche, ich hege Groll, ich habe das Gelüst, wieder jung zu sein. Ein jugendlüsternder, neidischer alter Sack. Ja, dachte er, ich beneide meinen Sohn. Es ist hässlich, es ist beschämend, ich versuche es zu verstecken, aber es bricht mir immer wieder aus den Poren hervor. Ich stinke nach Neid in seiner Gegenwart, weil er alles geschenkt bekommt, was ich mir hart erarbeiten musste. Bin ich verbittert?

Die Frau hatte aufgehört zu summen. Sie nickte, als hätte sie seine Frage gehört. Habe ich *laut* gefragt?, dachte er und wurde immer schläfriger. Als der Geselle aufstand, rutschte Thomas müde an der Schulter der Frau herab, sank an ihre Hüfte, sah über sich das grinsende schwarzbärtige Gesicht des Fremden. Unpassend, hilflos in seinen eleganten Klamotten lag er im schmuddeligen Schoß der Frau. Der Typ brach einen Zweig ab. Wollte er damit auf ihn eindreschen?

Doch er konnte sich nicht mehr rühren. Tief atmend lag er auf der Bank, ruhte sein Kopf in der moosduftenden Mulde des fremden Frauenrocks. Reglos, bleischwer lag er, während die Fremde mit dem Zweig über seine Stirn strich. Ganz nah waren ihm die Dolden mit den schwarzen Beeren ... *wir sitzen unterm Hollerbusch* ... er spürte die nassen ledrigen Blätter, ein kühler Tropfen rollte über sein Gesicht, das ihm so heiß vorkam, als müsse der Tropfen darauf zischend verdampfen. Die Fremde wies auf die Stelle, wo sie beide aus dem Wald gekommen waren. Er wandte den Kopf, schaute dorthin. Da war nichts, nur Dunkelheit, nur Waldwirrwarr, über dem jetzt der Mond erschien, voll und rund. Ein Käuzchen schrie.

Mit der Wange lag er auf dem nassen Holz der Bank. Das war angenehm kühl und das Einfachste, denn so musste er seinen schweren Schädel nicht mehr auf dem Hals halten. Die Beine hatte er angezogen wie ein Embryo. Tief atmete er ein und aus, besah sich den Fliegenpilz, der neben seinem Gesicht auf dem Holz lag, betrachtete gründlich die weißen Schuppen, die auf der dunklen Kappe und in der Dunkelheit der Nacht leuchteten.

Er tastete über die Stirn, auf der noch ein Blatt klebte und hinter der es endlich ruhig war. Als er probierte, den Kopf zu heben, ging das überraschend leicht, überhaupt, wie mühelos er aufstehen konnte. Er reckte sich, entdeckte unter sich, hinterm Geäst der Bäume die Lichter des Ballhäuschens.

Mit langen Schritten lief er den Hang hinunter, steckte im Laufen die Hände in die Hosentaschen. Er musste über sich lachen, weil er es plötzlich so eilig hatte, zurückzukommen.

Aus dem Ballhäuschen drang Musik, Lachen. Draußen stand ein Pulk junger Leute, rauchte und plauderte. Ein paar hatten auch nur eine Flasche Bier in der Hand. Sie alle hatte es einfach nach draußen getrieben, unter ihresgleichen. Weg von den Alten, dachte er und hatte plötzlich keine Lust mehr, einfach so an ihnen vorbei in den Saal zu gehen. Denn hier vor der Tür war wirkliche Nacht und Kühle, und er mochte, wie sie standen, dann und wann einen Satz sagten und lachten.

Er bekam Lust, einmal wieder eine Zigarette zu rauchen, ging auf einen der jungen Männer zu.

Darf ich eine schlauchen?

Klar, sagte der und hielt ihm seine Schachtel hin. Thomas zog eine Zigarette heraus. Danke!, beugte sich vor und ließ sich Feuer geben.

Vor zwölf Jahren hatte er endgültig aufgehört damit. Auch eine Gelegenheitszigarette schmeckte ihm nicht mehr. Nun sog er den Rauch tief ein. Wie sehr ihn das entspannte. Es waren einfach die Gesten, über die sich sein Körper freute, wie man sich Feuer geben ließ, die Zigarette zwischen den Fingern hielt, den Rauch aus der Nase stieß. Das hatte er vermisst.

Er winkte dem Spender mit der die Zigarette haltenden Hand zu, stellte sich in die geöffnete Tür und blickte in den Raum. Es war voll geworden. Judith tanzte. Er hatte seine Tochter noch nie tanzen gesehen. Sie bewegte sich nicht viel, sondern schwatzte und lachte die ganze Zeit mit ihrem Gegenüber, dem Statistikheini mit der Brille, der gewollt ungeschickt mit den Armen wedelte und anscheinend einen Witz nach dem anderen riss.

Irgendwie war Thomas froh, dass Judith nicht sehr aufwendig tanzte. Er selbst war nie ein guter Tänzer gewesen und Paare, die schwungvoll und gekonnt tanzten, waren ihm immer peinlich gewesen. Als kleiner Junge war er um den Wohnzimmertisch gehüpft, den Oberkörper rhythmisch hebend und senkend, die Hände zu Fäusten geballt und mit den Füßen stampfend. Das war sein Indianertanz gewesen – und aus dem Stadium des Indianertanzes war er nie wirklich herausgekommen.

Judiths Partner allerdings auch nicht. Das befriedigte ihn. Er drückte seine Kippe in den alten Klappaschenbecher und ging in den Saal.

Nachdem er eine Zigarette geraucht hatte, wollte er ein Bier trinken. Zigaretten und Bier passten wunderbar zusammen. Er drängelte durch die Tanzenden und schob sich zu den Bierkästen. An einem Seitentisch sah er das Mädchen sitzen, blass, ernst, das Pflaster klebte am Kinn. Der Soziologe, der Typ, mit dem sie angekommen war, kam und setzte sich zwischen das Mädchen und die junge Frau neben ihr, der er einen Kuss auf den sehr roten Mund gab.

Die lachte. Das Dekolleté war tief, die Schultern athletisch. Ihr Lachen klang melodisch und ein wenig laut. Es war das Lachen einer geschulten Stimme. Ein paar Jahre lang war Lilli mit einer Sopranistin befreundet gewesen, die mit wechselnden Typen bei ihren Geburtstagspartys aufgetaucht war, die hatte so ein ähnliches Lachen gehabt.

Neben der jungen Frau verschwand das Mädchen. Es trat in den Schatten des aufwendigen Frauenlachens. Während sich die an den Soziologen schmiegte, schien ihr roter Mund ein Eigenleben zu führen, plauderte und plapperte, gurrte und sang. Thomas verengte die Augen ein bisschen – tatsächlich war da nur noch der Mund, riesengroß, wie bei einer Zahnpasta-Lippenstift-Reklame. Gefühlt aller drei Sekunden platzte aus diesem Mund ein Gelächter heraus. Sie benutzte ihr Bühnenlachen vielleicht ganz unbewusst, aber bei so vielen ihr zugewandten Gesichtern war er sich sicher, dass sie ihren *Auftritt* genoss.

Er nahm sich ein Bier aus dem Kasten und öffnete es. Während der erste Schluck die Kehle hinabfloss, streifte sein Blick noch einmal das gequälte Gesicht des Mädchens. Er vergewisserte sich, ja, sie war noch immer schön, eine Nymphe mit einem Pflaster auf dem Kinn, das er ihr angeklebt hatte. Sie weckte den Beschützerinstinkt in ihm – und tatsächlich war ihm Beschützen stets leichter gefallen als Bewundern. Nach dem Tod seines Opas hatte er sich selbst zum Beschützer der Frauen ernannt. Dazu passte dann auch der Indianertanz hervorragend.

Sie bemerkte nicht, dass er ihr zulächelte. So schlenderte er weiter mit seinem Bier in der Hand, sah hinüber zu Lilli, die mit Herrn Körnig plauderte. Er konnte das nicht anders als *Plaudern* nennen, denn es war etwa Leichtes, Plätscherndes dabei. Wie ein Bach seinen Weg nimmt, fand sie Thema um Thema, hüpfte hierhin und dorthin, blieb nie stehen, ihr Gespräch floss – und am nächsten Tag würde sie nicht mehr wissen, worüber sie geredet hatte. Nur, dass es nett war. Ein netter, feinfühliger Mann, würde sie sagen. Ihr Plaudern diente einfach nicht der Information. Hatten sie über Pegida geredet, Verwaltungsrecht oder die Oper in Leipzig, die klassische Musik im Ganzen? Lilli würde es nicht mehr wissen. Aber sie hätte herausgefunden, dass Körnig einen verstorbenen Zwillingsbruder hätte oder Ähnliches.

Zu Lilli trieb es ihn im Augenblick überhaupt nicht. Musste er bei ihren Plaudereien neben ihr stehen, schaltete sein Gehirn auf Grundrauschen. Nicht mal ein eigener Gedanke fiel ihm dann ein. Eigentlich verlangte es ihn nach einer zweiten Zigarette. Er drehte sich mit seinem Bier in der Hand um. Judith war nicht mehr auf der Tanzfläche und so ging er durch die Tanzenden hindurch in Richtung Tür.

Eine junge Frau lachte ihm zu, tanzte ihn an – und er lachte ebenfalls. Er bewegte sich wie ein Bär, und sie grinste. Da fing er an zu brummen: Brummm. Sie lachte noch mehr.

Brummm-Bieer, machte er und nahm einen Schluck aus der Flasche. Zzzigaretttttte, zischte er, und sie winkte ihm lächelnd zu und tanzte weiter, wiegte sich in den Hüften, war wendig und bereits woanders, während er vergnügt für sich noch ein paar Bärendrehungen machte.

Das fiel nicht weiter auf, denn sie bewegten sich alle irgendwie, entspannt, manche schwatzten dabei, während er noch einen Schluck Bier trank und sich schaukelnd durch die Tanzenden hindurch zur Tür bewegte. Draußen roch es nicht nur nach Nikotin. Ein Joint ging um, jemand hielt ihm die kleine Tüte entgegen, Thomas griff nach ihr, zog, schmeckte eigentlich gar nichts, sein erster Joint, ein Reinfall, gab sie weiter, stand unter ihnen und begriff erst nachträglich, dass er seiner Tochter den Joint weitergegeben hatte, denn nun kam eine kleine Dampfwolke aus ihren Nasenlöchern. Sie lächelte ihn an und fragte: Ich heiße Judith – und du?

Die Bässe dröhnten: Gute-Laune-Musik. Paula saß zurückgelehnt, in Marias Schatten. Obwohl sie ihre blaue Lieblingsbluse angezogen hatte, kam sie sich wie ein hässliches fleischfarbenes Pflaster an diesem Tisch vor, und es war gut, dass Maria so offensiv lachte und redete und mit ihren Armen gestikulierte. Hinter diesem Gebärden konnte sie sich verstecken, ein wenig von dem lauwarmen bitteren Bier nippen und zuschauen.

Maria wandte Max den Kopf zu, und er küsste sie. Das sah routiniert aus, familiär. Die Schwangerschaft war ihr noch nicht anzusehen, sie ließ sie sicherer sein, weniger eifersüchtig. Gleich nachdem Maria in Max' Leben aufgetaucht war, hatte es Szenen gegeben. Maria ließ sich Max' *Herumgemache*, wie er das nannte, nicht gefallen. Natürlich machte Max trotzdem herum, heimlicher nun, geschickter. Aber bis auf eine Abstinenz von zwei Monaten ließ er nicht ab von Maria. Vielleicht war er in die Jahre gekommen. Das Modell des bürgerlichen Lebens lockte nun auch ihn.

In diesen Trennungswochen hatte sich Paula einmal mit Maria in einem Café getroffen. Sie hatte offensichtlich ein paar Kilo zugenommen, trank eine heiße Schokolade nach der anderen. Das Unglück hatte sich wie ein altes, boshaftes Weib auf ihre Schultern gehockt. Pausenlos beschwerte sie sich über Max. Es blieb kein gutes Haar mehr an ihm. Nie wieder, hatte Maria gesagt, und die dritte widerlich süße Schokolade verschwand in ihrem schmollenden Mund, will ich was von dem Typen wissen. Ein Polygamer, hatte sie gesagt, ist das Letzte, was ich gebrauchen kann.

Das alte Weib war auf jeden Fall weg. Maria trank einen Schluck *Bionade*, biss abwechselnd in das Salamibrötchen und in den Quarkkuchen und erzählte von der Aufführung gestern Abend. Sie wären dreimal herausgeklatscht worden – und dass bei diesem muffigen Publikum.

Vor ein paar Wochen hatte Max Paula erklärt, dass Maria und er eine Abmachung völliger gegenseitiger Freiheit getroffen hätten. Jeder dürfe Abenteuer haben, weil die inzwischen die Substanz ihrer Beziehung nicht mehr angriffen. Wahrscheinlich, dachte Paula, würde Maria diese Freiheit niemals benützen, denn daran war ihr gar nicht gelegen, ihre Angelegenheit war einzig die ominöse Substanz ihrer Beziehung, die viel mit dem in seiner Fruchtblase schwimmenden Embryo zu tun hatte. Vielleicht war die Substanz ihrer Beziehung Max' künftige Väterlichkeit als Treueversprechen.

Auf keinen Fall, sagte Maria, würde sie das Geschlecht ihres Kindes so offensiv herumposaunen wie das Sophie und Daniel täten. Obschon sie es natürlich wüsste.

Vielleicht posaune ich es ja herum, sagte Max.

Untersteh dich, rief Maria gut gelaunt und gab ihm einen weiteren Kuss.

Es wird ein Sohn, erzählte Maria, das habe ihr Sophie erzählt. Und Daniel sei gar nicht glücklich. Weil er selbst Probleme mit seinem Vater habe.

Er fürchtet, seinem Sohn ein schlechter Vater zu sein, verkündete sie bedeutsam. *Meine* Mutter ist auch bescheuert, fügte sie hinzu. Hysterisch. Kalt.

Sie trank von ihrer *Bionade*. Nun drehte sie die kleine Flasche, polkte mit den Fingern das Etikett ab. Dann lachte sie wieder. Sie habe vorhin mit der alten Dame vom Empfang geredet. Das Haus in der vierten Generation in der Familie, flötete sie übertrieben. Das erste Kurhotel im Ort.

Das ist Daniels Patentante, sagte Max, diese Mehlhose ist umgeben von wohlhabenden Verwandten.

Paula musste lachen: Folgt jetzt das Lob der eigenen Hände Arbeit?

Bloß das Lob der günstigen Geburt.

Max war ein Snob. Er bekam Minderwertigkeitskomplexe vor Leuten aus Familien, die schon seit zweihundert Jahren ihren Kindern Klavier- und Gesangsstunden geben ließen. Er wäre immer bloß mit seinem Sportrucksack losgezogen.

Was hätte aus mir alles werden können?, fragte er.

Sopran, sagte Paula und Maria lachte und gab die ersten Töne der Arie der Königin der Nacht zum Besten: Hahaha-haha-hahahahaa.

Paula kippelte ein wenig aus Marias Schatten. Die Gäste, die brav auf den Stühlen saßen, schauten zu ihnen. Das waren die älteren Leute. Hinten am Fenster saßen der Rotterdamer Jovis und seine Frau und flüsterten. Das sah vertraut aus und auch so, als hätten die beiden jede Menge Spaß miteinander. Der dicke Jovis blickte interessiert zu ihnen hinüber.

Max grinste: Genau. Oder Goldminenbesitzer. Er zwinkerte Maria zu: Wie wäre es mit einer Kette aus Blutdiamanten?

Sie lächelte schief, als traue sie Max alles zu. Der saß ganz zufrieden da und schob sich den Rest seines Brötchens in den Mund.

Maria wischte mit der Hand über die Tischdecke und beschwerte sich bei Paula: Max muss immer den ganzen Tisch vollkrümeln und den Fußboden gleich mit. Wenn ich das zusammenkehre, gibt's mehr Krümel, als vorher Brot da war.

Das Krümelwunder vom *Waldfrieden*, grinste Max.

Verlegen blickte Paula auf ihren Platz, den Brösel und ein Rotweinfleck verunzierten. Sie dachte an ihr Kinn, auf dem das Pflaster klebte, an ihre ganze bescheuerte Ungeschicklichkeit und hatte das Gefühl, sich mit jedem vermickerten Gast solidarisieren zu müssen. Daniels Provinzoma zum Beispiel saß so verlassen in der Ecke.

Vorhin hatte Daniels Schwester die Oma fürsorglich in den Saal geführt und ihr ein Glas Wasser und ein Glas Wein gebracht. Der Wein stand unberührt vor ihr auf dem Tisch. Sie trug eine weiße Bluse mit Weste darüber und sah sich eingeschüchtert um, während die andere Oma hierhin und dorthin ging, den Zeigefinger hob, mit dem Zeigefinger auf jemanden einredete, als wäre der Finger ein Degen, den sie kundig führte: Hah! Hier ein Stich und dort einer. Sie kämpfte vielleicht nicht elegant, doch mit Leidenschaft.

Die schüchterne Oma wartete still, eine Seepocke, deren Tentakeln ein wenig strudelten, darauf, dass endlich jemand in ihre Nähe käme, den sie an sich ziehen konnte, um ihn mit einem sabbernden Saugen zu verschlucken. Paulas Mitleid wandelte sich gerade. Sie merkte, wie ihr Gefühl die Farbe wechselte. Wie ein Tintenfisch, dachte sie und begann, den ganzen Saal als eine Art Aquarium zu betrachten.

Die Abendgesellschaft wurde von einem lauwarmen Musik überspült, die ein, wie ein Guppy herumhüpfender Dorfentertainer auflegte, der es sämtlichen Generationen recht machen wollte, ein Versuch, der naturgemäß nach allen Seiten scheitern musste und den kleinen Ballsaal mit einer öde vor sich hinschwappenden Geräuschbrühe füllte.

Paula ließ ihren Blick wandern und bei Daniels Mutter innehalten, die anmutig, eine *elder mermaid*, mit Sophies Vater plauderte. Der wiederum war fest und zart zugleich, ein eleganter gefächerter Fisch in Rot, denn er war ja Richter, wie Sophie erzählt hatte. Sie sah ihn mit den wehenden Ärmeln seiner Richterrobe still durch einen Amtskorridor gleiten, während Max neben ihr eindeutig ein Delfin war, klug, verspielt, ein Jäger. Paula lächelte jetzt. Die Tür klappte auf, und ein frischer Windstoß fuhr in den Saal.

Es geht doch, dachte, sie, sie würde es schon überstehen, da sah sie Johannes in der Tür, der, seitlich geneigt, auf Daniels Schwester einsprach. Die nickte lächelnd, ließ ihn stehen und ging zum Trupp der alten Herrschaften, wo sie sich zur Provinzoma beugte, die plötzlich wie aufgeweckt dasaß und strahlte. Sogar die herrische Oma tätschelte Judiths Wange, die nun wieder loszog, die Wassergläser ihrer Großmütter in der Hand, um ihnen erneut ein Vogelschlückchen zu bringen.

Johannes schlenderte zum Buffet und winkte. Max griff nach Paulas Hand und zog sie mit sich.

Wann fangen wir an?, fragte Johannes. Er verströmte eine kühle Nässe und Zigarettengeruch. Vielleicht nehme ich meine Klamotten doch gleich zu mir.

Immer mit der Ruhe, sagte Max, wir beginnen nicht vor zehn. Dabei sah er zu Daniels Schwester, die leicht gebeugt vor ihren Omas stand, und sagte: Tolle Beine.

Johannes fand das auch. Paula spürte die warme Max-Hand an ihrer Hüfte, während die beiden über die körperlichen Vorzüge Judiths redeten, einzig die Zahnspange müsse noch runter, dann wäre sie perfekt, oder?

Hey, fragte Paula, kriegt ihr eigentlich mit, dass ich neben euch stehe?

Max lachte: Richtig. Was denkt die Konkurrenz?

Ich bin keine Konkurrenz.

Nein, sagte Johannes schlecht gelaunt und wies auf ihr Kinn.

Das war es. Es war ihm peinlich. Sie schluckte das herunter, es sank in den Brustkorb und blieb da stecken als ein Klumpen, an dem sie vorbeiatmen musste.

Sie sieht gut aus, sagte sie, aber vielleicht ist sie auch noch klug und so. Falls euch das überhaupt interessiert.

Warum ließ sie das zu, dass die beiden von ihr verlangten, über andere Mädels zu reden? Johannes lächelte plötzlich, blickte an ihr vorbei durch den Raum, und Paula wusste, dass Daniels Schwester zurückgekommen war.

Ah, der Kronkorkenöffner, sagte Judith, und Johannes sagte: Willst du wissen, wie es geht? Ich zeig' dir, wie ich's mache. Er ging mit ihr zu den Bierkästen.

Das Spiel ist eröffnet, flüsterte ihr Max ins Ohr, und sie war froh, dass er neben ihr stand, den Arm um ihre Taille gelegt und aus seiner Flasche trank, während sie beide Johannes beobachteten, als wären sie ein uraltes Ehepaar und Hannes ihr Sohn, der sich zum ersten Mal an das Weibliche wagt.

Während sie so standen und zuguckten, redeten sie über das

Erotische als Dämon. Doch sie waren kein uraltes Ehepaar. Dieser sehr feine Faden hing immer zwischen ihnen; er würde sich sofort spannen, wenn Paula, als wäre es eine Unachtsamkeit, seine kräftige, an ihrer Hüfte ruhende Hand berühren würde.

Max' Hand war groß wie die Hand eines Arbeiters oder eines Luden, der sein Personal an die Straße schleift – und dennoch mochte sie es, mit ihm über das Erotische zu sprechen. Denn wenn man es als eine philosophische Kategorie behandelte, war es so, als würde es einen selbst nicht betreffen. So als stände sie mit Max an einem Billardtisch, an dem nur die anderen spielten. Sie sahen auf die Bahnen, die die Kugeln nahmen. Rollte Johannes schon zielsicher wie eine Kugel auf Judith zu?

Er tanzte und redete und lachte dabei mit ihr, wie er das vor langer Zeit mit ihr getan hatte. Du bist also die berühmte Judith? Paula schien, als hätte er jetzt genau das gesagt.

Ich hol' was zu trinken, sagte sie zu Max und entwand sich seiner Hand. Sie wollte jetzt nicht von ihm geprüft werden. Das Scheitern zu beobachten, ist spannender als das Gelingen, würde er sagen. Dicht an der Front des Buffets entlang ging sie zu den Weinkartons. Das Buffet bestand aus einer Reihe Tische, über die weiße Tücher gebreitet waren, die bis zum Fußboden reichten. Am liebsten würde sie darunterkriechen und sich verstecken.

Sophies pickliger Cousin stand vor einer Salatschüssel, hielt eine Bierflasche in der Hand und blickte in das Innere der Schüssel wie in die letzten Geheimnisse des Glaubens. Als sie an den Weincontainer trat, bemerkte er sie.

Soll ich dir einschenken?, fragte er.

Ach, ich mach' das selbst so gerne. Sie hielt ein Weinglas unter den Hahn mit dem Schnappmechanismus und ließ den Wein einlaufen.

Es war wieder soweit, sie war in der Fraktion der Hässlichen und Ungeschickten gelandet.

Ich wollte dir noch sagen, Ratbert von Corbie hat in seinem Werk *De partu Virginis* über die Jungfrauengeburt geschrieben.

Sie nickte verzweifelt und sah Sophie an Max herantreten. So zierlich und altmodisch schön sah sie mit ihrem Blumenkranz auf dem Kopf aus.

Im neunten Jahrhundert, dozierte Gregor.

So müssen Waldfeen aussehen, dachte Paula, während Sophie irgendetwas Max, der sich zu ihr beugte, erzählte.

Darin wird die Unverletzlichkeit der Jungfräulichkeit betont, sagte Gregor bitter, während des Geburtsvorgangs.

Er trank seine Flasche mit einem Zug leer, winkte mit der Hand ab, starrte sie noch einmal böse an und ging, während Max kurz auflachte.

Sie hörte es nicht, denn die Musik war laut. Aber sie kannte seine Mimik und erkannte die Geste, diese Art seinen Arm um eine weibliche Hüfte zu legen. Als wäre er ein Angler, dem ein Fisch an den Haken gegangen war, schob er Sophie ohne weiteres zur Tanzfläche. Sie tanzten so vertraut miteinander. Sie waren einmal ein Liebespaar gewesen – da blieb wohl etwas erhalten.

So einer wie Max fragte nicht viel. Der verlor nie, der entschied selbst, wie weit er gehen wollte. Und bei Paula hatte er entschieden, dass sie zu gut für ihn sei.

Das war nicht lange nach ihrem Einzug in die WG gewesen. Seine Hand hatte schon auf ihrer Hüfte geruht: Du bist zu gut für mich.

Kann ich das bitte selbst entscheiden?

Nein das kannst du eben aufgrund deines Gutseins nicht.

Seitdem war ihre Freundschaft ein ständiger Interruptus, ein erotisches Geplänkel gewesen, das nirgendwohin führte, so dass sie schließlich erleichtert war, dass er bald aus- und mit Maria zusammenziehen würde, gegenüber der sie sich schuldig fühlte, denn es hatte nicht an ihr gelegen, das mit Max nichts passiert war.

Sie sah zu Max und Sophie hinüber. Eigentlich erzählten sie mehr, als dass sie tanzten, die Köpfe steckten eng zusammen, und er hatte seine Hand an ihre Schulter gelegt und seinen Kopf zu ihr gebeugt. Das sah sehr vertraut aus.

Während sie sich von Sophies Cousin über Jungfräulichkeit belehren lassen musste. Sie hielt krampfhaft ihr Glas Wein fest und tat einen kleinen Schritt in den Raum hinein und geradewegs auf die kleine Frau mit der Trisomie zu. Paula geriet in den Bereich ihres Parfüms und die Nähe der kurzen Hand, die sich ihr auf den Arm legte.

Gibst du mir was von deinem Wein ab? Ich will auch Wein trinken. Aber Mutti will das nicht, rief die in ihr Ohr.

Paula reichte ihr das Glas, das sie mit zwei Zügen, als tränke sie Limonade, leerte. Das hätte ich jetzt nicht tun dürfen, dachte Paula besorgt.

Die Kleine gab ihr das leere Glas zurück, wischte sich mit dem Handrücken den Mund ab, als müsse sie Bierschaum wegwischen und sagte: Du siehst traurig aus. Weil keiner mit dir tanzt? Mit mir tanzt auch keiner.

Paula sah in das strahlende Gesicht mit dem verschmierten Mund, das zu ihr aufblickte. Sie wollte am liebsten weg von ihr, weg vom Pickelcousin.

Die Hässlichen und die Narren sahen ihr an, dass sie zu ihnen gehörte. Sie sollte mit einer Holzratsche klappern: Aussätzig. Doch die kleine Frau hielt sie weiter mit ihrem Kinderhändchen fest.

Wie heißt du?

Paula musste jetzt einfach ihren Namen sagen. Wie hätte sie so viel Vertrauen ausschlagen können.

Und ich heiße Bea. Bea und Baula. Die Kleine lachte.

Bea und Baula. Komm, Baula, wir tanzen jetzt.

Nein, ich tanze nie.

Baula, komm jetzt, rief Bea zornig und zog Paula mit sich und warf die Arme hoch. Sie hatte Schwitzflecken unter den Achseln ihres geblümten Kleids. Ihre Arme waren kurz, ihr Mund über die Lippen hinaus geschminkt, doch sie schwenkte die Hüften so rhythmisch wie eine Sambatänzerin. Paula lächelte sie krampfhaft an und bewegte sich steif. Hoffentlich sah keiner zu ihr hin, nicht weil sie neben Bea tanzte, sondern weil alle sehen mussten, dass sie nicht tanzen konnte.

Ihre Finger pressten sich um die Daumen, während sie Bea ansah, die sich wie eine kleine Tanzbärin drehte, in den Hüften wiegte, mal sah Paula ihre Locken, mal den roten Mund. Beas Hand griff ihre Hüfte. Guck mal, so!, rief sie und versuchte Paula hin- und herzuschieben. Paula wurde immer steifer. Sie fühlte sich von allen beobachtet. Keiner würde ihr Gutmütigkeit für die kleine Frau mit der Trisomie attestieren. Sie tanzte hier nur aus Verlegenheit und Unfähigkeit.

Ich kann es nicht, dachte sie. Es ging nur damals mit Johannes. Doch der tanzte mit Judith. Ihr Blick suchte ihn zwischen den Tänzern und an den Tischen. Johannes war nicht mehr zu sehen. Er war weg.

Ich muss mal auf Klo, rief sie Bea zu, lächelte entschuldigend und schlängelte sich durch die Tanzenden.

Im Frauenklo setzte sie sich auf den Deckel und legte den Kopf auf die Knie. Das Kinn puckerte bis in den Knochen hinein. Ihr wurde übel. Sie tastete nach dem Riesenpflaster. Das würde eine

Narbe werden. Gut, dass ihre Hände eiskalt waren, so konnte sie ihr Kinn ein wenig kühlen. Dann wischte sie sich die Tränen aus den Augen. Blöde Kuh, dachte sie, blöde, blöde Kuh, reiß dich zusammen.

Die kalten Hände auf dem Kinn und das Blöde-Kuh-Mantra taten ihr gut. Sie wischte sich mit Toilettenpapier die Tränen ab und trat hinaus, versuchte vor dem Spiegel mit Seife und einem Papierhandtuch den verschmierten Eyeliner zu entfernen. Das ging ganz gut. Im dämmrigen Licht des Saals würde es niemandem auffallen – und auffällig war sowieso nur das Riesenpflaster, das an ihr klebte wie das Preisschild einer herabgesetzten Ware.

Im Saal stieß sie mit Daniel zusammen, der gleich neben der Tür zu den Toiletten stand, die Arme verschränkt, breitbeinig wie ein Türsteher lauernd. Sie wusste sofort, warum er sich so groß machte, denn er blickte gebannt auf Sophie und Max, die noch immer mehr schwatzten als tanzten, während Max' Hand nun um Sophies Taille gelegt war und ihre Hand auf seinem Arm. So selbstverständlich taten sie das, als wären sie das Paar, das morgen heiraten sollte.

Entschuldigung, murmelte Paula, als sie merkte, dass sie auf Daniels Fuß getreten war.

Der schnaufte nur und sah sie kurz an: Nachtreten könnt ihr super. Sie spürte seine Aggression körperlich.

Hallo?! Ich habe mich entschuldigt.

Klar. Ist alles nicht so gemeint.

Sie wollte an ihm vorbei. Doch er hielt ihren Arm fest, machte mit der freien Hand ein paar rhythmische Bewegungen an seinem Hosenstall und lachte böse.

Du gehörst doch auch zu seinem Harem.

Röte schoss ihr ins Gesicht. Sie drehte ihren Arm unter ihm weg und lief durch den Saal. Ihr war, als hätte er sie ins Gesicht gespuckt. Als müsse sie seinen Rotz abwaschen.

Nur raus! Sie zwängte sich durch den Trupp der Raucher. Flüchtete in die Nacht hinaus. Da draußen sich irgendwo hinlegen, liegenbleiben, in einem Nest aus Buchenlaub. So wie sie es als Kind gespielt hatte, ein kindlicher Igel im schäbigen Anorak, eingerollt unter Blättern. Ein Stachelknäuel, dem niemand etwas anhaben konnte. Die Kälte kühlte ihren Kopf. Das Ekelgefühl nahm ab.

Mit jedem Schritt wurde ihr leichter. Der Boden unter ihr war weich, saugte an ihren Schuhen. Nebel trieb in den Senken. Bald würde er höher steigen. Schon war um die Wipfel der Bäume ein Schleier. Die Mondscheibe schwamm, eine Larve, in ihrem durchleuchteten Kokon. Die Hügelketten ringsum schienen zu atmen. Sie schwangen sehr langsam auf und nieder.

Paula erinnerte sich, dass die ganz alten Frauen im Dorf erzählten, wie sie früher, als junge Dinger, gemeinsam mit den älteren Frauen über den Rennsteig gewandert waren, die Kiepen voller Kräuter, um sie am Morgen in der Stadt zu verkaufen. Die ganze Nacht hindurch waren sie bei Mondschein über den Kamm gelaufen.

In den Städten hätte es Apotheken gegeben, da hätten sie ihre Kräuter abgeliefert, bevor in Meuselbach die Pharmazeutische Fabrik aufgemacht hatte. Wenn die Zeit stehengeblieben wäre, dachte Paula, würde sie jetzt als ein Kräuterweib über den Rennsteig laufen. Das Schnaufen der anderen Frauen um sich. Im Mondschein Kräuter gepflückt und durch die kühle Nacht getragen. Sie ging tiefer hinein in die Nebelmulden. Bis zu den Schultern, zum Hals ging sie im Nebel. Das wilde herbstliche Gras reichte ihr an die Hüften. Sie geriet in Brombeergestrüpp, hakte sich fest, blieb stehen und suchte einen Weg, um herauszufinden.

Der Nebel hatte sie verschluckt. Sie sah überhaupt nichts mehr. Hörte nur das Plätschern eines Baches, ein gleichmäßiges Fließen und Über-die-Steine-Schlüpfen. Die Arbeit des Wassers, die auch bei Nacht getan wurde. So tastete sie nach den Baumstämmen, um nicht tiefer über die glitschigen Blätter in das Gelände zu gleiten. Es wurde heller, der Wald lichtete sich. Sie musste nur noch ein wenig höher steigen, dann konnte sie bestimmt das Hotel wieder sehen.

Erschrocken hielt sie den Atem an. Ein Tier war in ihrer Nähe, schnaufte. Bevor sie in Panik geraten konnte, spürte sie eine nasse riesige Zunge an ihrer Hand. Hörte das Schniefen eines Hundes, tastete sein feuchtes Zottelfell. Er zog mit seinen Zähnen an ihrem Ärmel, führte sie mit sich zur Lichtung, über die jetzt still das Mondlicht lag.

Eine Hütte stand da, gebaut wie ein Tipi, gedeckt mit Ästen, Stroh und Moos – und daneben rauchten zwei doppelt mannshohe Kegel. Buchenscheite und Grassoden bedeckten die Kohlenmeiler, die aus allen Poren ihre vom Mondlicht erleuchteten kreiselnden Rauchfahnen ausdampften.

Neben dem Hund ging sie zur Köhlerhütte, und auf seinem auffordernden Blick hin schob sie das sackartige Tuch, das gegen die Nacht schützte, zur Seite und setzte sich auf eine Holzpritsche, neben die Schlafenden.

Unter einem eisernen Dreifuß glühte die Holzkohle in einer Mulde aus Steinen, strahlte ein wenig Wärme ab. Der schwarze Hund legte sich neben die Glut, schaute Paula an. Ein Mann hustete, röchelte. Der Husten endete nicht. Er setzte sich auf, quälte sich weiter mit vorgefallenen Schultern, suchte im geringen Licht der Glut nach dem Zuber mit Wasser, schöpfte mit der Kelle. Wasser platschte auf den gestampften Boden, während er unter Husten trank und stöhnte.

Endlich schien das Wasser den in seinem Brustkorb rauchenden Meiler zu löschen. Der Mann zog den Mantel über die Schulter, sank sitzend in sich zusammen, derweil die anderen seufzten, im Schlaf … im Halbschlaf … zwei Kinder. Sie rückten enger zusammen, denn die kalte Nacht drang durch die Ritzen der Hütte. Die Hand des Mädchens langte nach dem Hundefell, zog ihn zu sich heran, um sich am Körper des Tiers zu wärmen.

So ging die Nacht dahin, unter Schnarchen und Husten, Räuspern und Stöhnen, bis draußen im Wald die Ziegen meckerten, ein kleiner Vogel in der nachtblauen Dämmerung zirpte, ein zweiter Vogel mit ziependen Tönen einfiel. Es war Herbst und ihr Gesang kunstlos geworden.

Die beiden Ziegen standen nahe bei der Hütte. Diejenige, die nur ein Horn hatte, war die Mutter der kleineren. Beim ersten Meckern hatte der Hund den Kopf gehoben. So wurde auch das Mädchen wach.

Vater?

Der Mann stöhnte. Der etwa vierzehnjährige Bursche setzte sich auf. Alle Kleidungsstücke, die er besaß, hatte er bereits an. Das verschlissene Barett des Alten stülpte er sich auf den Kopf, bückte sich, um nach draußen zu treten. Das Mädchen nahm den schmalen Holzzuber und ging ebenfalls in den Nebel hinaus. Die Buchenblätter lagen gerollt, von feinen Eiskristallen überzogen, unter den Bäumen. Der Frost war nun da, würde jede Nacht wiederkommen, und der Vater war krank.

Das Gesicht des Mädchens war rußig. Wohl aus diesem Grund leuchteten ihre Augen besonders hell und spiegelten das blaue Licht der Dämmerung. Sie hockte sich neben die ältere Ziege und begann sie zu melken. Wie alles auf dem abgeholzten Gelände hatte auch die Ziege die Farbe des Holzkohlenrußes angenommen. Sie drehte den Kopf zu dem Mädchen, meckerte und versuchte sie freundlich zu stupsen.

Ach geh! Das Mädchen klopfte ihr den Rücken. Und im Piepsen und Zwitschern der erwachenden Vögel ringsum ging sie zur Hütte zurück.

In einem verbeulten Topf, den sie auf den Dreifuß stellte, wärmte sie die Milch für den Vater. Der saß auf seiner Pritsche, das bärtige Gesicht rotgefleckt, heiß, mit glasigem Blick. In seinem Brustkorb rasselte und kochte der Schleim. Er rotzte ihn auf den Boden.

Guckt der Jong nach den Meilern?

Ja. Komm trink. Das Mädchen füllte ihm die Milch in den Becher, und seine Hände griffen danach.

Zitternd, wackelnd führte er sich den Holzbecher an den Mund, hustete, schüttete Milch über den eisgrauen Bart, stöhnte, schlürfte. Dann rollte der erste warme Schluck durch die entzündete Kehle, tat so gut, dass ihm Tränen hervorschossen. Er schlürfte weiter – und mit wachsamen Augen, deren Pupillen im Halbdunkel der Hütte groß und weich waren, beobachtete ihn seine Tochter.

Gelt, sagte sie, heut geht es besser.

Doch da verschluckte er sich, hustete, röchelte nach Luft im Husten.

Vater!

Der Becher rollte über den Boden, während der Mann mit beiden Händen sich aufstütze, sitzenbleiben wollte. Das Mädchen half ihm dabei. Doch der Vater war schwer, eine Unmasse Blut quoll aus seinem Mund. Angstvoll starrte er sie an, kippte weg, fiel in die entzündete Brühe in seinem Brustkorb, versuchte zu schwimmen, nicht zu ertrinken, hielt sich an seiner Tochter fest, die ihn hoch zu zerren versuchte.

Du musst sitzen. Vater!

Sie zog an ihm, wollte ihn, der jetzt still lag, wieder in die Sitzhaltung bringen. Gottseidank, der Husten quälte ihn nicht mehr. Er lag seitlich, eingerollt wie ein Igel – und so schwer und still, dass sie mit einem Mal verstand. Und auch der Hund begriff. Er legte sich flach auf den Boden und begann zu winseln.

Sie sprang auf, rannte aus der Hütte. Franz! Komm! Der Vater!, schrie sie und rannte weiter, um die Meiler herum, durch die abgeholzte wüste Gegend, hinein in den Wald, nur weg vom Tod, der hinter ihr her war.

Unten am Bach fand sie ihren Bruder, der in eine Bütt Wasser schöpfte. Er sah sie an.

Der Vater, sagte sie. Das andere konnte sie nicht aussprechen. Die Tränen hatten helle Rinnsale in ihr Gesicht gewaschen.

Der Junge richtete sich auf. Ich wusste es, murmelte er. Und er nahm die Bütt, lud sie sich auf.

Der erste Meiler ist zu heiß, sagte er, ich muss löschen. Und nach einer Weile des Nachdenkens: Lauf heim. Zur Mutter.

Er ging schwankend, die Bütt auf dem Rücken.

Das Mädchen blieb am Bach zurück. Das Wasser gluckste und rieselte, als wäre nichts geschehen, und sie kniete sich hin, steckte die Hände hinein, beugte den Kopf und wusch sich das Gesicht. Wusch, bis Hände und Arme blau waren vor Kälte, Bluse und Rock klitschnass.

Oben in einem Baum schrie eine Krähe. Paula wollte das Kind in den Arm nehmen, dort, wo es hockte in seiner zitternden Einsamkeit. Spontan machte sie eine Bewegung zu dem Mädchen hin. Das schien sie zu bemerken und starrte ihr mit einem Ausdruck des Grauens ins Gesicht.

Der schwarze Hund stupste Paula an, gab einen Knurrlaut ab. Sie hatte etwas nicht tun dürfen. Wo war sie? Sie war doch nicht in dieser Szene, die es nicht gab, nicht den Geruch nach Laub und Moder, Rotz und Holzrauch. Sie war in einem Traum und musste nur wachwerden.

Werde wach, endlich wach, befahl sie sich, während der Hund sie fixierte und knurrte. Da drehte sie sich um und rannte los. In ihrer Flucht, verlor sie das Gleichgewicht und – Vorsicht, Sie fallen gleich, sagte eine tiefe Stimme.

Eine kräftige Hand griff nach ihrem Arm. Hier entlang. Sie haben doch heute schon genug Blessuren abbekommen. Sie hing in der Armbeuge des Jägers. Roch Leder und Pelz.

Er hakte sie unter, als wäre sie eine gebrechliche alte Frau, führte sie durchs Gestrüpp auf den Weg zurück und auf diesem immer weiter den Hang hinauf.

Bis hier oben war der Nebel noch nicht gestiegen. Er waberte wie eine Wolke um die Anhöhe. Paula erkannte die in schmuddeliges Weiß gekleidete Frau wieder, die auf einer Bank saß und ihr die Hände entgegenstreckte. Paula fürchtete sich einen Moment vor diesen Händen. Doch die waren warm und rau, die Finger umschlossen fest ihre Hand.

Und sie roch den Holzapfelduft der Fremden, den Pilzgeruch ihres Haars, während sie in das braune Gesicht der Frau sah. Wie alt mochte sie sein? Weil sie lächelte, knitterten kleine Falten um ihre Augen, die dunkel waren wie reife Holunderbeeren. Ihr Lachen gluckste, als würde eine Quelle zwischen Steinen hinausdrängen.

Paula wollte wieder ein Kind sein, sich neugierig niederknien, ganz nahe an der Quelle, um sie genau zu hören, die Kühle zu spüren, die von ihr ausging und zu staunen, wie das Wasser aus dem Boden quoll. Denn dass es einfach so hervorkam, immerfort neu, schon viele tausend Jahre lang, lange bevor sie auf der Welt war und danach – und immer weiter durch die Steine glucksen würde, durch das Moos rieseln, den Hang hinab, bis es zum Bach fand und der Bach in einen Fluss – das war doch zum Staunen.

Die Augen vor ihr wussten das. Der lächelnde Mund, der wie eine Papierrose viele Male gefaltet und glattgestrichen schien. Mit einem Mal verfinsterte sich der Gesichtsausdruck der Frau, sie sah hinunter ins Tal, murmelte, grollte. Paula verstand nichts, doch so wie sich das Auge an Dunkelheit gewöhnt, gewöhnten sich ihre Ohren nach einer Weile das Murmeln der Fremden.

Eingesperrt haben sie mich, in den Hörselberg. Aber ich wehre mich. Lass' mich nicht einsperren. Tue Gutes und Böses, wie ich will, seit mir niemand mehr opfert, Einkorn und Emmer, Bohnen und Gerste. Ein Gitter haben sie vor meine Tür gesetzt. Als ob ich es nicht gewesen war, die ihnen das Eisenerz im Boden gezeigt hätte, mit ihnen die ersten Buchenscheite zu Holzkohle verglühte. Die ihnen die Fruchtbarkeit und die Unfruchtbarkeit zuteilte, den Frost und die Hitze. In allen Wäldern verehrten sie mich, in den Quellen und in den Bäumen. Als sie es nicht mehr taten, bin ich zornig geworden. Mit meiner Wilden Jagd zog ich durch die Dörfer. Habe ihr Vieh in die Schlucht gerissen, die Dächer abgedeckt. Aber wenn ich Lust hatte, warf ich ihnen einen Beutel Gold durch den Kamin, pflanzte der Unfruchtbaren einen Kindsamen in den Schoß. Die Waldleute waren immer meine Freunde, die Köhler und Kräuterweiblein und Ziegenhirten. *Miameide, sitzt auf der Heide.* Meine Tochter, ich will, wie ich will. Weil du aus dem Geschlecht der Köhler kommst, die wohnten, wo ich wohne. Ich habe dir deine Vorfahrin gezeigt. Zeit ist nichts, was mich beengt. Ich schlüpfe hierhin und dorthin in der Zeit. Und habe einen Narren gefressen an dem Mädchen damals, die dann Magd wurde, ein uneheliches Kind bekam, eine Tochter. Von Mutter zu Tochter zu Tochter – so schaue ich nach ihnen. Als deine Mutter starb, habe ich dich wieder in den Wald geholt, flüsterte deinem Vater zu, dass er hier Ruhe fände. Wie oft tappte ich durch euer Haus, die Stiegen knarrten, die Maus in der Küche schaute nach dir, wenn du vor dem Ofen spieltest, die Sträucher gaben dir Höhlen frei, das Moos legte sich warm unter dein Körperchen, und meine Vögel sangen für dich. Sag, warst du nicht glücklich in meinem Wald? Und nun weißt du nicht weiter, möchtest das uralte Lied verstehen. *Miameide.* Geboren werden, lieben und Abschied nehmen. Glück erleben und Leid, Jugend und Alter, Hitze und Frost und die Kälte des Todes, durch die ich wandere, tief unten im Hörselberg. All die Leben um mich, die Tode. Ich habe schon so viele gesehen. Auch du wirst deines zur Neige leeren. Weil ich will, wie ich will, gebe ich dir – eine Nachtvoll Wissen, das sollte genügen.

Das Brennen in Paulas Brustkorb hörte auf. Vielleicht würde sie, wenn sie so alt wie die Frau wäre, endlich wissen, wie die Menschen dächten, warum sie etwas täten oder unterließen. All die Dinge, die sie nicht verstand. Warum Johannes mit ihr das Zimmer teilte und gleichzeitig mit dieser Judith flirtete. Was Max und Maria zusammentrieb, obwohl der schon wieder mit Sophie anbändelte, die morgen heiraten wollte. Warum sie sich vor der jungen Frau mit dem Down-Syndrom fürchtete, vor Daniels Vater, der vielleicht auch mit ihr flirtete oder sich lustig machte über sie.

Sie begriff das alles nicht. Verstand nicht, warum sie hier war, warum sie sich so schämte vor der alten Bediensteten, warum die anderen lachen und schwatzen konnten und sich wohlfühlen, während sich für sie überall Abgründe öffneten, über die sie springen musste. Wenn sie und der picklige Gregor die Außenseiter waren, was verband sie mit ihm, vor dem sie geradezu Abscheu empfand?

Könnte es sein, dass man ein wenig mehr von all dem verstünde, wenn man so alt wäre wie die Fremde, deren Holunderaugen sie anschauten.

Nenn mich Holda, Kind. Frau Holda. Der tief rote Mund drückte sich auf ihre Stirn. Alles ist Spiel. Noch einmal streichelte ihre raue Hand Paulas Gesicht.

Lass mich das Spiel verstehen, dachte die. Die Verrückten, die Seltsamen hatten Mitleid mit ihr, wussten, wie es ihr ging.

Frau Holda lachte, es klang wie eine glucksende Quelle, sie schüttelte ihren Rock aus, auf den ein paar gelbe Blätter gelandet waren, stand auf und zupfte sich eine kleine weiße Feder aus ihrem Haar. Vogelfederchen, Vogelfederchen, summte sie und blies die Feder in Paulas Haar. Dort blieb sie stecken, eine winzige Daune.

Dann wandte sie sich zu dem Jäger und nickte. Der nahm ihren Arm, sie hakten sich unter, wie man es bei alten Paaren sieht. Während sie beide den Hang hinabwanderten, der in einem seltsamen Silberlicht schimmerte, sah Paula im Rocksaum der Fremden Beeren und Kiefernnadeln hängen, Pfifferlinge, Buchenlaub, Tautropfen. Der Wald verschluckte sie.

Über ihm leuchteten die Sterne nun klar, als hätte jemand winzige Löcher in einen schwarzen Stoff gebohrt. Sie drehte sich um – das war es also, was den Hang so schimmern ließ – der Mond hing rund, sehr klar und phosphorgrün in der Nacht. Sie entdeckte die scharf umrissene Silhouette des Ballhauses. Es war gar nicht weit entfernt.

MONDLICHT

Bräutigam, mein lieber Bruder,
Warte noch nach langem Warten,
Nicht ist die Geliebte fertig,
Nicht gerüstet die Genossin,
Eine Hand steckt schon im Handschuh,
Unbedeckt ist die andre.

Kalevala

Paula tastete nach der Vogelfeder in ihrem Haar. Ja, da stak sie. Sie hatte nicht geträumt und folglich musste sie auch nicht aufwachen. Sie war sogar ausgesprochen munter.

Vogelfederchen, Vogelfederchen, murmelte sie und lachte leise. Neugierig ging sie auf das Ballhaus zu.

Es schien ihr jetzt heller erleuchtet, kleiner, gemütlicher. Ein wenig taten ihr die Schultern weh. Vielleicht hatte sie sich im kalten Wind verkühlt. Im Gehen streckte sie ihre Arme in die Höhe. Es knirschte in den Schultergelenken. Sie schnaufte vor Anstrengung, als sie beim Gartenhaus ankam.

Die Tür war geöffnet, ein paar Raucher standen davor. Sie zwängte sich vorbei, stieß aber mit ihrem Hintern gegen jemanden, mit ihrer Brust an einen anderen. Erschrocken sprang sie zur Seite und hatte das Gefühl, eine unbekannte Masse mit sich herumzuschleppen, so als würde sie nach langem Schwimmen aus dem Wasser steigen und auf ihr laste erneut ihr ganzes Körpergewicht.

Auf dem Weg, der vom Hotel kam, tauchte Frau Bertram auf,

die keuchend einen großen, gusseisernen Topf trug. Sie drängte sich durch die Gruppe der Raucher und guckte grimmig.

Warten Sie!, Paula griff einfach nach beiden Henkeln, schob ihre Hände unter die Hände der alten Frau.

Na, so was. Das müssen Sie doch nicht. Deren Stimme klang gar nicht mehr unfreundlich, während sie sich den Topf abnehmen ließ.

So einfach war das. Man musste es nur tun, sofort und ohne Zögern. Paula war erstaunt über sich selbst. Sie trug den Topf an ihre Brust gedrückt durch die Tanzenden hindurch zum kalten Büfett. So ungefähr musste die Jungfrau Maria mit ihrem Kind unterm Herzen durch den Dornwald gegangen sein. Sie grinste. Frau Bertram räumte ein paar Teller zur Seite. Paula stellte den schweren Topf ab.

Riecht lecker, sagte sie.

Ist mein Jägertopf, sagte die Köchin und strich sich eine feuchte Strähne aus der Stirn.

Frau Bertram, Sie machen das wunderbar! Daniels Mutter legte den Arm um die Frau. Paula fand Daniels Mutter nicht mehr so exaltiert wie vorhin, selbst, als sie jetzt Frau Bertram ein Glas Wein aufdrängen wollte. Sie ließ die beiden stehen, ging zum Fensterbrett, sah die abwehrende Bewegung von Frau Bertrams Händen und wie Daniels Mutter hilflos mit dem Glas Wein neben ihr stehenblieb. Sogar diese elegante Frau konnte etwas falsch machen, und auch ihr, Paula, gelang es tatsächlich, einen richtigen Satz an der richtigen Stelle zu sagen.

Als Daniel geradewegs auf sie zusteuerte, erschrak sie. Doch er bemerkte sie gar nicht, während er sich an das Fensterbrett lehnte und auf die Tanzfläche starrte, wo Sophie und Max noch immer miteinander tanzten, einander umkreisten, ohne sich zu berühren.

Sie kicherten, warfen sich hin und wieder ein paar Worte zu und lachten erneut.

Daniel nagte an der Unterlippe, zog seine Hände aus den Hosentaschen, ballte sie zu Fäusten, steckte sie in die Hosentaschen zurück. Er litt – und Paula verzieh ihm, weil sie nun verstand, dass er seinen Satz vorhin Sophie hatte an den Kopf knallen wollen. Sich nicht getraut hatte. Angst hatte, sie zu verlieren.

Sie versuchte, Johannes und Judith irgendwo zu entdecken, aber sie blieben verschwunden. Schmerzte es sie, fragte sie sich. Ja, es tat weh. Aber es fühlte sich nicht mehr so spitz an wie vorhin. Es war ein sicher in Watte eingepackter Schmerz, die Messerspitze zielte nicht mehr gegen sie. Sie wollte nicht eifersüchtig sein, so wie Daniel neben ihr. Es funktionierte etwas zwischen ihr und Johannes nicht. Denn wenn es funktioniert hätte, würde er nicht mit Judith flirten. Sie waren zu einem falschen Paar an einem falschen Ort geworden. Vielleicht war nur jenes erste Mal an Max' Geburtstag richtig gewesen. Vielleicht war es nie richtig.

Nein, es hatte ein paar glückliche Momente gegeben. Es war nicht so, dass gleich alles eine Lüge war. Nur hat die Wahrheit manchmal nur einen Zeitwert.

Sie ging zum Büfett und nahm sich ein Glas Wein. Neben sie stellte sich der freundliche Holländer.

Schöne Frau, wollen Sie mir die Ehre geben?

Ach, ich tanze gar nicht.

Nie?

Wirklich, ich tanze unglaublich schlecht.

Und ich unglaublich gut. Probieren Sie es doch mal. Zusammen sind wir dann guter Durchschnitt.

Er hielt ihr den Arm entgegen, ein Kavalier alter Schule, und sie lachte und trank einen großen Schluck Wein.

Ich kann eigentlich nicht, dachte sie und sagte: Wer sich in Gefahr begibt, kommt darin um.

Er lachte, legte seine großen Hände an ihre Hand, an ihre Hüfte und begann, ungeachtet der Musik, einen Walzer mit ihr zu tanzen.

Zumindest glaubte sie, dass es ein Walzer war, zu dem er sie drehte und führte, so sicher und fest, dass sie gar nicht anders konnte, als mit ihrem Körper darauf zu antworten. Bloß knirschte es in ihren Knien, das war merkwürdig.

Wieder kam es ihr vor, als ob sie mehrere Säcke Mehl mit sich herumschleppte, während Jovis sie herumschwang. Sie sah auf ihre Hand, die er höflich mit zwei Fingern hielt: Wie breit und alt die aussah! Selbst unterm blinkenden Licht der Diskokugel entdeckte sie Falten am Handgelenk, das in ihrem dunkelblauen Ärmel steckte, der um einen rundlichen Arm spannte: ihren!

Entschuldigen Sie. Aber ich –

Jovis lächelte, verbeugte sich. Paula lächelte ebenfalls und spürte dabei, dass ihr Lächeln sich anders vollzog, ihre Gesichtsmuskeln bewegten sich wie unter einer Masse Speck. Es irritierte sie, ängstigte sie jedoch nicht. Denn sie war in ein schönes Fließen geraten, als würde ein Film ablaufen, den sie nur betrachten brauchte. Die Augenkamera zoomte hierhin und dorthin, stellte bei Bea scharf, die gerade wieder tanzte und ihr zuwinkte. Sie winkte zurück. Dann entdeckte die Kamera Johannes. Beim Tanzen redete er leicht vorgebeugt auf Judith ein und lachte.

Dann wurde er seitlich von Max gepackt und von der Tanzfläche gezogen. Sie stellten sich direkt neben Paula.

Ich entdecke sie nicht, zischte Max wütend. Warum musst du sie so vor den Kopf stoßen?

Das musst du mir sagen, höhnte Johannes.

Aber wir brauchen sie jetzt für *Glückliche Tage*.

Ach so, antwortete Johannes, ich hätte sie erst danach vor den Kopf stoßen sollen.

Aber hier bin ich doch, wollte Paula sagen. Sie sah auf ihre Hand mit den Falten am Handgelenk. Schluckte ihren Satz hinunter. Es war Karneval, spürte sie und trat einen Schritt von den beiden zurück. Da standen sie und wollten, dass sie ihren kleinen Part bei *Glückliche Tage* übernahm. Weil die Absurdität dieses Abends so greifbar war, gehörte auch *Glückliche Tage* dazu, und sie hatte die Gewissheit, dass sie es noch aufführen würden, irgendwann heute Abend. So ließ sie die beiden stehen.

Sie erkannten sie nicht, auch das gehörte zu dieser Nacht. Und sie wollte nun endlich wissen, warum. Wollte es sehen und ging zu den Toiletten. Die Hand, die die Türen öffnete, diese weiche mürbe Hand, die sich nach ihrem Willen bewegte, machte sie beklommen.

Paula verriegelte die Tür und drehte sich zum Spiegel um. Sie erschrak.

Nein, das war sie nicht, war sie auf keinen Fall, das war eine Karikatur von ihr. Sie warf ihre Hände gegen das Gesicht, spürte das Fett über den Wangenknochen, ließ die Augen geschlossen, kniff sich in die Wangen. Da war eine Speckschicht drunter! Sie taste weiter, ihr Hals fühlte sich beinahe wie immer an, die Schultern schienen runder, der Nacken schmerzte. Sie öffnete die Augen, blickte in das Spiegelbild.

Sah in kleine farblose Augen. Die Nase war ihre Nase. Die Wangen waren aufgedunsen. Risse zogen quer über ihre Stirn, und gleichzeitig war die senkrechte Falte über der Nase tiefer geworden. Sie hatte ein Doppelkinn. Wenn sie ihr Kinn Richtung Hals zog, war die weiche Wulst deutlich zu sehen. Überhaupt sah sie aus wie in dem Spiel, dass sie im Internat manchmal gespielt hatten. Die Mädchen ließen zehn Minuten ihr Gesicht in Richtung Boden hängen, bis alles Weiche, der Schwerkraft folgend, nach unten floss – und dann hatten sie sich entsetzt und lachend in den Spiegel geschaut. So siehst du in zwanzig Jahren aus, hieß das Spiel.

Das, was sie sah, war viel scheußlicher, es kamen winzige und größere Falten dazu. Die Augen schienen klein und trübe zu sein, und sie hatte allen Ernstes ein paar dünne Haare über der Oberlippe. Nein! Das wollte sie alles nicht! Sie träumte. Das war es doch. Sie musste da draußen im Nebel eingeschlafen sein, erst hatte sie von dem Köhlermädchen geträumt und nun von sich als alter Frau.

Sie war noch nicht wach, soviel stand fest, dass erkannte sie an ihrem Körper, auf den sie herabsah: der war *schwabbelig*. Fettkrullen dellten sich unter der blauen Bluse. Alles war dicker, die Arme, der Bauch, die Oberschenkel. Schöne Frau, hatte dieser Jovis gesagt. Plötzlich musste sie lachen. Die dicken Wangen im Spiegel bildeten je ein Fetthügelchen aus. Sie musste doch jetzt aufwachen!

Wenn man sich im Traum vornahm, aufzuwachen, so würde das gelingen, hatte sie gelesen. Los, wach auf, wach auf!, spornte sie sich an. Doch ihr Traum-Ich tat ihr nicht den Gefallen, sie wachte nicht auf. Sie starrte in den Spiegel, schloss die Augen, öffnete sie. Sie schloss und öffnete die Augen nur im Traum, das war es. Ab wann träumte sie denn? Seit sie in den Nebel gerannt war? Oder seit sie nach dem Sturz das seltsame Paar getroffen hatte? Träumte sie schon seit heute Nachmittag?

Ein Verdacht kam ihr. Sie war abgestürzt und tot. Ihr Nacken schmerzte. Oder sie lag im Koma, hatte sich die Wirbelsäule gebrochen, und ihr Gehirn führte Regie in diesem hinterfotzigen Film, in dem sie die Protagonistin war.

Mein Herz schlägt noch, dachte sie und sah angestrengt in das alte Gesicht im Spiegel, das ihres war, ihres nicht war. Die Stirnfalte wurde noch tiefer. Dann entdeckte sie die kleine weiße Flaumfeder auf ihrer Schulter. *Vogelfederchen, Vogelfederchen, blase sie zurück.* Sie zupfte sich die Feder ab, betrachtete sie. Ganz weich und weiß war sie, gekrümmt wie eine kleine Wiege. Ein Tautropfen blinkte in der Wölbung, als wäre er eine Perle in einer Muschel. Wenn sie die Feder jetzt einfach in ihre Handfläche legte und fortblies? Ihr Herz schlug heftig. Es schlägt noch, dachte sie. Sie atmete mehrere Male langsam durch.

Sah wieder in das fremde Gesicht im Spiegel. Vielleicht hätte ihre Mutter so ausgesehen, wenn sie noch lebte. Sie versuchte zu lächeln. Auf dem älteren Gesicht im Spiegel erschien ein sehr trauriges Lächeln. Sie versuchte die Stirn beim Lächeln nicht mehr zu runzeln. Eine kleine Falte blieb da dennoch im Spiegelbild. Sie begriff mit einem Mal, während sie in dieses Frauengesicht im Spiegel sah, wie schwer es ihr fiel, über das Todesjahr ihrer Mutter hinaus zu altern. Sie war jetzt so alt wie ihre Mutter, als sie aufgehört hatte, zu leben.

Als sie achtundzwanzig war, hat sich mich zurückgelassen, dachte sie. Ich war drei Jahre. Sie schaute ihrer Mutter zornig ins Gesicht. Das Gesicht schaute zornig zurück. So ging das nicht. Sie hatte so viele Bücher über Suizid gelesen, um es endlich zu begreifen. Du hast sehr gelitten, dachte sie zu dem Gesicht im Spiegel hin. Das Gesicht sah sie mitfühlend an.

Paula drehte sich abrupt weg. Wenn sie demnächst Geburtstag hatte, würde sie neunundzwanzig werden. Ihr stand nicht zu, einfach weiterzuleben. Glück stand ihr nicht zu. Sie musste doch wie ihre Mutter dem Tod entgegengehen.

Sie stöhnte, rutschte an der Toilettentür hinunter, hockte auf den kalten Fliesen. Da war sie, die Angst. Vor dem Überleben, vor dem Glücklich-Sein. Die Arme, in die sie ihren Kopf legte, waren rund und weich, mütterliche Arme.

Endlich, dachte sie, beschütze mich doch, tröste mich. Ich bin noch so klein. Du fehlst mir an allen Ecken und Enden, ich habe so Sehnsucht nach dir.

Mit dreizehn Jahren begann sie, in den alten Fotos zu suchen – es gab nicht so viele. Die Mutter mit dem Baby im Arm, ein Bündelchen, von dem nur die Nasenspitze zu sehen war. Die Mutter das Baby in die Luft über sich stemmend. Das Baby lacht, die Mutter lacht. Die Mutter und sie auf dem Spielplatz, das kleine Kind immer fest an der Hand. Die Mutter und sie im Kletterpilz hockend. Es gab Fotos von ihr allein, als Fliegenpilz verkleidet oder mit Bauklötzen spielend, die hatte die Mutter von ihr aufgenommen. Alles Schwarzweiß-Bilder von schlechter Qualität.

Auf dem Dachboden fand sie alte Zeichnungen von der Mutter, Portraits, Akte, Stühle, ein Bügeleisen, verwinkelte Häuser, an der sie Perspektive geübt hatte, immer wieder Stillleben, Äpfel, Birnen, Teekannen.

Damals begann sie zu zeichnen. Sie wollte so gut darin werden wie die Mutter. Sie schnitt sich einen Pony, wie die Mutter ihn gehabt hatte – und sie verstand nicht, begriff einfach nicht, warum sich ihre Mutter umgebracht hatte. Denn auch das hatte sie erst für sich deuten müssen: Aus dem Gasherd kam giftiges Gas heraus, daran ist sie gestorben. Das war so einfach wie wahr, erzählt vom Vater, so wie die Geschichte, dass die Babys im Bauch der Mutter heranwachsen und dann geboren werden.

Diese Leerstelle, die sie erraten musste und der die Großmutter einen Namen gab: Depression. Sie hat an dieser Krankheit gelitten, das wussten wir damals nicht.

Auf den Fotos sah die Mutter nicht krank aus. Deshalb hat es niemand gewusst. Auch der Vater nicht, der die Mutterdevotionalien in ihrem Zimmer mit seltsamen Blicken bedachte. Der wohl, seit die Fotos und Zeichnungen von der Mutter an der Wand hingen, nicht mehr gerne in ihr Zimmer kam.

Noch als sie zwölf war, hatte er ihr Gute-Nacht-Geschichten vorgelesen. Nun war das vorbei. Nun trennte sie etwas. Still war die Tote zwischen sie getreten. Paulas ganze Kindheit über hatte er ihr die Welt erklärt, gründlich, warm, zugewandt. Doch nun erklärte er nichts. Er schwieg – und sie traute sich nicht zu fragen.

Bis sie ihn doch fragte, als er sie Freitagnachmittag vom Bus abholte. Warum hast du Mama nicht geholfen, warum hast du nicht gewusst, dass sie krank war, warum hat sie ganz allein in der Wohnung den Gasherd aufgedreht. Wo warst du da?

Er sagte nichts, trug ihren Rucksack den Weg hoch, ließ sie im Haus zurück und ging in den Wald. Sie blieb allein zurück, wie die Mutter allein gewesen war.

Von diesem Nachmittag an, wusste sie, wie sehr Alleinsein wehtun konnte. In der Kehle, im Herzen, in den Lungen. So viel später, es war schon dunkel, kam er zurück, setzte sich an den Küchentisch, sah sie nicht an, hatte die Hände auf das Holz gelegt und sagte: *Ich habe sie nicht geliebt.* Er wiederholte es: Ich habe sie nie geliebt, sie war komisch. Ich wollte sie nicht haben. Ich wollte kein Kind von ihr. Aber wir sind zusammen zum Standesamt. Ich wollte das so. Dann habe ich mich immer mehr zurückgezogen. Ich habe mich von ihr getrennt. Ich habe eine andere Frau geliebt. Die ist in den Westen gegangen. Ich habe diese andere nicht vergessen können. Ich habe dich im Kinderwagen spazierengefahren. Ich bin mit dir in den Zoo gegangen. Wir waren im Zoo, es war kalt. Der Frühling war noch weit weg. Es herrschte scheußliches Wetter. Der Nebel kroch die Elbe herauf. Du wolltest immer nur die Elefanten und die Enten angucken. Als ich dich zurückbrachte, war sie schon tot.

Sagte er. Jeder Satz war entsetzlich. Brannte sich ein. Für immer abgespeichert, immer wieder hervorgeholt, bewegt, gedeutet, immer wieder für entsetzlich befunden. Das hörte nicht auf, kalt zu sein, von einem kalten Mann gesagt.

Damals war sie aus der Küche gegangen, hinüber zum Schuppen. Sie hatte die ganze Nacht im Schuppen gesessen in eine alte Decke gewickelt. Es war so eisig dort, dass sie dachte, sie müsse erfrieren. Aber Minka kam und wärmte sie. Als sie am nächsten Tag in Haus ging, saß ein bleicher, bärtiger Fremder am Küchentisch, und sie hasste ihn.

Er hatte ihre Mutter verraten, er hatte sie verraten. Sein *Ich habe sie nicht geliebt* bedeutete doch: Ich habe euch nicht geliebt, denn ihre Mutter und sie, gehörten doch zusammen. Sie hielt es nicht mehr aus, mit ihm in einem Raum zu sein. Kam er in die Küche, ging sie raus. Trat er aus dem Haus, ging sie hinein. Das ganze Wochenende lief so ab – und am nächsten Wochenende blieb sie im Internat. Wenn sie nach Hause fuhr, dann manchmal nur für Stunden. Sie kam an und lief schon wieder weg.

Sie lief vor dem bleichen bärtigen Fremden weg, vor dem wie ausgelaufen wirkenden Rot seines Mundes. Entsetzlich, widerlich, ekelhaft. Ein Quasi-Mörder.

Natürlich musste sie in den Ferien nach Hause fahren, wohin sollte sie auch? Die Ferien waren schrecklich. Sie schloss sich in ihrem Zimmer ein. Sie hatte die ganze Zeit über nur Kontakt zu Minka. Sie wollte nicht in dem Haus sein, die Luft nicht mit ihm teilen. Sie suchte nun intensiver in den Hinterlassenschaften der Mutter, forstete Briefe durch. War sich sicher, dass der Vater nicht ihr Vater war.

Sie war so allein, sie wunderte sich, dass es niemandem im Internat auffiel, dass sie manchmal im abgeschlossenen Badezimmer auf dem Klo mit einer Rasierklinge an ihrem Unterarm ritzte und dem Blut zusah, wie es aus der Verletzung quoll, hell und rot, lebendig. Sie war noch lebendig. Lebendig und allein. Nur sie und ihr Blut, mehr gab es nicht. Und eines Tages war auch der Vater weg.

Als sie eines Freitagnachmittags aus dem Bus stieg, kam die Pastorin, Frau Wegner, auf sie zu und nahm sie in den Arm. Das hatte solange niemand mehr getan, dass sie sofort zu weinen begann. Mama-Mama-Mama!, wimmerte es in ihr. Doch sie biss sich auf die Lippen. Nur ein zähneknirschendes Mmmmmh! wimmerte aus ihr heraus. Mit Frau Wegner zusammen hatte sie den Vater besucht, einen mit Medikamenten vollgepumpten, sorgfältig rasierten, rosigen Fremden. Seitdem wusste sie, er war genauso einsam wie sie. Das war so, das rief die Liebe nicht wieder hervor. Zwei einsame Menschen sahen sich im Garten der Klinik an und schwiegen. Sie wurde mit einem Ruck erwachsen.

Paula blickte in das mütterliche, schmerzverzerrte Gesicht im Spiegel. Das mütterliche Gesicht lächelte ihr zu, und sie lächelte zurück. Lange stand sie diesem Gesicht gegenüber und beobachtete, wie es sich veränderte. Wie der Schmerz abnahm und das Lächeln tiefer wurde. Ja, es gibt Leid, lächelte die Fremde. Aber es gibt auch Schönheit, Musik, Gelächter.

Johannes liebt mich nicht mehr, dachte Paula.

Natürlich, es gibt Abschied, aber es gibt auch Begegnung und Freundschaft. Das Gesicht aus dem Spiegel näherte sich ihrem.

Sie sahen einander an, die ältere mütterliche Frau und Paula. Das Leben hatte der anderen Falten zugefügt, Grübel- und Lachfältchen, runde Genusswangen, einen Ansatz zum Doppelkinn, graue Haare und einen zugleich liebevollen und spöttischen Blick. Der Ausdruck der Belustigung wurde stärker. Derjenige der Liebe ebenso.

Paula fühlte ein gewaltiges Lachen in sich aufsteigen. Denn es war komisch, wie sie hier stand und älter geworden war und sich dabei musterte und beinahe ihr Spiegelbild küsste, das jetzt von ihrem Atem beschlug. Gut so, dachte sie. Schluss mit der Nabelschau! Sie hatte Lust, wieder hineinzugehen in den Saal. Mit ihrer Ältere-Frau-Maske. Sie konnte jetzt tun, was sie wollte – und das war wunderbar.

Sie entriegelte die Tür und trat schwungvoll in den Vorraum.

Wie ich heiße? Thomas starrte seine Tochter an, lachte fassungslos. Blöder Witz, sagte er und sah, wie sich ihre Zornesfalte, die sie irgendwann als Schulmädchen entwickelt hatte, auf der Stirn bildete. Abrupt drehte sie sich von ihm weg, und er trat einen Schritt ins Dunkel.

Was war los? Er trank sein Bier aus, ging zurück in den Saal. Irgendwas hatte er falsch gemacht. Müsste mit so einem verdammten Joint nicht alles leichter gehen? Finden die nicht immer alles komisch nach dem Zeug?

Wahrscheinlich war seine Droge eben der Alkohol, da war er vierzig Jahre dran gewöhnt. Routiniert hob er die nächste Flasche aus dem Kasten, sah seine Hand, sah *eine* Hand, eine fremde junge Hand, die aus der Manschette seines Hemdes ragte, rieb mit dieser Hand über sein Gesicht – spürte nichts, oder genauer, spürte nur Haut.

Wo war sein Bart? Wo war sein Schnauzer geblieben? Hatte er da auf der Bank gepennt und geträumt und diese Typen, dieses Schaustellerpack hatte sich einen Jux gemacht und ihm heimlich den Bart abrasiert?

Mit ein paar Schritten war er an einem Fenster. Da die Nacht draußen durch kein Licht erhellt wurde, konnte er in der spiegelnden Scheibe sich selbst sehen, oder das, was irgendwie mit ihm zu tun hatte. Ein junger Typ, ohne Jackett, ohne Schal, den Hemdkragen aufgeknöpft, schlank, bartlos, blickte ihn skeptisch an, als wolle er sagen: Hey Alter, was willst du von mir?

Ganz nah trat er an die Scheibe, das Spiegelbild wurde undeutlicher, er sah den Saal in seinem Rücken, sah in das doppelte verschwommene Auge auf der Oberfläche der Thermoscheibe, bemerkte eine Bewegung hinter dem Fenster, ihm schien, als lache da draußen einer – und richtig – vom Licht, das vom Saal durch das Fenster fiel, angeleuchtet, weil es so nahe war, blickte ihn das grinsende Gesicht des Fremden an, er sah den wilden großen Mund im Bartgewirr lachen, hörte es sogar, ein ungestümes tiefes Hohoho!, draußen in der Nacht, durch das geschlossene Fenster hindurch, die dunklen Augen zwinkerten.

Der Mann riss seine Mütze vom Kopf, machte damit eine weite Armbewegung und verbeugte sich wie ein Zauberer, der ein Kaninchen aus dem Hut gezogen hatte. Noch immer lachend drehte er sich um. Thomas sah das speckige Leder seiner Jacke glänzen – dann war er weg – wie mit einem Sprung ins Dunkel getaucht.

Nur sein eigenes Gesicht, jung und doppelt und in dem Doppeltsein gegeneinander um ein paar Millimeter verschoben, war am Glas des Fensters zu sehen. Er trat zurück, drehte sich um. Die Musik rollte wie ein naher Güterzug an ihm vorbei. Er trank seine Bierflasche ohne abzusetzen aus.

Nein, er war nicht bekifft, er war leicht, und sein Gehirn wie ein wunderbar präzises Wahrnehmungsinstrument registrierte alles hier im Raum. Nur sich selbst nicht. Er hatte eine Selbstverjüngungsunschärfe. Dem Doppelbild in der Fensterscheibe musste er etwas entgegensetzen – einen richtigen Spiegel. Darum lief er zu den Toiletten. Geschmeidig, wie er fand.

Er war allein. Über dem Waschbecken hing ein Spiegel. In den lugte er vorsichtig, dann ungläubig. Fasste nach seinem Schnauzer. Phantomgefühl. Fasste nach seiner Nase – ein Gespür für Wirklichkeit. Er griff sich ins Haar – in seinen Händen war es so voll wie im Spiegel. War es auch so dunkel?

Das ging nicht mit rechten Dingen zu. Hatte er den Joint nicht vertragen? Wie gebannt schaute er auf seine glatten, sehnigen Hände. Hielt die Hände vor den Spiegel. Die Toilettentür ging auf.

Dieser Jovis kam herein, grinste, stellte sich ans Pissbecken, und Thomas drehte den Wasserhahn auf. Schrubbte enorm an seinen jungen Händen, blickte nicht mehr in den Spiegel. Jovis betätigte neben ihm den zweiten Wasserhahn, schüttelte den Kopf, ging raus.

Hatte nichts gesagt, ihn nur für einen Spinner gehalten. Einen Fremden? Weil er fremd aussah, jung? Jetzt verstand er die Szene mit Judith. Ich bin ein Fremder, dachte er mit dem Gefühl der Befreiung.

Die uralte Faschingsleichtigkeit erwischte ihn – als hätte er einen bemalten Pappkarton auf dem Kopf, oder noch besser, als ginge er als Indianer. Er *wurde*, ein kleiner Junge, zum Indianer *Blauer Tomahawk*. Oma hatte ihm im Kindergarten zum Fasching aus Opas altem Schlosseranzug einen Kittel genäht und Fransen dran gehäkelt. Er fand, das sei kein schönes Indianerkostüm, bis Opa einen Indianernamen für ihn fand: Blauer Tomahawk.

Vielleicht ist er darum viele Jahre später zum Fasching an der Kunsthochschule als Blauer Reiter gegangen, mit ultramarinblauem Gesicht und einem blau bemalten alten Steckenpferd in der Hand – so war er zum ersten Mal Lilli begegnet. Nicht als Thomas Rost, vaterloses Balg einer alleinerziehenden Krankenschwester, Neubauwohnungskind mit Sinn für Höheres.

Er stand in der leeren Männertoilette vor dem Spiegel, starrte auf sein junges Alter Ego, die Stirn ohne Falten, die graugrünen Augen blickten klar, doch nun ohne die Angst, dass nichts aus ihm würde, dass alle anderen es merken würden, dass nichts aus ihm werden konnte. Schuster, bleib bei Deinem Leisten, riefen Oma und Mutter, als er Abi machen wollte. Bleib bei deinem Leisten, sagte die Mutter, als er sich für die Aufnahmeprüfungen an der Kunsthochschule bewarb. Studiere wenigstens Ingenieur, das ist was Solides.

Er hätte in den Streifen passen sollen. Aber er hatte sich zum Blauen Reiter gemacht, dachte er und grinste sich an, der junge Mann grinste zurück. Grinste immer verwegener – Blauer Tomahawk – öffnete den Mund und sagte: Für diesen Abend brauche ich einen neuen Namen.

Dann fing er an zu lachen, oder der Typ im Spiegel fing an – ja, dem hatten zuerst die Mundwinkel gezuckt. Sie lachten beide, laut, schallend, es schepperte und knallte von den gefliesten Wänden.

Leichtigkeit, Übermut, er reckte seine jungen Rücken – nichts tat ihm weh, alles war möglich, weil er ein Blauer Reiter war. Er drehte sich um und stürmte zur Tür hinaus.

Aus dem Herrenklo von gegenüber rannte ein Student, rammte mit seinem harten Schädel Paulas Kopf. Ihr wurde übel, sie lehnte an der Wand. Tauchte aus ihrer Benommenheit wieder auf. Ihre Stirn schmerzte, und der Typ sagte: Ich werde verrückt. Sie sah ihn an, sah in seine riesigen Pupillen, als er hätte er irgendetwas genommen.

Wie sehe ich aus?, fragte er. Was meinen Sie, wie *alt* sehe ich aus?

Paula lehnte sich an die Wand. In ihrem Kopf pochte es, ihr war schwindlig.

Sehe ich wie Mitte fünfzig aus? Halluzinogene, sagte der Student. Aber sie haben mir doch nichts gegeben. Vielleicht Hypnose. Er schnaufte. Seine Hände fuhren über sein Gesicht, tasteten es ab.

Auf jeden Fall ist mein Bart weg. Er starrte sie wieder mit seinen Riesenpupillen an.

Vielleicht hätte sie Angst bekommen, wenn sie nicht solche Kopfschmerzen gehabt hätte. Und sie verstand nicht, was er redete.

Mir brummt der Schädel, murmelte sie und rutschte mit dem Rücken an der Wand hinunter. Dort unten war es kühler. Sie lehnte ihren Hinterkopf an die kalte Wand.

Oh, Gott. Entschuldigen Sie. Warten Sie, ich hole Ihnen eine Tablette. Er lief los, und sie blieb da unten sitzen. Am liebsten hätte sie sich auf den Fußboden gelegt.

Da kam er zurück. Ich wusste, meine Frau hat noch welche in der Handtasche.

Der Typ war also schon verheiratet. Das schien wie eine Seuche um sich zu greifen. Wortlos ließ sie sich zwei Tabletten in die Hand drücken und sich nach oben ziehen.

Sie ging in die Frauentoilette zurück und erschrak erneut vor dem seltsamen feisten Mondgesicht im Spiegel, erschrak vor der alten Hand, in der die beiden Tabletten lagen. Das musste aufhören. Sie legte sie auf die Zunge, drehte den Wasserhahn auf und trank, ließ sich das kalte Wasser seitlich übers Gesicht in die Haare hineinlaufen, über die Stirn preschte der eisige Strahl. Irgendwo aus den Tiefen eines Toteislochs musste das Wasser herkommen, damit es ihr endlich dieses falsche Gesicht abwusch.

Als sie sich aufrichtete, war neben ihrem Mondgesicht das Spiegelbild des jungen Typen. Er sah sie besorgt an.

Geht es Ihnen besser?

Irgendwas in der Stimme, der Mimik erinnerte sie.

Ich glaube, mein Schädel hat Ihnen eine Beule verpasst.

Er reichte ihr ein Bündel Papiertücher. Sie riss sich das aufgeweichte Pflaster vom Kinn, betrachtete die winzige Narbe. Er beobachtete sie, blickte auf das aufgeweichte Pflaster in ihrer Hand, auf die Narbe an ihrem Kinn.

Sie ist tatsächlich weg. Ich dachte, es wird eine riesige Narbe, sagte sie erleichtert und schaute sich das Frauenkinn im Spiegel an.

Der junge Mann im Spiegel starrte ebenfalls. So standen sie jetzt nebeneinander und verglichen ihre Gesichter mit denen, die sie glaubten, gekannt zu haben.

Befinden Sie sich auch in einem schrägen Traum?, fragte er.

Ja, in einem Traum, sagte Paula, und in ihr wurde es leichter.

Er fragte zögernd: Kann es sein, dass ich Ihnen heute Nachmittag das Pflaster aufs Kinn geklebt habe?

Nun drehte sich Paula direkt zu ihm. Schaute auf dieses Gesicht ohne Schnauzbart, ohne Tränensäcke, ohne den grauen Schimmer auf den Wangen. Erkannte die Stirn, die klugen graugrünen Augen, die Nase.

Jetzt, wo er jung war, hatte sie keine Scheu mehr vor ihm, nicht mehr die Angst, er würde sich pausenlos über sie lustig machen.

Alles hat bei mir mit einer Frau im Wald angefangen, sagte sie.

Bei mir auch. Mann, das ist ein Ding.

Das Letzte klang so albern, weil es an all das, was mit ihnen geschehen war, überhaupt nicht herankam, so dass sie lachen musste. Der junge Typ lachte auch. Oder Daniels Vater. Sie sahen sich beide erneut im Spiegel an und lachten hysterisch.

Kann ich mal? Das war Maria, die sich an ihnen vorbeidrängte.

Sie sah verheult aus. Böse blickte sie auf die beiden lachenden Menschen in der Frauentoilette.

Er legte den Finger an den Mund. Paula nickte, und er zog sie an der Hand aus dem schmalen Raum. Im Halbdunkel des Flurs standen sie ziemlich nahe beisammen und sie schaute auf die dunklen Haare und das schmale bartlose Gesicht.

Ohne den eisgrauen Schnauzer sah er tatsächlich nicht mehr furchteinflößend aus.

Wie heißt du eigentlich?, fragte sie.

Thomas oder besser Blauer Tomahawk. Er schniefte. Vielleicht war es auch eine Art schnaubendes Lachen.

Ich heiße einfach Paula. Dass sie ihm so bereitwillig ihren Namen verriet, überraschte sie, und sein Blauer Tomahawk war nicht idiotisch. Bloß rührend und komisch.

Sie musste schon wieder lachen. Das fiel ihr so leicht, als hätte sie gemeinsam mit einem alten Freund bereits eine Flasche Wein getrunken. Mit einer Flasche Wein im Blut war das Leben nicht mehr so kompliziert. Sie brauchte sich nicht mehr auf so vieles gleichzeitig zu konzentrieren, sondern einfach nur noch auf diesen Thomas oder Blauen Tomahawk neben sich und ihre gemeinsame Verwandlung, die ihr plötzlich natürlich und folgerichtig vorkam.

Thomas musste mit ihr lachen. Sie hatte ihm gesagt, dass sie Paula heiße. Das war kein Name für ihre Altersklasse. Sie war eine Frau um die fünfzig, nicht ganz so schlank wie Lilli, aber auch nicht dick. Sie hatte noch immer schöne Augen.

Noch immer? War er verrückt? Nein, da stand eine Frau mittleren Alters und machte ganz offensichtlich einen verwirrten Eindruck, indem sie die ganze Zeit lachte. Er musste zugeben, dass sie diesem Mädchen Paula ziemlich ähnelte. Und wenn er sich nicht selbst eben im Toilettenspiegel angestarrt hätte, so würde er denken, es wäre ihre Mutter.

Allerdings müsste er dann auch sein Sohn sein. Wieder stieg eine kleine hysterische Lachbereitschaft in ihm hoch. Er war also genau so irre wie die Frau vor ihm.

Paula, komm.

Sie hörte tatsächlich auf den Namen Paula, so hießen keine Fünfzigjährigen.

Bereitwillig gab sie ihm ihre Hand, die er ergriff, die sich feucht und kalt anfühlte, und zog sie in den Saal zurück. Wie Verbündete standen sie an der Tür. Neben ihr war der Blick auf die Feiernden noch einmal anders: wie durch Glas auf ein Aquarium.

Es fühlte sich an wie früher. Damals hatte er immerfort so eine Verliebungsbereitschaft gehabt, es ging ganz schnell, ein Duft, die schöne Linie eines Nackens. So eine Verliebtheit hatte ihn immer aus der Wirklichkeit geschleudert. Dann waren die anderen hinter einer Schicht Nebel – und nur die Frau und er schwammen in einer Blase aus Klarheit, nur ihre und seine Stimme waren deutlich gewesen. Er hatte schon vergessen gehabt, wie das war, dieser hellsichtige und zugleich somnambule Zustand.

Noch immer hatte er ihre Hand nicht losgelassen und schaute auf die anderen wie auf Fremde. Lilli, fern, eine gutaussehende Frau mittleren Alters, im Gespräch mit einem distinguierten Herrn, die er jetzt interessiert und vollkommen von außen beobachtete.

Vielleicht bin ich tot, sagte Paula plötzlich laut in dieser Blase, in der sie beide steckten.

Aus seinen Gedanken gerissen, verwirrt darüber, dass sie nicht automatisch dachte, was er dachte, sondern in ihrem Kopf ganz andere Vermutungen hegte, schaute er sie an. Ihr Gesicht hatte tatsächlich den Ausdruck des Schreckens. Eben hatte sie doch noch gelacht. Eine Sekunde blitzte die Angst ebenfalls in ihm auf.

Quatsch. Wir müssen was geschluckt haben, sagte er entschieden. Ich habe vorhin an einem Joint gezogen.

Ich auch, sagte sie.

Thomas überlegte. Das war es nicht. Er hatte sich schon jung gefühlt, als er das Tütchen nahm. Scheiße, ich habe wirklich Gras geraucht. Verdammt, so'n Unfug.

Sie lachte mit einem Mal wieder: Jetzt glaube ich es.

Was?

Dass du Daniels Vater bist.

Ach?

Niemand, den ich kenne, würde so einen Aufstand wegen 'nem kleinen Joint machen.

Er schwieg verblüfft. Dann hatte er das Gefühl, sich für seine drogenlose Jugend entschuldigen zu müssen: Damals in der DDR gab es so was nicht. Wir haben uns ordentlich besoffen zum Ersatz. Wir waren auch nicht ohne …

Sie lachte schon wieder, und er lachte mit ihr. Dieser Wechsel vom Weinen zum Lachen, dachte er und freute sich über seinen klaren Gedanken: ein typisches Zeichen für Drogen. Er hatte eine Erklärung gefunden, er brauchte eine Deutung. Mit dieser Erklärung konnte er sich nun in Ruhe fallen lassen und genießen. Denn genießen wollte er, das begriff er, während sie beide sehr nahe beieinanderstanden.

Im Saal spielten sie *Santana*. Er fühlte sich wohl, obwohl er auf der Hut war. Seine Erklärung war fadenscheinig. Kurz fasste er noch einmal mit der Hand in sein Gesicht. Der Schnauzer blieb verschwunden. Es hatte sich nichts geändert. Eine haptische Illusion. In einem Drogenfilm ist alles möglich, beruhigte er sich.

Willst du ein Glas Wein?, fragte er. Wir betrinken uns und wachen morgen ganz normal mit einem Kater auf.

Meinst du? Sie sah ihn ratlos an.

Er schüttelte den Kopf. Er hatte keine Ahnung, keine Erklärung. Es war, wie es war. *The Nile* wurde gespielt. *Woke up into a dream … And I was walking … up and down the streets of Cairo …* Die Gitarrenriffs, die er so gut kannte. Er hielt ein Glas unter den kleinen Hahn des Weinkartons. Gab ihr das Glas und schenkte das nächste ein.

Du siehst hübsch aus, wenn du älter bist, rief er gegen die Musik an.

Sie schüttelte den Kopf: Völlig verfettet.

Nein, ein bisschen rundlicher als vorhin. Nett rundlich.

Wenn das, was sie beide sahen, auch für die anderen zu sehen war, dann mussten sie jetzt ein seltsames Paar abgeben, dachte er. Ein junger Kerl flirtet mit einer viel älteren Frau. Er kam sich vor, als hätte er ein Faschingskostüm an und könnte nun machen, was er wollte. Rasch blickte er wieder zu Lilli hinüber, die sich angeregt mit Herrn Körnig unterhielt. Der hatte Farbe bekommen. Sie hatte ihn anscheinend geknackt.

Er war stolz auf Lilli, sie konnte so unglaublich charmant sein. Sogar zu ihm, auch wenn das inzwischen rare Momente waren. Sie kannten sich zu gut und er blockte ihren Charme ab, der doch Teil ihres erotischen Auftritts war. Er blockte Lilli als Frau ab, und dann kam er abends ins Bett, sah auf ihr immer noch schönes Dekolleté und fuhr mit der Hand über ihre Haut, und sie drehte sich verlegen lächelnd weg. Dann wusste er wieder, was er falsch gemacht hatte. Sie hätten nicht beide auf den Fernseher starren sollen, sondern miteinander reden und lachen, er hätte schon einmal die Hand auf ihr Knie legen müssen und ihren Charme zulassen.

Dieser eisgraue Schnauzer war nicht erotisch, nicht einmal furchteinflößend, war nur ein praktisches Versteck für seine Unsicherheiten. Er fuhr über sein Gesicht. Das Ding war weg. Und das fühlte sich gut an. Er hatte ihn sich mit vierzig zugelegt. Sie hatten einen Kredit für das Haus aufgenommen, und er hatte alles, was ein erwachsener Mann braucht: Eine Frau, Kinder, ein Auto, ein Haus, einen Bart. Danach war dieser Bart nur noch grau geworden.

Paula neben ihm hatte schon das Weinglas leergetrunken. Ich hoffe, es geht vorbei, sagte sie. Ich muss Montag zu meinem Hiwi-Job.

Und ich habe Dienstbesprechung. Als Chef.

Sie schaute ihn an, und beide prusteten los. Er sah sich bereits als jugendlicher Spund mit ernstem Gesicht vor seiner Aktenmappe sitzen und musste schallend lachen. Lachen fiel ihm jetzt so leicht. Er nahm ihr Glas und befüllte es erneut aus dem Karton. Blickte auf die Tanzenden.

Sah seine Schwiegertochter noch immer mit dem Soziologen tanzen und schwatzen. Der sagte etwas in ihr Ohr und sie kicherte.

Dein Freund, sagte er, ist ein ganz schöner Schwerenöter.

Das ist nicht mein Freund. Das ist mein WG-Mitbewohner, das ist Max. Sie grinste: Ja, er ist ein Schwerenöter. Seine Freundin, die Maria, ist vorhin aufs Klo gekommen.

Die geweint hat? –

Paula nickte. Sie sah zu den beiden hin. Du könntest mir einen Gefallen tun. Ich hole jetzt mal zwei Tüten aus der Damen-Toilette, und du wirst meine Stelle übernehmen. Schließlich bin ich ja irgendwie nicht mehr da.

Bei was?

Bei dem Stück.

Paula erklärte ihm, was er tun sollte. Okay, das war nicht so viel.

Das war leicht zu machen. Diese ältere Frau, die jetzt Richtung Toilette strebte, konnte tatsächlich nicht zu dem Max gehen und sagen: Ich bin Paula. So wie er nicht zu Lilli gehen konnte, denn sie waren in einem Traum, sie hatten die Traumregeln einzuhalten, da war er sich sicher.

Wenn ihn jemand fragen würde, dies nahm er sich vor, wäre er ein entfernter Cousin von Daniel und Judith. Er hoffte, dass Lilli ihn nicht ansprechen würde, um ihn nach seinen Verwandtschaftsverhältnissen auszuhorchen, denn sie war neugierig und fühlte sich für jeden zuständig. Er hatte den Verdacht, dass sie ihm nicht glauben, ihn ansehen und ihn erkennen würde. Nein, heute Abend musste er einen Bogen um Lilli machen, denn er wollte es genießen – das, was er Traum nannte.

Auf seinem Platz neben dem Weinkarton wippte er mit der Musik mit, bis Paula kam. Er nahm ihr die Tüten ab, und sie zeigte ihm die Perücke, den gelben Stoff, den er wie ein Zelt zu spannen hatte. Dann drängte er sich durch die Tanzenden zu Max und Sophie. Er fand es richtig gut, die beiden endlich zu stören. Sophie sollte sich, verdammt noch mal, um Daniel kümmern. Das war doch blöd, was sie machte.

Mit seinen Tüten drängelte er sie zur Seite. Hallo Max!, brüllte er und hob die Tüten hoch. Ich komme von Paula. Die ist schon weg. Wegen dem Kinn. Ich bin der Ersatzmann!

Max schaute auf seinem Handy nach der Zeit. Er nickte. Und in dem Gewoge von tanzenden Menschen legte er einen Arm auf Thomas' Schulter und schob ihn, wie ein Rettungsschwimmer den Ertrinkenden, in Richtung der Musikanlage.

Wir brauchen mal 'ne Pause!, rief Max dem DJ zu.

Paula ließ Thomas machen. Er drängte sich geradezu nach seiner Aufgabe. Der Schalk blitzte in seinen Augen. Warum war er ihr die ganze Zeit so finster und unnahbar vorgekommen? Geradezu zynisch. Sie hatte sich vor seinem Lachen gefürchtet, und nun lachte sie so oft mit ihm. Wie gut es ihr tat, hier einfach nur rumzustehen. Nicht mehr involviert sein.

Eben auf dem Frauenklo hatte sie Maria hinter der verschlossenen Tür schluchzen gehört. Dann schnaubte sie in ein Taschentuch.

Paula hätte sie gerne getröstet. Fremdes Weinen hatte sie noch nie aushalten können. Fremdes Verlassen-Werden. Denn selbst wenn für Max morgen alles wieder in Ordnung war, so blieben diese Stunden für Maria als Schmerz zurück. Immer wieder, eine sich durch das Leben mit Max verlängernde Kette von Verlassen-werden-Schmerzen, die sie hinter sich herschleifen würde. Warum tat sie sich das an? Warum wollte sie Max unbedingt?

Paula hatte dann leise die Tüten aus der Ecke geholt. Die goldgelben Faschingshaare schimmerten grell. Sie tat sich Johannes doch auch an. Was war daran so viel anders? Prüfend betrachtete sie das Frauengesicht im Spiegel. Schien die, die sie einmal sein würde, irgendetwas besser zu machen?

Sie entdeckte Lachfältchen. Tatsächlich, das waren doch Lachfältchen um die Augen. Paula lächelte erlöst, die runden Wangen im Spiegel hügelten sich. Es gab Kringel in den Mundwinkeln.

Als sie sich zu Thomas drängelte, sah sie, wie entspannt er sich mitten im Trubel wiegte, um seinen Mund ein Lächeln, und alles genoss.

Ach, Mann, das ist ein Ding! Sie grinste. Wie schön der Lärm war, die Musik, all die Körper, die Schweiß und Gerüche absonderten, die sich bewegten in der viel zu dicken Luft. Weil es guttat, zusammen zu sein, gemeinsam zu lachen, zu essen, zu trinken, zu tanzen. Wunderbarer Rausch.

Thomas wippte im Rhythmus der Musik. Er war ihr so vertraut, als würde sie ihn schon immer kennen. Sie kannte ihn jung, sie kannte ihn alt, sie kannte ihn wohl dreißig Jahre lang, sie hatte sein Haar ergrauen sehen und seinen Schnauzbart wachsen. Grinsend gab sie ihm die Tüten. Er nickte, zwinkerte ihr zu. Sie brauchten schon keine Worte mehr, uralte Freunde, die sie waren. Dann verschwand er im Getümmel.

An den Erwachsenentischen saß seine Frau mit leicht gerötetem Gesicht und sprach auf Sophies Vater ein. Sie hatte die Knie zu sich auf den Stuhl gezogen und gestikulierte mit einem Weinglas in der Hand. Plötzlich wusste Paula, wie Daniels Mutter jung ausgesehen hatte, wie hübsch und anmutig.

Und dann hörte die Musik plötzlich auf. Sie kamen anmarschiert wie Gladiatoren. Thomas mit dem zusammengeklappten Gestell vorneweg und hinter ihm Johannes. Während Max sich noch versteckte, denn er war nun ebenfalls umgezogen, das wusste sie, trug einen Schlips über dem nackten Brustkorb, eine lange weiße Unterhose und eine Perücke mit grauen Haaren.

Sie wählte Max' Nummer. Mit einem Theaterklingelton schrillte das Handy. Thomas sah sie erwartungsvoll an. Sie nickte ihm kurz zu, dann tat er, was sie besprochen hatten: Er klappte das Gestell um Johannes auf und verriegelte die beiden beweglichen Schenkel. Johannes stand in dem hölzernen Gerüst, gelber Stoff spannte sich, als wäre es eine Art Reifrock, um seine Hüften. Wie ein wohlerzogener Kellner half ihm Thomas aus dem Jackett, so dass nun alle den nackten Oberkörper mit dem riesigen fleischfarbenen Büstenhalter sehen konnten. Thomas setzte ihm die blonde Perücke auf.

Johannes ließ den Kopf zur Seite fallen, er öffnete den Mund

und schnarchte leise. Die Leute kicherten, und Paula ließ noch einmal Max' Handy schrillen.

Johannes öffnete die Augen. Wieder ein glücklicher Tag, sagte er und faltete seine Hände. Er murmelte vor sich hin, wurde laut: In Ewigkeit, Amen. Seine Hände tasteten um den Stoff, Thomas reichte ihm die *Aldi*-Tüte. Johannes ergriff sie, sagte: Beginne deinen Tag, Winnie.

Paula hatte das Ihre getan, Thomas schlängelte sich zu ihr durch die Zuschauer, die gebannt auf Johannes schauten, der in der Plastiktüte kramte – eine obskure Blondine mit rosa bemaltem Mund.

Thomas wusste sofort, was sie spielten. Er hatte es einmal im Nachtprogramm der ARD gesehen. Das war unglaublich lange her. Ein beschissener DDR-Winterabend, und sie guckten es auf einem winzigen russischen Fernseher.

Ist das zynisch?, fragte er sich, während Judiths Verehrer eine Zahnbürste und eine zusammengedrückte Zahnpastatube aus der *Aldi*-Tüte holte, Zahnpasta auf die Bürste drückte und die Vorderzähne schrubbte. Hinter ihm lag der polygame Soziologe auf dem Fußboden. Judiths Verehrer drehte sich zu ihm um, spuckte in seine Richtung aus.

Armer Willie. Suchte in der Tüte herum, zog einen kleinen Spiegel heraus: Lieber, armer Willie. Er begutachtete sein Zahnfleisch: Großer Gott. Naja, keine Verschlimmerung. Keine Besserung, keine Verschlimmerung. Keine Veränderung. Er verstaute den Spiegel. Keine Schmerzen. Fast keine.

Das Stück kam als eines aus einer Reihe von Theaterstücken zu irgendeinem Beckett-Jubiläum im Westfernsehen. Bis auf die späten Stücke, wo Schauspieler nur schweigend nach irgendwelchen geheimen Choreographien über die Bühne liefen, hatte er sie alle geliebt. Das war ihr Leben: Heulen, Lachen, Zähneknirschen. Lilli und er hatten sie, gemeinsam unter eine Decke gekrochen, geguckt, weil sie ihr Zimmer nicht richtig warm bekamen. Dieser Nachkriegs-Beckett passte in die DDR. Die DDR hatte die Nachkriegszeit nie verlassen, sie hockten oben auf einer SS-20, gemütlich in eine Wolldecke gewickelt. Und Lilli war absurd optimistisch.

Damals war er ein Beckett-Fan gewesen. Er hatte es vergessen. Jetzt merkte er, dass er immer noch ein Beckett-Fan war.

Armer Willie, sagte der Winnie-Darsteller. Keinen Mumm. Kein Interesse am Leben. Er zog ein Brillenetui aus der Tüte, holte die Brille heraus, putzte sie. Armer lieber Willie. Bald blind.

Setzte die Brille auf, setzte sie ab. Naja, genug gesehen. –

Thomas verzieh ihm plötzlich, dass er sich an Judith herangemacht hatte, weil er so gut spielte. Trotz des fleischfarbenen BHs und der blonden Perücke auf dem Kopf spielte er eher leise als clownesk. Thomas glaubte seine Wut zu spüren. Diese Winnie mit ihrem grotesken Optimismus ging dem Statistikheini nahe.

Im Saal kicherten nur die jungen Leute. Thomas blickte zu Lilli. Eine kleine Falte stand auf ihrer Stirn. Ihr Gesellschaftslächeln war weg. Sind wir das inzwischen?, schien sie zu denken. Dachten wohl alle in ihrer Generation, denn die Jungen glaubten wie alle Jungen, es besser machen zu können, authentischer, leidenschaftlicher. Thomas sah den Kopf des Soziologen hinter dem gelben Tuch auftauchen. Er saß mit dem Rücken zum Publikum.

Zieh dir deine Unterhosen an, mein Lieber, bevor du dich versenkst, sagte Winnie, wie Lilli es sagen könnte, während der Soziologe eine riesige vergilbte Zeitung entfaltete und sagte: Gnädiger hochwürdiger Vater in Gott Dr. Carolus Hunter tot in der Badewanne.

Charly Hunter, rief Judiths Verehrer und schloss die Augen: Sitze wieder in Liverpool unter der Hornbuche. Oh, die glücklichen Erinnerungen.

Wir sind es. Wir sind es geworden, dachte Thomas zu Lillis blassem Gesicht hin. Werden alle so? Er blickte sich um, sah Frau Körnig an. Sie lächelte kühl ihr Löwinnenlächeln, während ihr Mann sehr freundlich auf die jungen schauspielernden Männer blickte. Er schien es ganz als kulturellen Beitrag zu begreifen.

Chance für fixe Jungen, sagte der Soziologie hinter der Zeitung, während Winnie ausrief: Mein erster Ball! Mein zweiter Ball. Die Augen schloss und flüsterte: Mein erster Kuss.

Lilli und er unter der Wolldecke, überall auf den morschen Fensterbrettern alte Wolldecken. Was da durch das faulige Holz der Fenster drang, schien eine geradezu kosmische Kälte zu sein. Schneegrieseln auf dem Bildschirm des russischen Fernsehers.

Im Inneren des Geräteschuppens, sagte der Winnie-Darsteller, obgleich ich mir nicht vorstellen kann, in wessen.

Sie hatten diesen russischen Fernseher nur ausgeborgt, eine Dauerleihgabe von Lillis Eltern, weil Lilli schwanger war und bald nicht mehr abends wegkonnte. Sie saß so dünn mit diesem Riesenbauch wie ein blasses Fröschlein neben ihm unter der Decke, und sie mochte Beckett nicht. Ihr kleiner Körper war verhärtet vor Distanz. Das waren nicht ihre Wut, nicht ihr Hohn, nicht ihr Elend, obwohl sie beide unter der Wolldecke steckten wie Winnie und Willie im Sand.

Pierer, Pierer, sann der Winnie-Darsteller laut und feilte mit der Feile an seinen Nägeln – bedeutet der Name etwas für dich, Willie, beschwört er irgendeine Realität herauf, meine ich. Antworte nicht, wenn du nicht willst. Bleib adrett, Winnie, das sage ich immer, was da wolle, bleib adrett.

Thomas sah wieder Lillis Abneigung gegen das Stück. Er wusste, was sie dachte, eine Frechheit, eine Taktlosigkeit, so etwas zum Polterabend gerade ihres Sohnes, als wäre Dani irgendein Willie. Doch Daniel lachte jetzt, weil der herumkriechende Soziologe sich etwas in den Mund stopfte und Winnie ausrief: Oh Willie, tue es doch wohl nicht. Spuck es aus, Lieber. Spuck es aus.

Nein, Daniel entdeckte sich nicht darin, sah wahrscheinlich ihn, seinen Vater, als alten, sabbernden Sack, wenn er verblödet sein würde, die Kinderstube wieder hochkommen würde. Kinderstube. Dass er nicht lachte. Wohnzimmer, Schlafzimmer, immer mit Mutti. Später schlief er auf dem Sofa, weil sie nicht begriff, dass es nicht mehr anging mit ihrem pubertierenden Sohn in einem Zimmer zu schlafen. Das hatte er ihr nie verziehen. Sie hat ihn zu ihrem kleinen unmündigen Ehemann gemacht. Deshalb ist er Willie, war immer Willie, wird der insektenfressende Willie immer bleiben. Deshalb ist er ein Beckett-Fan.

Wie gut sie spielen, dachte Paula, wie gut Johannes spielt. Auf eine makabre Weise war er wirklich Winnie. Mit und ohne Tüten-BH war er diese Frau geworden, die sich ihr bisschen Restleben schön log. Während Max auf dem Fußboden zu kraftvoll agierte. Er konnte die Energie, die in ihm steckte, nicht verleugnen, und deshalb wirkte sein Willie komisch. Während bei Winnie das Komische durch die Verkleidung gelang, hinter der sich eine Tragik verbarg. Und sie liebte diese Winnie mehr als den komischen Willie. Sie liebte Johannes. Das tat weh, denn er, dass wusste sie, liebte sie nicht. Auf einen so einfachen Satz konnte sie ihren Schmerz bringen.

Dann klatschten alle. Paula beobachtete es: Am Tisch der alten

Frauen fiel der Beifall sehr kurz aus. Sie sah das ratlose Gesicht der Provinzoma und Kritik, vielleicht sogar Verachtung im Gesicht der Dominanzoma. Doch die Jungen lachten und klatschten wild, und Maria, die etliche Regie-Ratschläge gegeben hatte, wurde von Max aus dem Publikum geholt. Sie strahlte schon wieder, während sie sich verbeugte.

Auch Paula war ein bisschen stolz. Sie hatte mit Max über die Figuren geredet. Wie soll man Willie anlegen, wie Winnie? Das Absurde, das Tragische, das Komische ihrer Situation, die minimalistische Ausstattung, die sie gebaut und genäht hatte. Thomas kam ihr entgegen. Er schien ganz aufgewühlt.

Mann, sagte er, die können was. Und diese grandiose Frechheit, das zum Polterabend zu spielen. Er umarmte sie, wie ein Laienschauspieler den anderen nach der Premiere. Schließlich hatte er auch etwas dazu beigetragen.

Ich muss eine rauchen, rief er. Er schob sie zum Buffet und schenkte ihr Wein ein. Ich bin Willie, sagte er, aber anders als du denkst. Meine Winnie ist jemand anderes.

Er schüttelte den Kopf. Eine Strähne dunklen Haars flog ihm aus der Stirn. Mit einem Zug trank er sein Weinglas leer, füllte sich wieder nach. Zog sie hinter sich her aus dem Saal.

Draußen erbettelte er sich eine Zigarette, inhalierte tief die ersten Züge.

Meine Mutter, sagte er, die wollte mich zu ihrem kleinen Willie machen. Er lachte bitter. Sein junges Gesicht leuchtete im Mondlicht.

Aber ich bin da rausgekommen. Aus diesem verschissenen Treibsand. Und sie hat inzwischen aufgehört, Winnie zu sein. Das war die einzige Rolle, die sie konnte.

Thomas warf die Kippe auf den Boden, trat sie aus. Sah Paula an.

Sie schaute aufmerksam in sein Gesicht. Entdeckte die Zornfalte auf der Stirn, die sich mit den Jahren vertiefen würde.

Du verstehst sehr viel, sagte er.

Quatsch! Sie schüttelte den Kopf. Aber sie begriff, was er alles noch sagen wollte, wie sehr er es gehasst hatte, wie sehr er dagegen kämpfte, von irgendjemandem noch einmal zu einem Willie gemacht zu werden. Deshalb der Schnauzbart, seine spöttische Unnahbarkeit.

Doch. Er nickte, sah sie an, als könne er in diesem Augenblick ihre Gedanken lesen.

Okay, sie lächelte. Sie hat dich nicht kleingekriegt.

Nein. Er verzog den Mund zu einem Grinsen, hob sein Glas, ließ es gegen ihres klirren. Schöne Nacht, sagte er.

Unwillkürlich starrte sie hinauf. Sterne standen am Himmel. Der Mond war anscheinend irgendwo hinter die Berge gewandert. Er zog seine verschlungenen Bahnen wie ein Kind, das, in der Nähe der Mutter bleibend, mal da- und mal dorthin läuft.

Thomas quatschte mit dem Raucher, der neben ihm stand, oder der mit ihm. Es ging darum, wie man nach dem Studium einen Job fand. Sie hörte, wie er drauflos log. Er wäre Praktikant im Denkmalamt. Hätte einen doofen Chef, so mit Schnauzer, streng. Dem könne er nichts rechtmachen. Sich selbst anzuschwärzen, schien ihm Spaß zu machen.

Sie war zu scheu, hier mit jemandem zu reden. Jetzt, wo sie wie irgendeine der anwesenden Mütter aussah, würde doch niemand mit ihr reden wollen – und vielleicht war das auch gut so. Sie hatte quasi die Erlaubnis zum Schweigen erhalten und schaute zu den Sternen hinauf. Neben ihr erzählte jetzt der Master-Absolvent Thomas von seinen Bewerbungsversuchen. Sie hatte keine Lust zuzuhören. Sie wollte die Sterne sehen. Unter der Lampe über der Tür war es zu hell. So trat sie zur Seite, denn wenn sie um das Ballhäuschen lief, würde es bestimmt dunkler, vielleicht würde sie dort im Schatten des Hauses endlich in eine Finsternis treten, die die Sterne umso mehr leuchten ließe.

Wie oft hatte sie früher auf dem Fensterbrett gehockt, das Licht im Kinderzimmer war ausgeschaltet, und draußen konnte sie die Milchstraße sehen. *Peterchens Mondfahrt*, dachte sie, *der kleine Häwelmann*. Mehr, mehr. Das Gesicht wie eine verträumte Rückenschwimmerin nach oben gewandt, ging sie seitlich bis zum Ende der Fassade und bog ab. Doch da war schon wieder eine Kugellampe, die ihr Licht in die Gegend strahlte.

Im Schein, der auf den Boden fiel, sah sie sich etwas bewegen. Es war die Krähe, die von einem Bein auf das andere hüpfte, als würde sie im Rhythmus, der durch die Fenster dringenden Musik tanzen.

Was bist du denn für ein verrückter Vogel? fragte sie leise und amüsiert. Doch die Krähe schien es nur darauf angelegt zu haben, auf sich aufmerksam zu machen, denn jetzt hüpfte sie die Fassade des Ballhäuschens entlang, und Paula folgte ihr neugierig ins Dunkel. Was sollte ihr auch passieren? Die Musik dröhnte, und ringsum waren Leute.

Immer weiter folgte sie dem Vogel bis zur Rückseite des Häuschens und hörte ein animiertes Frauenlachen.

Pst!, zischte jemand.

Ja, guck doch, sagte die Frau und kicherte erneut los.

Pssst!, flüsterte der Jemand noch einmal.

Paula blieb stehen, doch unten an ihrer Jeans zupfte Krähe und zottelte sie noch ein Stück vorwärts.

Nee, rief die Frau laut, und nun war sich Paula sicher, dass es Bea war.

Dann gurgelte sie nur noch, und irgendetwas klatschte.

Bea!, rief Paula, denn es war Beas Stimme, und da musste irgendein Typ sein, der sich an ihr vergriff.

Warte, ich komme!

Und dann sah sie jemanden aus dem Schatten der Sträucher auftauchen.

Der hat mich gehauen, hörte sie Bea rufen.

Es war Gregor, Sophies seltsamer Cousin, der wollte an ihr vorbeieilen, aber sie hielt ihn an der Jacke fest.

Halt!, rief sie und sah deutlich den erschrockenen Ausdruck in seinem Gesicht, während Bea aus dem Gebüsch kam, das Kleid war aufgeknöpft und ihr Lippenstift verschmiert.

Warum hast du mir den Mund zugehalten?

Sie hat mich hierher geschleppt, sagte Gregor. Er versuchte Paulas Hand an seinem Ärmel loszuwerden.

Ach, sagte sie, eine Frau von eins sechzig? Sie wusste selbst nicht, woher sie den Mut hernahm, diesen Gregor festzuhalten. Und das Kleid?, fragte sie wütend.

Hat sie allein aufgeknöpft.

Ja, sagte Bea. Er hat mich auf den Mund gehauen.

Paula hielt ihn immer noch am Arm fest. Er strömte eine Wärme aus, die sie anwiderte. Und du willst Theologe werden?

Gott ruft mich, sagte Gregor finster.

Hierher mit einer – sie suchte das richtige Wort – Schutzbefohlenen?

Nein, das war … Er schwieg. Lassen Sie mich doch in Ruhe. Klar, ich hätte mit ihr nicht rauszugehen sollen. Aber sie war so zutraulich.

Mit einem Ruck, riss er sich von Paula los. Er sah sie böse an: Und dann knöpft sie ihr Kleid auf.

Paula sah in seinem Gesicht Ekel und Gier, beides gleichzeitig, beides heftig.

Mach eine Therapie, sagte sie. Und trat einen Schritt zurück. Ihr war, als könne sie alles riechen, Testosteron, Sperma, den Schweiß von Angst und Wut.

Er drehte sich weg, ging rasch los. Überinterpretieren Sie das doch nicht. Ich hab' mich im Griff.

Doch dann stolperte er. Über die Krähe. Die zeterte laut herum: Kä-kä-kä-kä-kääh.

Er fluchte und Paula ging ihn wieder an, schnappte ihn erneut am Arm. Denn sie war wütend, so wütend wie Krähe da unten, die immer noch zeterte und mit dem Schnabel nach Gregors Bein hackte.

Es war, als hätte er sie begrabscht, denn er hätte jede genommen. Bea war einfach nur die Schwächste, die Argloseste. Sie hasste ihn geradezu, während er sich unter ihrem Griff wand.

Ich habe doch gar nichts gemacht, keuchte er und hatte es geschafft. Er stieß sie gegen die Brust, sie krümmte sich. Mit ein paar Schritten verschwand er in im Buschwerk des Geländes. Paula hörte die saugenden Geräusche seiner Schuhe im nassen Gras.

Feigling!, schrie sie ihm hinterher.

Feigling!, rief jetzt auch Bea und stellte sich neben Paula. Sie roch nach Schweiß und billigem Parfüm und schniefte. Tränen hatten ihre Schminke verschmiert.

Paula knöpfte ihr den obersten Knopf zu und dann den nächsten. Sie hatte noch nie jemandem die Sachen zugeknöpft. Dieser Dienst machte sie verlegen, Beas weiblicher Körper, der Sex haben wollte und ihr verschmiertes Kindergesicht.

Hast du ein Taschentuch?, fragte sie.

Ja, Mutti gibt mir immer eins mit.

Bea holte ein Taschentuch aus der Kleidertasche, und Paula wischte ihr damit die Schminke unter den Augen weg. Bea hielt ganz still und sah ernst aus. Nichts passte zusammen, die blondierten falschen Locken, das runde Gesichtlein, die großen Brüste unter dem geblümten Kleid.

Geht's wieder? fragte Paula.

Du bist lieb, sagte Bea und umarmte sie. Paula ließ die Umarmung verlegen geschehen. Dann drückte sie Bea doch zurück und strich ihr über die Locken. Der weiche Körper war gar nicht so befremdlich, wie sie gedacht hatte. Es war ganz einfach, Beas Herzlichkeit anzunehmen. Von unten zupfte Krähe an ihrem Hosenbein – und ihr war, als wolle Krähe damit sagen: Na also, geht doch.

Komm, sie fasste Bea an die Hand und führte sie auf dem Kiesweg zur Vorderseite des Gartenhäuschens.

Guck mal, rief Bea begeistert und bückte sich. Mit dem Finger wies sie auf eine große warzige Erdkröte, die wie leblos mitten auf dem Weg saß.

Du musst schlafen, murmelte Bea zärtlich und stupste die Kröte. Schwapp, mit einem riesigen Sprung, hopste die weg. Schwappschwapp, die Grashalme wackelten, und die Kröte verschwand wie durch ein Tor in die Dunkelheit.

Die Säulen dieses Tores wurden durch zwei wuchtige Stiefel gebildet. Breitbeinig stand da der Jäger und hielt Gregor am Schlafittchen. Der hätte sich jetzt beinahe im Wald verirrt, brummte er.

Bea schrie erfreut auf: Meine Holda! Sie lief auf die Frau im weißen Kleid zu und kuschelte sich an sie.

Na, mein Kind, was machst du nur schon wieder?, fragte die Frau und gab Bea einen Kuss auf die Stirn.

Der hat mich gehaun, sagte Bea.

Der junge Mann braucht noch Beherrschung, Frau Holda ging

auf ihn zu, und Mitgefühl, sie nahm seinen Arm und hakte sich unter, und Leichtigkeit, sagte sie. Ich werde ihm ein wenig das Tanzen beibringen.

Gregor ging ganz zahm an ihrem Arm. Er sah blass und kläglich aus. Die Stirn war zu groß und glänzte schweißig. Paula bekam Mitleid mit ihm. Mitleid und Ekel waren eine seltsame Mischung. Der Jäger ärmelte Bea unter, auch Paula ließ sich von ihm unterhaken.

Übermut stieg in ihr auf, während sie so auf die Gruppe der Raucher zugingen. Es machte ihr überhaupt nichts aus, von allen beobachtet zu werden, während sie mitten in diesem schrägen Trüppchen ging.

Hey, rief sie fröhlich, es gibt noch Programm! Sie entdeckte Thomas und blinzelte ihm zu.

Thomas stand draußen bei den jungen Leuten. Ein Joint machte die Runde, er kam an die Reihe, inhalierte, schnupperte an dem leichten Geruch nach Zoo, gab ihn weiter, so als würde er das jeden Tag tun. Dieses Grinsen in seinem Gesicht kam sicher nicht von dem einen Zug Hasch, sondern vom Bier, von der absurden Situation und dem wunderbaren Gedanken: Wenn sie wüssten.

Aber sie wussten es nicht. Sie hatten ihn als einen der ihren aufgenommen. Sie redeten sparsam mit ihm, lächelten nicht mehr verlegen, waren nicht mehr höflich zu ihm. Doch sie teilten ihren Joint – und er sagte nicht viel, sondern lachte einfach. Er hatte fast vergessen, wie das geht. Und nun spürte er es bis ins Zwerchfell hinunter. Es perlte in seinem Blut, und er schüttelte über sich selbst den Kopf. Warum, um alles in der Welt, hatte er aufgehört, so übermütig zu lachen?

Dann sah er sie um die Ecke biegen. Der bärtige Waldschrat hatte Bea auf einer Seite untergehakt, die ein bisschen schwankte und hüpfte. Auf der anderen Seite hielt er Paulas Arm. Paula, deren rund gewordenes Gesicht jetzt lächelte, als würde sie allen eine Weihnachtsüberraschung bringen.

Die schöne Fremde, das lange Kleid mit der linken Hand raffend, zog den fremden Neffen Gregor wie einen ungezogenen Jungen hinter sich her. Der blickte finster auf die Rauchergesellschaft. Klar, er wollte nicht durch da und nicht hinein in den Ballsaal. Doch *sie* war eine energische Frau.

Holla, sagte Thomas, wer kommt denn da? Hoher Besuch. Er machte einen angedeuteten Kratzfuß.

Nicht so übermütig, sagte sie zu ihm und ging so nahe an ihm vorbei, dass er ihren herrlichen Duft roch. Beeren und Pilze und Holzrauch.

Er wollte sehen, wie sie drinnen wirkten. Deshalb schloss er sich ihnen an. Als wäre seine Neugier ansteckend, drängten auch die anderen in den Raum, so dass es schien, als würde die Fremde mit einem Gefolge von jungen Leuten erscheinen.

Im Augenblick tanzte niemand, die Musik plätscherte leise vor sich hin. Gertrud, am Tisch der alten Damen, war sofort in einer wachsamen Haltung. Da kam jemand hinein, der nicht geladen war. Fremde in Jahrmarktkleidung. Keine Verwandten, keine Freunde. Pack eigentlich, so deutete er ihren Gesichtsausdruck und belustigte sich darüber. Denn er beobachtete sie gerne, wenn ihre Arroganz und ihr Egoismus so deutlich zu Tage traten. Wenn es ihr aus den Poren strömte, was sie die meiste Zeit so gut verstecken konnte. Denn sie wusste sehr genau, was von ihr erwartet wurde: Herzlichkeit, Toleranz, Offenheit. Und inzwischen auch ein wenig Altersweisheit.

Wir wollen auch etwas zu Feier beitragen, rief die Fremde. Ein paar Lieder. Komm Eckart, spiel auf.

Sie hielt noch immer Gregor mit fester Hand. Der konnte nicht weg, regte sich nicht neben ihr in der Mitte des Saales und hätte sich bestimmt gerne in Luft aufgelöst. *Sie* könnte das zustande bringen, wurde Thomas mit einem Mal klar. Aber sie wollte nicht. Sie hatte etwas anderes mit ihm vor.

Aus seinem Tornister holte der Jäger so etwas wie einen Dudelsack und kramte weiter, fand im Inneren des dreckigen Ungetüms noch ein Paar Schellen, die er sich um die Stiefel knotete, und ein Tamburin. Mitten in seinen Vorbereitungen hielt der Diskjockey, ein etwa dreißigjähriger Mann aus der Gegend, den Gertrud wohl öfter für so etwas bestellte, seine Musik an. Vielleicht einfach, weil die Fremde ihn angesehen hatte. Und nun lächelte sie zu ihm hinüber: Danke, guter Mann.

Der lächelte zurück, verschmitzt, als hätten sie beide diesen Programmpunkt ausgemacht, und setzte sich auf seinen Hocker, so dass er beinahe hinter der Technik auf dem Tisch verschwand, und trank sein Bier.

In die Stille hinein klirrten nur die Schellen an den Stiefeln des Jägers, der vielleicht doch ein Musiker war. Die Fremde nahm ihm das Tamburin ab, stellte die Arme in die Hüften. Gregor, der die Gelegenheit nutzen wollte, aus der Saalmitte zu verschwinden, wurde von ihr noch einmal rasch an der Hand gepackt: Du wolltest doch tanzen lernen.

Der Dudelsack quäkte auf, einmal, zweimal, dann wurde eine Melodie daraus, die Schellen klirrten im Rhythmus der stampfenden Stiefel.

Hey, hey!, juchzte die Fremde und drehte sich mit dem steifen Gregor. Sie begann zu singen: *Miameide steht auf der Heide.* Sie sang mit schöner kräftiger Stimme. Es klang wie ein Kampflied. Gregor musste sich mit ihr drehen.

Thomas sah zu Paula, die mit Bea schunkelte. Sie trug noch immer ihr Weihnachtsüberraschungslächeln im Gesicht. Als sie seinen Blick bemerkte, zwinkerte sie hinüber und ging auf ihn zu: Darf ich bitten? Sie lachte.

Er fasste sie an die Hüften, sie waren weich wie ihr runder Busen unter der blauen Bluse, in der sie am Beginn des Abends noch wie ein vom Himmel gefallenes Sternenmädchen ausgesehen hatte.

Nun war sie – wie sollte er sagen? Sie war *handfest* geworden, tanzte auf den langgedienten Dielen, nicht gerade elegant, eher sportlich. Doch sie lachte dabei. Ein ansteckendes Lachen, wie er fand, denn er lachte nun auch. Es machte ihm nichts aus, seinen Indianertanz in aller Albernheit auszuführen. Sie machte mit. Sie beugten sich, richteten sich auf, umtanzten einander und Thomas schwang in seiner Rechten einen imaginären Tomahawk.

Das, was sie beide vollführten, schien ansteckend zu sein, denn es kamen noch andere in die Saalmitte. Wie bäuerliche Paare auf Gemälden der niederländischen Genremalerei sprangen sie durcheinander. Der Dudelsack quakte, ein riesiger Frosch, den der Jäger in einem Zauberteich gefangen hatte, die Leute sprangen und hopsten mehr, als sie tanzten, bis die Dielen des Ballhäuschens bebten. Die Tanzenden verströmten Schweiß, sie lachten.

Die Fremde steckte, während sie Gregor umherwirbelte, zwei Finger in den Mund und pfiff gellend. Das hätte er jetzt am liebsten auch gemacht. Ein gewaltiger Bewegungsdrang erfüllte ihn, die Lust an Rhythmus und Lärm. Doch der Holländer klatschte ihn ab. Paula nickte, ihre Wangen waren gerötet, und Thomas stürzte auf Sophie zu.

Ja, er konnte jetzt ohne die Sorge, sich zu blamieren, mit seiner

Schwiegertochter tanzen. Denn er war ebenfalls jung! Er stellte sich neben den Soziologen und tanzte sie an. Sie drehte sich ein wenig zu ihm – und schon war sie seine Partnerin. Ihr liebliches Gesicht war erhitzt. Weiß der Teufel, was sie mit diesem Soziologen zu tun hatte. Der war doch ein Polygamer! Das hatte er mit untrüglichem Neid schon längst festgestellt.

Und hier tanzte er nun, wie ein Bär, wie ihm schien, um sie aus der erotischen Ausstrahlung dieses Verführers zu herauszuholen. Wo war bloß Daniel? Irgendwie hätte er sich gerne mit Sophie an ihn herangetanzt, damit sie sich wieder träfen und versöhnten.

Mal 'ne Pause?, schrie er Sophie zu.

Sie nickte, und er nahm ihre Hand, schob sich durch den Mahlstrom der Tanzenden, hielt sie dicht hinter sich und verließ mit ihr den Saal in Richtung Nacht.

Draußen vor der Tür war es noch immer laut. Thomas hatte den Eindruck, dass der Boden auch hier noch bebte. Die Bässe und Drums wurden von den stampfenden Füßen gegeben. Da kam kein Schlagzeug mit.

Oh, gut, sagte Sophie. Mir war das jetzt echt ein bisschen viel.

Bist ja auch schwanger, brummte Thomas und hätte ihr am liebsten gesagt, sie solle bitte mal auf sein Enkelkind achten und seinen Sohn, den sie morgen heiraten wollte, nicht für so einen Luftikus sitzen lassen.

Wo ist eigentlich Daniel?, fragte er, so arglos, wie es ihm möglich war.

Ach, der ist sauer, der Blödmann. Der ist eifersüchtig. Dabei ist Max nur ein alter Freund. Es ist schon lange vorbei. Sie runzelte die Stirn.

So sah es nicht aus.

Sie lachte: Na, Max kann schon ganz schön charmant und witzig sein.

Und Daniel nicht?

Jetzt lächelte sie liebevoll: Daniel ist ein Träumer, ein melancholischer Prinz in seinem Reich. Einer, der die ganze Zeit wegläuft, weil er Angst hat, jemand würde in sein Land eindringen und es kaputtmachen.

Thomas schwieg nach dieser Liebeserklärung für seinen Sohn. Dann fragte er: Hast du ihm das schon so gesagt?

Sie lachte leise: Das geht nicht. Wirklich. Und nach einem Augenblick: Wie heißt du eigentlich?

Thomas.

Hey, witzig, wie mein Schwiegervater.

Fröstelnd zog sie die Schultern hoch. Thomas zog sein Jackett aus und legte es ihr über die Schultern. Sie schien noch kleiner damit, sah jetzt aus wie ein zwölfjähriges Mädchen, während sie zur Bank lief, die an der Hauswand stand und sich setzte. Unter ihren Augen waren Schatten, sie schaute zu ihm hoch.

Danke. Ich habe jetzt aus Trotz immer weiter mit Max getanzt und geflirtet. Warum ist Daniel auch bloß so eifersüchtig? Ich hasse das.

Weil er ein schlechtes Selbstbewusstsein hat?, fragte Thomas spontan und wusste, dass es wahr war. Daniel war unsicher. Bereits als Schulkind hatte er sich immer mal grob, mal zickig-beleidigt verteidigt. Immer wieder, seit er denken konnte, hatte sich Dani zurückgezogen und sein Ding gemacht. Rollenspiele mit Mensch-ärgere-dich-nicht-Figürchen, das Zeichnen von riesigen Schiffen, auf dessen Ober- und Unterdecks sich zahllose Menschlein und Tiere sammelten. Ein großes Blatt hing seit Jahren in seinem Büro – eine

Art Arche Noah mit Giraffen, Elefanten, Ameisen und seltsamen Maschinenteilen, Zahnrädern, Röhren und Bergen von Kartoffeln, die liebevoll zu einem Berg getürmt waren.

So sehr Thomas diese Zeichnungen liebte, Erklärungen hatte er von Daniel nie bekommen, war nie wirklich an seinen Sohn herangekommen. Zumindest, seit er seinen Babyspeck verloren hatte oder vielleicht seit Schulbeginn. Ein maulfauler Junge, der sich vor ihm zurückzog. Er hatte nie gewusst, warum, und es hatte ihn gekränkt. Während Judith lange offen war und auch jetzt noch anhänglich. Hatte es an ihm gelegen?

Ja, sagte Sophie leise und kuschelte sich tiefer in das Jackett. Du, fragte sie, ihre Stimme klang traurig, holst du mir was zu trinken? Am liebsten ein großes Glas Apfelschorle, wenn nicht, einfach Wasser.

Klar, sagte Thomas.

Sie hatte die Beine hochgezogen. Ihr Blumenkranz saß ein bisschen schief und verwelkt auf ihren Haaren. So wie sie hockte, passte sie vollständig in sein Jackett hinein.

Thomas ging zurück in den Saal. Der Diskjockey hatte seine Musik wieder aufgelegt. Diesmal spielte er Phil Collins. Er hatte begriffen, dass die Alten inzwischen sie waren und nicht die paar Greisinnen an der Stirnseite des Saals.

Der Jäger hatte allen Ernstes Gertrud auf die Tanzfläche gebracht. Hünenhaft, zotteliges Fell und Haar, hielt er sie dennoch in korrekter Haltung – und was sie da vollführten, war wahrscheinlich ein Walzer. Thomas war nie zur Tanzschule gegangen. Dass seine Mutter wenig Geld hatte, war ihm eine willkommene Ausrede gewesen, dem ganzen Affenzirkus zu entgehen.

Er erinnerte sich, wie er fünfzehnjährig, mit langen, übers Gesicht hängenden Haaren und Opas alter Lederjacke, die ihm schwer um die noch schmalen Schultern hing, mit Pickeln und Oberlippenflaum, versuchte, verzweifelt cool zu sein, da konnte er sich nicht in irgendwelchen Tanzstunden *zum Affen machen*.

Später hatte Lilli versucht, ihm ein paar Grundschritte beizubringen. Von Lilli gab es natürlich Fotos vom Abschlussball, eine hübsche und souveräne Tänzerin mit einem mickrigen Jungen an der Seite.

Am Buffet beobachtete er den Jäger und Gertrud weiter. Ihr Gesicht unter der silberweißen Frisur sah aus, als hätte sie in eine Zitrone gebissen. Dennoch versuchte sie Haltung zu bewahren, während sie im Dunstkreis der Ledergamaschen und Stiefel ihre in schwarze Pumps steckenden Füße hin und her setzte und sich durch die mächtige und etwas schmutzige Hand an ihrer Hüfte dirigiert drehen ließ. Dort, wo er sie, wie es sich gehörte, nur mit den Fingerspitzen an der Schulter berührte, entstand ein dunkel-nasser Abdruck, ähnlich dem einer Wolfspfote.

Thomas schaute nach Daniel aus, aber er konnte ihn nicht entdecken. So, wie er sich jetzt fühlte, gleichzeitig jung und altersweise, hätte er Sophie und ihn gerne miteinander versöhnt. Doch eigentlich wusste er nicht, wie. Sollte er Sophie auffordern, ihre Sätze von vorhin zu wiederholen? Er entdeckte Daniel nicht, sah nur Judith, die noch immer plaudernd mit dem Winnie-Darsteller tanzte, der seinen rosafarbenen Tüten-BH wie zwei Buckel auf dem Rücken trug.

Dass er das genauso komisch fand wie Judiths Verehrer, wunderte ihn für einen Moment selbst.

Der Holländer tanzte jetzt mit Lilli. Er sah, dass sie es einfach genoss. Ihr Gesicht strahlte. Paula unterhielt sich mit einer älteren, verhärmt wirkenden Frau. Thomas füllte Apfelsaft und Mineralwasser in ein großes Glas. Sophie musste etwas zu trinken bekommen.

Und er wollte sie und Daniel versöhnen. Vielleicht hatte Paula ihn gesehen.

Schon seit geraumer Zeit war Paula von Irene in ein Gespräch verwickelt worden. Das war irgendwie von ganz allein passiert. Irene, Sophies Tante, hatte sie gesagt und dann: Ist sie nicht ein sehr nettes Mädchen?, gefragt.

Sie ruht in sich wie meine Schwester.

Überrascht hatte sich Paula die fremde Frau genauer angesehen. Sie war eher groß gewachsen, hatte aber nicht das Hünenhafte von Sophies Mutter.

Da saß eine schmale Frau mit gebeugten Schultern neben ihr, deren dürre Finger nervös mit einem Wasserglas spielten. Immer wieder klackte der Ehering, unter dem eine bläuliche Ader pochte, an das Glas und machte Paula nervös. Nein, diese Frau ruhte auf keinen Fall in sich.

Lange hatte sie auch an Familienähnlichkeit geglaubt, an die Macht der Genetik, bis sie ihren leiblichen Vater kennenlernte, ihre jungen Halbschwestern, die sie mochte und die ihr dennoch fremd blieben. Vielleicht deshalb fragte sie Irene, ob sie Enkelkinder habe.

Irene hatte zwei – und die würden morgen kommen und Blümchen streuen. Zwei herzige Kinder, Irene hatte ihr Handy herausgeholt und Fotos gezeigt. Naturgemäß zeigten die großäugigen Wesen keinerlei Ähnlichkeit mit ihrer Großmutter. Und du?

Nein, antworte Paula, noch keine Enkelkinder, nur eine Tochter, solo. Die soll erst mal ihr Studium zu Ende bringen, fügte sie an. Es machte ihr Spaß, solche Sätze zu sagen.

Vorhin hatte sie sich der anderen vorgestellt. Elisabeth, hatte sie mit klopfenden Herzen gesagt, ganz von selbst war Mutters Name aus ihrem Mund geschlüpft. Es schien ihr wie eine Blasphemie, so dass sie nachsetzte: Nenn mich einfach Betty, das sagen alle.

Mit Betty kam sie zurecht, denn die Großeltern hatte ihre Mutter so genannt. Sie hatten ihr einen schönen Namen gegeben, um dann immer nur diese banale Verniedlichung zu benutzen. Eine Betty hatte es in ihrer Grundschule gegeben. Als Betty hätte sie mit Irene immer weiter über Enkelkinder oder das Rentenalter und ewige Studenten plaudern können. In ihrem Hirn suchte sie noch nach weiteren Allgemeinplätzen.

Ihr zweites Kind, sagte Irene, habe es sehr schwer gehabt. Weißt du, fragte sie, wie es sich anfühlt, nichts über einen ganz nahen Menschen zu wissen?

Paula nickte, plötzlich ernst geworden. Eigentlich wusste sie über niemanden etwas, weder über ihre Mutter noch über ihren Vater, ihre Väter, verbesserte sie sich, denn ihr fiel nun Bernhard ein, dieser gescheite, kahlköpfige, lebenslustige Einhundert-Kilo-Koloss, der ihr leiblicher Vater war.

Nein, sie wusste nicht, wie sie tickten, was sie wollten, was sie von *ihr* wollten, warum sie da war auf der Welt und sich nicht in ihr zurechtfand. Am wenigsten aber wusste sie von ihrer Mutter, der Fremden, die sie verlassen hatte, um sich dorthin aufzumachen, wo es kalt war, finster – und nicht mehr zurückkam. Niemals.

Sie sah auf die Frau, die mit gesenktem Kopf nach Worten suchte, stockte und weiterredete: Wenn du ein Kind geboren hast, es ist gesund, es ist fröhlich und neugierig, ja, es hat ein paar Macken, über die du lachst, aber es ist ganz anders, tatsächlich ein Anderer. Du weißt nichts davon. Du nimmst es nicht ernst, wenn es ein paar Macken hat. Du spürst nicht einmal, dass es leidet und kämpft.

Irene schaute auf. Ihr Gesicht sah bekümmert aus, die Falten um ihren Mund waren tiefer geworden, sie kaute, ohne gegessen zu haben, kaute an ihren Erinnerungen. Entschuldige, dass ich dich belästige.

Das ist doch in Ordnung, sagte Paula und war verwundert, wie sie der fremden Irene plötzlich die Hand auf deren Hand legte. Sie fühlte die Kälte dieser Hand, die dünnen Knochen unter der pergamentartigen Haut, unter der die Ader zum Ringfinger pochte wie ein Rinnsal in einem trostlosen Gelände.

Und dann wäre es beinahe gestorben, mein Kind, an sich selbst, an uns, die wir nichts begriffen haben. Nichts gewusst haben. Von Jonny, sagte Irene. Er hat es so schwer gehabt. Ein langer Weg ist das, den er geht.

Irene zog ihre Hand unter Paulas vor. Danke, sagte sie und begann wieder mit dem Wasserglas zu spielen. Der Ring klackte mechanisch.

Ich habe ihn nicht richtig begleitet, sagte sie. Aber er hat eine tolle Freundin, die viel mit ihm durchgestanden hat.

Irene schaute auf: Ich hoffe, es ist alles okay mit deiner Tochter. Das klang beinahe neidisch, oder warnend.

Doch, sagte Paula schnell. Sie braucht eben ein bisschen länger. Ich war ihr auch nicht immer nahe, sagte sie als Elisabeth. Ich habe auch nicht alles richtig gemacht. Aber ich liebe sie, sagte sie laut zu sich selbst, denn sie fühlte, dass das die Wahrheit war, und legte ihre weichen Frauenhände aufeinander, spürte die Wärme ihrer fünfzigjährigen Hände, sah sie an, kleine Falten um das Gelenk der oben liegenden Hand, seltsam mürbe Haut, als würde Mutters Hand nun endlich schützend über ihrer liegen. Hand in Hand saß sie für einen Moment in einer flau machenden Nähe zu einem Menschen, den es seit vierundzwanzig Jahren nicht mehr gab. Sie atmete nicht, denn länger als einen Atemzug lang konnte diese Nähe doch nicht dauern.

Betty?, fragte Irene vorsichtig. Du musst nicht weinen. Wir sind doch nur Menschen. Wir können doch auch nicht alles richtig machen. Wir irren doch immerzu.

Paula wurde in den Arm genommen, kurz, überraschend kräftig von der anderen gedrückt, die sie lächelnd und nun auch mit Tränen in den Augenwinkeln ansah. Es wird schon, sagte Irene, unsere Kinder schaffen das.

Jonny ist morgen Trauzeuge. Sie nickte, als wäre damit, dass er Trauzeuge würde, alles gut für ihn, als wäre seine Wanderschaft zu sich selbst, zum Ziel gekommen.

Dann ließ sie das Wasserglas los, das nun auf dem Tisch stand, mit Lippenstift und Fingerabdrücken daran und, wie Paula schien, winzigen Einkerbungen, die der ruhelose Ringfinger gehämmert hatte.

Paula hatte das Bedürfnis, es wieder zu füllen. Damit alles weiterginge. Ich besorge uns noch Wasser, sagte sie und stand auf, um eine Flasche zu holen.

Beinahe wäre sie mit dem Kopf an Thomas' Kinn gerammt. Er wich gerade noch so aus. Fasste sie am Arm, um ihren Schwung abzuhalten.

Hast du Dani irgendwo gesehen? Thomas' Augen suchten den Saal ab.

Nein, sie hatte ihn schon lange nicht mehr gesehen. Aber sie hatte ihn auch nicht gesucht, denn sie vermied, überhaupt irgendwohin zu blicken, um nicht Johannes zu sehen, glücklich mit Daniels Schwester schwatzend.

Nun blickte sie in den Saal. Entdeckte weder den einen, noch den anderen. Daniels Wut von vorhin fiel ihr ein. Vielleicht war er irgendwo draußen. Trotzig, unglücklich, verkrochen.

Entschuldigung, sagte sie zu Irene, ich muss dem jungen Mann hier mal beim Suchen helfen.

Dem jungen Mann, ach Gott, das sagte sie so selbstverständlich, als würde sie schon jahrelang solche Formulierungen gebrauchen. Sie winkte Irene noch einmal zu. Auch wenn sie nicht erfahren, hatte, woran Jonny gelitten hatte, so war er doch vorerst gerettet. Er hatte eine tolle Freundin. Er würde es schaffen, wie Irene gesagt hatte. Es war an der Zeit, zu schauen, wo Daniel blieb.

Draußen gab es einen Schrei, hoch, unangenehm. Ein Pfauenschrei, dachte Paula, Dann entdeckte die die beiden Frauen an der Frontseite des Ballhäuschens. Sophie schien gerade von der Bank aufgesprungen zu sein, stand mit zerzausten Haaren und geballten Fäusten vor Maria und sagte mit ungewohnt tiefer, rauer Stimme: Du spinnst doch!

Maria hatte ein Blumenkränzchen in der Hand, oder genauer, den zerrissenen Rest davon, ihr leuchtend rot geschminkter Mund war verschmiert, und sie lachte ihr Koloratur-Lachen.

Sie macht eine Szene, dachte Paula. Das kannte sie von der WG, nicht mal vor ein paar Raubkatzenhieben schreckte sie zurück, wenn sie außer sich war.

Auf der Holzbank hinter Sophie, hockte jetzt die große struppige Krähe und fiel krächzend in Marias Bühnenlachen ein: Kä-kä-kä-kä.

Kannst du dich nicht mal bis zur Hochzeit zusammenreißen?, schrie die: Musst du schon am Polterabend mit dem Nächsten herummachen?

Kä-kä-kä – Krähe meckerte Beifall.

Wir haben nur getanzt! Geht das nicht in dein Hirn hinein? Den

Herummacher hast du dir geangelt! Sophie hatte Wuttränen in den Augen.

So, und du wohl nicht?

Das ist lange her.

Glaub' ich nicht. Ihr macht doch heimlich weiter. Maria lachte erneut. Sie zerrupfte die Reste des Kränzchens, trat darauf herum, ihre Hand fuhr hoch, als gäbe es noch mehr Kränze auf Sophies Kopf – oder hatte sie es auf ein Büschel Haare abgesehen?

Doch nun wurde ihr Angriff gebremst, Thomas hielt sie von hinten fest. Ist doch gut, sagte er. Sie liebt deinen Max gar nicht mehr.

Hilfe! Lass mich los! Maria wand sich, kam frei, drehte sich blitzschnell zu Thomas um und trommelte auf ihn ein.

Aahh!, stöhnte er. Krähe war von der Bank gehopst und hatte mit scharfem Schnabel nach ihm gehackt.

Sophie war einen Schritt zurückgetreten. Kleine widerliche Eifersucht?, fragte sie voller Verachtung.

Maria tatzte nach ihr.

Sophie, kleiner, wendiger, lachte böse.

Du bist schon ganz gelb davon, sagte sie höhnisch. Maria langte erneut zu Sophies Haaren.

Aua! Sophie schrie erbost.

Auch Maria schrie. Es war der Pfauenschrei von vorhin. So einen hatte Paula noch nie von Maria gehört. Schon kamen ein paar Leute aus dem Ballhäuschen. Max war darunter. Er lief auf Maria zu und versuchte sie in den Arm zu nehmen. Die wehrte sich. Doch der geübten Umarmungs- und Festhaltetaktik von Max entkam sie nicht.

Ein blonder Typ mit weißem Schlabber-Shirt legte Sophie die Hand auf die Schulter. Hey Sophie, sagte der, das ist doch Pillepalle.

Maria kratzte und wehrte sich weiter wie eine Katze in Max' Armen: Lass mich in Ruhe! Hau ab! Hau doch für immer ab! Sie versuchte, sich herauszuwinden.

Du hast vor nichts Respekt!, rief sie. Es ist dir scheißegal, dass ich schwanger bin. Nun weinte sie.

Paula erinnerte sich an einige solcher Szenen in der WG. So war Maria, immer ein Temperamentbündel, im schlimmsten Fall eine Furie, die sich mit Fingernägeln und Zähnen zur Wehr setzte. Max versuchte sie zu streicheln. Sie drehte den Körper weg, und mit einer kraftvollen Bewegung befreite sie sich aus seinem Griff und rannte los.

Lief genau in die Fremde hinein, die sie mit ihren ausgebreiteten Armen fing und einhüllte in die langen Ärmel ihres Kleides, in Tannennadelduft und Brombeerranken und Haaren wie Altweibersommer. Paula schien, als würde Maria von einem Augenblick zum anderen in Schlaf fallen und Frau Holda hielte sie mit einer leichten Bewegung über dem Boden wie ein Zauberer seine Assistentin, um deren Körper er für das Publikum einen Reifen zöge: Seht, sie schwebt!

Vielleicht schwebte Maria wirklich für eine Sekunde, nicht waagerecht, sondern schräg wie ein Blatt nach hinten fallend, ihre Augenlider klappten zu, ihr Gesicht war entspannt – und ja, ihre Füße berührten den Boden nicht mehr, nur ihre Brust hob und senkte sich regelmäßig, während sie im Gras lag. Frau Holda kniete neben ihr und streichelte über Marias Wange.

Tatsächlich, die Liebe, sagte sie mit ruhiger Stimme, ein Dämon. Und drehte sich um: Geht hinein. Hier muss sich nur noch versöhnt werden.

Energisch schob der Jäger etliche Neugierige in den Saal zurück.

Paula hob die Reste des Kranzes auf. Er war hin, da war nichts mehr zu machen. Auch Krähe stakste herum, hackte auf eine abgefallene Blüte ein. Paula klatschte in die Hände, um sie zu vertreiben.

Paula hat recht, sagte Frau Holda streng zu Krähe: Das ist nicht dein Gebiet. Der Vogel hüpfte weg, knickerte noch: Kräk. Das klang beleidigt. Was für ein freches Vieh!

Maria war eingeschlafen. Ihr Körper lag entspannt im Gras. Frau Holda stand auf und streckte ihre Hand Max entgegen.

Komm, sagte sie, und Max ging auf sie zu. Einfach so, dachte Paula. So ein Max tat doch immer, was er wollte. Aber nun trabte er artig, eine Marionette, die an Fäden hing, auf Frau Holda zu, und sie legte ihm die Hand auf die Stirn. Da stand er, setzte sich benommen neben Maria auf den Boden, sah sie verwundert an und legte seinen Kopf in ihren Schoß.

Frau Holda nahm die Reste des Kranzes, die Paula ihr reichte, denn es war doch ganz einfach: Alles musste heilgemacht werden – und Holda konnte heilen, sie zog aus ihrem Saum ein paar Ranken und Blüten und flocht den Kranz neu.

Seit sie da war, war es, als würden sich alle in einem dunkelvioletten Gelee aus Nachtfrüchten bewegen, und auch Paula schaute einfach nur zu, was sie tat – einen Kranz flechten, ein wenig murmeln: *Miameide, steht auf der Heide.*

Den Kranz setzte sie auf Sophies Kopf. Die Braut, sollte einen Kranz tragen, findest du nicht auch Maria? –

Sie ging auf Max und Maria zu, die aufgewacht waren, Maria, die Hände rücklings ins Gras gestützt, lächelte, während Max den Kopf in ihren Schoß gelegt, in Marias Gesicht blickte. Die Fremde bückte sich und wischte mit dem Ärmel Marias Tränen ab, die verlaufene Wimperntusche unter den Augen.

Das Weibsbild an dem Borne hat viele, viele Kind, sang sie und nahm eine kleine rauchgraue Vogelfeder, blies sie Maria ins Gesicht. Vogelfederchen, Vogelfederchen, sagte sie sacht. Sophie, die zwischen Thomas und dem blonden Freund saß, fing an zu weinen.

Ich muss Daniel finden, dachte Paula, und in einem Winkel ihres Gedächtnisses tauchte er auf, am Ofen. Ja, vielleicht war er noch dort. Leise ging sie zu Tür, ihr war, als müsse sie auf Zehenspitzen gehen, um die anderen nicht zu stören.

Zurück im Saal, umfing sie Musik und Wärme. Drei Mädchen tanzten noch, ansonsten saßen die anderen an den Tischen, Es wurde gelacht. Der große Ofen bollerte noch immer. Dort unten, neben dem Korb für das Holz, saß Daniel im Schneidersitz, hatte ein Holzscheit und ein Taschenmesser in den Händen, schnitzte an dem Scheit herum. So etwas wie die diffusen Züge eines grinsenden Gesichts traten hervor. Sie setzte sich neben ihn auf die Dielen.

Du, sagte sie, Sophie braucht dich.

Ach? Daniel schnitzte weiter ein Grinsen in das Holz hinein. Glaub' ich nicht, sagte er. Rasch zog er die Hand weg, als sie ihn berühren wollte. Beinahe hätte er sich geschnitten.

Komm, sagte Paula, sie ist draußen.

Thomas saß neben Sophie auf der Holzbank, hielt ihre Hand und spürte, wie das Weinen sie rüttelte. An der anderen Seite hockte Sophies blonder Kumpel und blickte ihn mit einem freundlich-melancholischen Lächeln an.

Die Liebe, ein Dämon, sagte Thomas. Der andere nickte. Thomas hielt immer weiter Sophies Hand, wie man es bei einem weinenden Kind tut. Er war froh, dass diese Art Leiden vorbei war, dass Lilli neben ihm war, schon so viele Jahre.

In ruhigem Fahrwasser, dachte er, wollte es ironisch denken, aber er war heilfroh darüber. Er zweifelte nicht mehr an ihrer Gemeinschaft, nur Krankheiten fürchtete er. Immer war er besorgt, wenn sie zu Ärzten ging, und ängstlich fragte er sie danach, ob alles in Ordnung sei. Hatten sich schon Krebszellen in ihren Körper geschlichen, waren die Blutwerte zu hoch? Sie sollte bei ihm bleiben, alle Tage seines Lebens.

Doch nun ging die Tür zum Ballhäuschen auf, ein Lichtbalken, Musik und Lachen drangen heraus. Wie zwei übergroße Scherenschnitte sah er Daniel und Paula in der Türöffnung stehen. Dann schloss die Tür hinter ihnen. Es wurde wieder still hier draußen. Sophies Hand zuckte. Denn da stand Daniel und starrte sie an. Er hielt ein Holzstück in der Hand und wirkte verletzt, traurig, zornig. Sein Sohn, der für ihn oft nur ein abwehrendes Grinsen parat hatte, erkannte ihn nicht, schaute nur auf Sophie.

Der blonde Freund mit dem weißen T-Shirt ging auf Daniel zu: Wir haben dich schon überall gesucht. Er legte seine Hand auf Daniels Schulter.

Sophies nervöse kleine Hand zog sich aus seiner, und Thomas ließ los, damit sie aufstehen konnte. Wie die beiden sich jetzt ansahen, war ihm zu intim. Leidenschaft, dachte er und wusste nicht, ob er Lilli je so geliebt hatte. Vielleicht ganz am Anfang, als er ihrer noch nicht sicher war. Leidenschaft, dachte er, geht mir nah, ist mir zu viel. Er lief ein paar Schritte auf Paula zu. In ihrem runden Gesicht war ein trauriges Lächeln.

Ach, sagte sie, gehen wir rein, wir beiden Alten.

Neben der Tür lehnte der Jäger an der Wand. Er stopfte sich eine Pfeife. Das Kraut roch nicht nur nach Tabak. Wer weiß, was noch drin war, Pilze und Fliegenbein.

Hast du Feuer, Freund?

Thomas griff in seine Hosentasche, fand ein Feuerzeug und schnippte es an. Im Schein der kleinen Flamme funkelte das grüne Auge des Jägers, dessen Gesicht wie ein Stück Borke aussah, so rissig, uralt und mit dem Bart als rostrotes Moosgeflecht. Plötzlich mochte er den Kerl. Der zwinkerte ihm zu und stieß die Tür auf. Thomas klopfte diesem Türsteher zwischen Traum und Wirklichkeit auf die Schulter. Handfest, mächtig blieb der. Auf der Handfläche feuerte noch der Rückprall des Lederwamses.

Suchend blickte sich Thomas im Saal um, denn er wollte nur noch zu Lilli gehen. Er hätte jetzt gerne gesungen und wäre dabei wie eine Amsel durch die Luft geflogen: ein trällernder Amselmann, der die Begehrte – ja, es war noch immer Lilli – umwirbt.

Vielleicht war die Musik zu schmusig, niemand tanzte. Die Leute saßen an den Tischen, standen in Grüppchen und schwatzten. Sein Blick tastete Gruppe für Gruppe ab. Wo war Lilli? Da kam ihm über die leere Fläche der Saalmitte auf unsicheren Beinen seine Mutter entgegen, sie blickte ihm geradewegs in die Augen.

Jäh wurde er aus seiner Euphorie geholt. War er inzwischen wieder der grauschnauzbärtige Mitfünfziger? Wollte sie jammernd etwas von ihm einfordern?

Junger Mann, ihre Stimme ging in der Musik und dem Stimmengewirr fast unter. Würden Sie mich zum Hotel bringen? Ich bin nachtblind.

Sie lächelte bittend. So einen Ausdruck hatte er schon lange nicht mehr bei ihr gesehen.

Könnten Sie mich unterhaken?

Dass sie ihn so überhaupt nicht erkannte? Er nahm ihren Arm, und sie zog ihn in Richtung Tür, so wie sie war, in ihrer Bluse. Sie hatte den Mantel vergessen. Du hast … Sie haben, verbesserte er sich rasch. Haben Sie vielleicht noch einen Mantel?

Ach, ja. Sie schlug sich mit der Hand an die Stirn. So was Dummes.

Verlegen kicherte sie und strebte auf ihren Prinzenschuhen zur Garderobe. Er ging neben ihr, stützte ihren schwankenden Gang. Doch diesmal war es anders. Sie führte und zog.

Junger Mann, der Pelzmantel da. Mit der Hand wies sie auf das Fellteil, über dem ein paar Jacken hingen. Die nahm er ab, frappiert darüber, wie selbstverständlich sie einen Fremden zur Hilfe aufforderte.

Während er die Jacken abnahm, um an den Mantel zu kommen, klappte die Tür zur Frauentoilette auf, und Lilli kam heraus. Die Klinke noch in der Hand, blieb sie erschrocken stehen und starrte ihn an. Sah ihn neben seiner alten Mutter. Ihm wurde bewusst, dass er jung war, irgendwas unter dreißig, sie atmete tief. Schrecken und Verwirrung standen in ihrem Gesicht, ihr Blick ging zu seinen Augen, als wolle sie ihn fragen: Du? Bist du es, mein junger, mein Liebster? Warum bist du gekommen, wo es zu spät für uns ist?

Wie lange sie sich anstarrten … Er atmete nicht mehr, und sein Herz wollte den nächsten Schlag nicht tun.

Da machte sie jäh kehrt. Die Tür zu den Toiletten knallte zu.

Er wusste, dass sie ihn erkannt hatte. Die wunderbare Maske seiner Verwandlung, unter der er sich wie unter einem Tarnumhang gefühlt hatte, war von ihr weggerissen worden. Rasch zottelte er Mutters Mantel unter den Jacken hervor. Er ließ sie sich nicht mal an der Garderobe anziehen, sondern zerrte sie durch den Saal zur Tür. Paula kam von draußen herein, sah ihn und seine Mutter fragend an.

Sie erkennt mich nicht, flüsterte er ihr zu. Paula nickte und legte ihm für einen Augenblick die Hand an die Wange. Wollte sie ihn trösten – und warum?

Doch er hatte keine Zeit, wollte aus dem Saal und hievte Mutter über die Schwelle. Draußen atmete er auf. Lilli, dachte er, Lilli hat mich erkannt. Die Lampe über dem Eingang warf ihr Licht auf die Terrasse. Dani und Sophie waren weg. Niemand war mehr da.

Hier war er allein, niemand durchschaute ihn. Er wollte keine Verwicklungen, keine Slapstick-Nummern. Er wollte ganz einfach sein Jungsein genießen. Doch nun musste er, als wäre er der alte Esel vom Vormittag, seine Mutter ins Bettchen bringen.

Warum bloß bekam seine Mutter nicht mit, dass er es war? Fröstelnd und ein wenig breitbeinig stand sie unter dem Lichtschein und schaute ihn an. Meinen Mantel, bitte, erinnerte sie ihn devot.

Er hielt ihr den Mantel auf, und sie hob ein wenig die Arme. Nicht hoch genug und wie über die Äste eines knarzenden Baumes streifte er die Ärmel. Mit steifen Fingern fummelte sie an den Knöpfen. Es ging ihm nicht schnell genug, am liebsten hätte er, wie bei einem Kleinkind, geholfen. Doch dann hatte sie es geschafft und krallte sich an seinen Arm.

Da unten im Hotel, wohne ich, erklärte sie, als gäbe es noch eine andere Möglichkeit. Mein Enkel heiratet nämlich, plauderte sie stolz. Der Dani. Kennen sie den?

Is'n Kumpel, murmelte Thomas. Tatsächlich kapierte sie nicht, wer vor ihr stand, hatte vergessen, wie ihr junger Sohn einmal ausgesehen hatte.

Er führte sie zwischen den schimmernden Kugellampen auf dem sich herabschwingenden Weg. Spürte den uralten Klumpen Schmerz, denn ihr Blick ging über ihn hin, sah ihn nicht an, meinte ihn nicht, wusste nicht, wer er ist, wer er jemals gewesen war, nicht als Kind, nicht als Heranwachsender, nicht in seiner Jugend oder in seinem Älterwerden.

Sie hatte ihn nie angeschaut, während sie an ihm herumgenörgelt hatte. Es gab immer irgendetwas anderes in ihrem Blickfeld, das wichtiger war, ein Bügeleisen, eine zerrissene Hose, ein Fussel auf seiner Schulter. Wahrscheinlich kannte sie nicht einmal die Farbe seiner Augen.

Vorsichtig setzte sie ihre Füße mit den Prinz-Eisenherz-Schuhen, um die Stufen hinunterzukommen. Er stieg geduldig, Schritt für Schritt, mit ihr tiefer, führte sie über den Parkplatz, wie ein junger Mann eine fremde alte Frau begleitet, denn sie war nicht seine Mutter und er nicht ihr Sohn. Er war niemandes Sohn, sondern einfach nur ein Mensch, der einen Klumpen in seinem Brustkorb trug, den fest umrissenen, gutartig gewucherten Tumor seiner Kindheit.

Sie erreichten die Hintertür des Hotels. Finden Sie alleine weiter?, fragte er, denn sie zu siezen erleichterte ihn. Vielleicht hätte er das tun sollen, seit er volljährig war. Es beendete etwas, drehte ein Ventil zu einer Erwartung zu, die immer ins Leere gegangen war.

Es geht schon, junger Mann. Sie blinzelte ihn freundlich an. Sie wollen bestimmt noch feiern.

Er nickte, ließ sie los und stieß die Tür auf. Da tappelte sie, unsicher, breitbeinig, eine alte Frau von hinten. Erleichtert drehte er sich um und sah auf den Parkplatz, auf dem die Autos regennass unter der Bogenleuchte glänzten.

Am Ende des Parkplatzes führten die milchweiß leuchtenden Lampen den Hang wieder hinauf. Mitten auf dem Weg stand der Waldschrat und winkte ihm zu. Er holte einen Gegenstand aus seinem Rucksack. Thomas erkannte auf die Entfernung nicht, was es war. Doch dann hörte er einen tiefen vibrierenden Ton. Es war ein Horn.

So stellte sich Thomas den Ton eines Jagdhorns vor, und er hatte Lust, mit dem Jäger in den Wald aufzubrechen, um dem knackenden Geräusch eines Tieres zu folgen. Ein Eber, der plötzlich wuchtig aus dem Unterholz bräche.

Thomas schwenkte die Arme über dem Kopf. Hoooh, Hoooh!,

schrie er. Und noch einmal, so tief und so laut wie der Ton des Horns erklang, rief er: Hoooooh! Wie gut das tat, wie das den verdammten Schmerzklumpen ausdrückte. Hoooohooooh!

Er eilte mit langen Schritten über den Parkplatz und sprang die Stufen hinauf, als würden sie sofort aufbrechen zur nächtlichen Jagd. Bewegung tat gut, Brüllen tat gut. Als er bei dem Fremden ankam, nahm der sein Horn vom Mund. Grinste ihn an und klopfte ihm auf die Schulter. Mit einem Prankenhieb wie von einem Bären.

Überall Paare, dachte Paula, während Daniel sich neben Sophie hockte, ihre Hand nahm und sie sich ansahen. Wie blöd sie sich vorkam, hier zu stehen und diesem intimen Moment zuzusehen? Als wäre sie eine ertappte Voyeurin, blickte sie zur Seite in den Wald hinein. Da war nichts zu sehen als Schwärze. Doch es raschelte, vom Wind, von kleinen Tieren vielleicht, und ein Käuzchen schrie klagend mehrere Male.

Als Kind von ihrem Kinderzimmerfenster aus, hatte sie versucht, diesem Rufen zu antworten. Ich bin allein, hatte sie damals gedacht, während sie das langgezogene hohe Huu-uuh nachahmte: Komm zu mii-hr. Sie war noch immer allein. Alles was sie sich zu Johannes gedacht hatte, diese albernen Gedankenspiele – es hatte sich in Luft aufgelöst.

Wenn sie ihn gefragt hatte, was er denken würde in jenen seltenen Momenten ihres Zusammenseins, während er schwieg, hatte er gelacht und gesagt: Nichts. Und das war wohl ungefähr die Wahrheit gewesen. Sie hatte immer zu viel gewartet, gehofft. Sie erinnerte sich an einen Typen, in dem sie im Internat verliebt gewesen war und der ihr gesagt hatte, sein Großvater habe ihn vor Frauen mit herabgezogenen Mundwinkeln gewarnt. Lange hatte sie daraufhin im Bad vor dem Spiegel gestanden und ihr Gesicht beobachtet, eigentlich nur ihren Mund, der starr wirkte vor Anstrengung. Und dann fielen sie herab, ihre Mundwinkel – so war das. Scheu hatte sie sich kurz in die Augen geguckt. Wenn sie sich jetzt daran erinnerte, war da ein Ausdruck von Schmerz gewesen. Damals hatte sie den Schmerz nicht gesehen, nur den Makel der herabgezogenen Mundwinkel, die für irgendeinen Großvater ein Charakterfehler waren.

Ihre Hand griff prüfend in ihr unteres Gesicht, tastete nach den Winkeln ihres Munds, fühlte das weiche ungewohnte Fleisch. Sie dachte: Fettmaske. Musste lächeln, sah nicht nur ihr Gesicht in Fett modelliert, sondern viele, bleich wie Wachs. Paula Tanners Fettmasken.

Plötzlich hatte sie Lust, eine ganze Serie davon zu modellieren. Was für Fett Beuys wohl genommen hatte? Oder sollte sie Speck nehmen? Hauptsache, es roch ranzig, verging unaufhaltsam mit der Zeit.

Sie bekam Lust, Thomas davon zu erzählen. Der wüsste darauf vielleicht gleich eine Antwort. Sie könnten mit der Idee herumspielen, sie drehen, auf den Kopf stellen, schütteln, ausbauen. So wie sie das mit Max so oft gemacht hatte. Sie würde die Küchentischgespräche vermissen, wenn er mit Maria zusammenzog. Mit wem könnte sie jemals wieder solche Küchentischgespräche führen? Erneut musste sie mit dem Gefühl ankämpfen, alleine zurückzubleiben, während die anderen sich entfernten.

Huu-uhuuh!, rief klagend das Käuzchen, wollte, dass sie endlich mit ihm zu heulen begann.

Sie musste dieser bescheuerten romantischen Nachtstimmung entkommen, machte ein paar Schritte zur Tür, schaute auf ihre weiche Hand, sah eine Ader klopfen, sah die Einsamkeit ihrer Hand und drückte die Klinke herunter. Da waren Stimmengewirr, Licht,

Musik, die warme, von den Gerüchen nach Holzrauch und Essen geschwängerte Luft des Saals. Während sie hineinging, stieß Thomas, der ihr entgegenkam, fast mit ihr zusammen, er hatte seine Mutter im Schlepptau und wirkte gehetzt.

Sie erkennt mich nicht, flüsterte er. Eine tiefe Falte stand auf seiner Stirn, sie legte ihm die Hand an die Wange. Sein Übermut von vorhin war weg, und er lief, seine Mutter am Arm, geradezu panisch nach draußen.

Was war los mit ihm? Dass seine Mutter ihn so nicht erkennen konnte, war doch beinahe klar. Doch warum hatte er sie untergehakt. Hatte er ihr gesagt, dass er es war, ihr Sohn? Sie schaute ihm nach, und dabei wurde ihr bewusst, dass sie selbst von irgendjemandem angeschaut wurde.

Am Buffet stand Thomas' Frau und sah sie an. Blass, mit schweißig glänzender Stirn. Verlegen blickte sie zur Seite, trank in einem Zug ein Glas Wasser aus, verschluckte sich, hustete, goss sich erneut Wasser ein. Weil sie dabei immer weiter hustete, schüttete sie es sich über die Hand. Suchend blickte sie sich um.

Diese fahrige Frau hatte nichts mehr von der Souveränität, die sie am Vormittag ausgestrahlt hatte. Paula war geradezu neidisch darauf gewesen – so sein, so werden wie diese heitere elegante Frau.

Nun hatte sie beinah Mitleid. Irgendetwas musste sie erschüttert haben. Sie griff sich ein paar Servietten und gab sie ihr. Als Thomas Frau sah, wer ihr die Servietten reichte, trat schon wieder der Ausdruck des Schreckens in ihr Gesicht.

Wer sind Sie?

Elisabeth, sagte Paula, denn der Name war heute Abend ihr Schutz, war mehr als ein Name, war auch das Fleisch, dass sie umgab, die Haut, die mürbe war, das Lächeln, mit dem sie den Namen ihrer Mutter nannte. War das Lächeln mit runderen Wangen und Augenfältchen. Das alles umhüllte sie wie ein wunderbarer Mantel – sie legte der Frau die Hand auf den Rücken. Und du?, fragte sie.

Liliane, sagte Thomas' Frau und atmete hörbar auf. Komisch, nicht, Liliane und Elisabeth? Sie schüttelte den Kopf, als könne sie etwas noch immer nicht fassen. Ihr Blick war ein wenig verschwommen. Zu viel Wein, sagte Liliane verlegen und lachte. Ich sehe schon Gespenster. Dabei wollte ich mich zusammenreißen.

Paula griff eine Seltersflasche. Komm, sagte sie, wir gehen mal nach draußen.

Sie konnte gar nicht begreifen, wie rasch sie sich entscheiden konnte, während sie Liliane unterhakte. Die war klein und zart, der Arm knochig. Paula bugsierte sie vor die Tür. Sophie und Daniel waren verschwunden. Es war überhaupt niemand da. Das war gut. Die Frau neben ihr schwankte etwas, fröstelte in der Kälte und kuschelte sich plötzlich an sie wie ein ängstlicher Hund.

Das kann ja nicht sein, flüsterte sie. Du hast doch mit ihm geredet. Ich meine den, der an der Tür fast in dich hineingelaufen wäre. Wie war denn die Stimme? An der Stimme hätte man merken müssen, dass er ein anderer ist. Die Ähnlichkeit hat mich gerade umgeworfen.

Liliane lachte und Paula drückte die Kuschelnde ein bisschen an sich. Was für eine kleine Frau, beinahe wie ein Kind, dachte sie in ihrem neuen, mütterlichen Körper.

Entschuldigung. Ich rede dummes Zeug. Weil es so anstrengend ist, murmelte Liliane weiter, weil ich gar nicht mehr kann. Da trinke ich manchmal gleich zu Beginn zwei Gläser ganz schnell aus. Um in Fahrt zu kommen. Weißt du, ich muss alle immer wieder miteinander versöhnen. Sie sollen doch alle glücklich sein. Dabei ist Thomas so ein Stiesel, wirklich. Das wird immer schlimmer, je älter er wird.

Du weißt, der mit dem du geredet hast. Den hast du doch gestreichelt? Das war doch Thomas?

Das muss ich ihr ausreden, dachte Paula, dass nimmt sie zu sehr mit.

Wen meinst du, fragte sie, das war nur Willie.

Sie nahm das Beckett-Stück zur Hilfe. Sie warf nur so um sich mit gelogenen Namen und hatte nicht mal ein schlechtes Gewissen dabei.

Ja, sagte Liliane, der sieht aus wie Thomas früher. Mein Mann. Sie wurde klar im Sprechen, trank noch ein paar Züge Wasser aus der Flasche. Das Kuschelnde war weg, der devote Eindruck. Sie wurde wieder zu einer Frau mit Körperspannung.

Weißt du, als ich ihn kennenlernte, war er noch anders. Sagen wir mal: Wild entschlossen, aus seinem Leben etwas zu machen, wild entschlossen, mich zu erobern. Und nun ist er grimmig entschlossen, das alles zu behalten, so, wie er es erobert hat. Die Mauern hochziehen. Das ist es.

Sie schüttelte den Kopf.

Aber es bleibt nicht so, sagte Paula, denn sie spürte es in ihrem neuen Körper, in den schmerzenden Kniegelenken.

Es geht nicht, sagte Liliane. Es rinnt uns durch die Hände. Ich bin schon so viel schwächer als früher geworden, und es wird weniger und weniger. Wie bei Mutter. Doch die wehrt sich genauso wie Thomas. Da sind sie sich ähnlich.

Soll man es annehmen?, fragte Paula. Sie schaute die kleine Frau an. Wie traurig sie gerade aussah. War es das, was auch sie das Leben noch lehren würde?

Es fließt uns davon, sagte Liliane und spreizte ihre Finger. Die waren bleich und dünn wie die Wurzeln einer Pflanze, die man gerade aus dem Boden gezogen hat. Der Mond beschien sie. Wir sollten leichter werden, sagte sie, wie Korken obenauf schwimmen.

Paula legte den Kopf in den Nacken, starrte zum Nachthimmel hinauf. Guck mal da: Orion, mit dem Gürtel, mit den glänzenden Schulterstücken. Kennst du den? Sie wies mit dem Finger zum Himmel und zeigte ihr die Sterne.

Ja, ich sehe ihn.

Die Sternbilder hat mir mein Vater gezeigt, es waren so viele zu sehen um unser kleines Haus am Wald.

Wie feierlich das ist, flüsterte Liliane.

Dort oben leuchtete er, der mächtige Krieger in seiner dunklen, mit Gold besetzten Rüstung. Wild entschlossen. Aber auch er würde verlieren. Langsamer zwar als sie hier unten auf ihrer winzigen Erde. Doch auch Orion würde auseinanderdriften, seine Sterne würden auseinanderfliegen, verglühen, seine Materie expandieren. Ins Unendliche, dachte Paula. Aber das schien ihr nicht schlimm.

Mir ist kalt, sagte Liliane.

Ja, gehen wir rein. Paula nickte und drückte die Tür auf.

Drinnen spielten sie langsame Musik. Der kräftige Jovis tanzte mit seiner Frau, und sie lächelten beide versonnen.

Magst du tanzen?, fragte Liliane. Sie bewegte sich schon mit einem sanften Schwung in den Hüften. Die Bewegung floss aus ihr heraus, und Paula tanzte nun auch, ein wenig zögerlich noch. Aber es war ihr egal, ob sie dabei beobachtet wurde, ob sie es besonders gut oder schlecht machte. Sie musste nur ein wenig mit den knirschenden Knien klarkommen. Ihr war, als würde überall in ihr ein bisschen Rost rieseln, während sie die Hände drehte und in den Schultern eine Anspannung nachließ.

Sie lächelte, sie tanzte.

Eckart, sagte der Jäger. Nur, dass du meinen Namen kennst.

Darf ich mal, Eckart?, fragte Thomas und deutete auf das Horn, das tatsächlich aus dem Gehörn einer Kuh oder eines Bocks gemacht war.

Der Jäger gab ihm das Horn, und Thomas blies hinein. Nur ein Fauchen kam heraus. Eckart lachte.

Musst üben, Freund. So! Er nahm das Horn zurück, blies hinein, und der schöne tiefe Ton drang hinaus.

Und dann hauen die Tiere alle ab, meinte Thomas.

Nein, die kommen. Guck mal.

Der Jäger wies mit der Hand in die Dunkelheit jenseits des Kugellampenlichts. Thomas sah nichts.

Komm!

Eckart winkte und trat ein paar Schritte in die Dunkelheit hinein. War schon fast nicht mehr zu sehen. Rasch folgte ihm Thomas, schob Gestrüpp zur Seite, sah kaum die Schulter, den Kopf des Mannes vor sich. Zweige knackten. Halbblind folgte er diesem Geräusch, bis sich seine Augen an die Dunkelheit gewöhnten und er sie jetzt sah – phosphoreszierende Augen in der Nacht um ihn her. Dabei spürte er keine Angst, nur Neugier. Wer sie wohl waren, die Tiere unterschiedlicher Größe? Mächtig brach sich der Mann vor ihm seinen Weg durchs Gestrüpp. Glich mehr und mehr einem dunklen Tier, das sich sicher einem Ziel zubewegt.

Der Mond schien auf die Lichtung. Aus zwei Kohlemeilern stiegen dünne Fahnen Rauch, leuchteten im Mondlicht, drehten sich nach oben, als würden sie von dem fernen Mond dort angezogen. Höher, dünner, um in der Höhe zu verschwinden.

Thomas blickte dem Rauch nach, sah in den bestirnten Himmel. Ein endloser Raum, in dem die Sterne kreisten, ein Satellit zog vorüber. Der Mond war ein kalter Stein, der seinen Schein auf die Lichtung warf, auf der nun ein schwarzer zotteliger Hund stand, der ihn anstarrte. Seine Gestalt ähnelte einem Wolf, war aber größer, er hob den Kopf und heulte dem weißen Licht entgegen. Dann senkte er seinen Schädel, schaute zu Thomas und kläffte ihn an. Nicht unfreundlich, eher auffordernd: Heule mit mir!

Plötzlich sprang der Hund auf ihn zu, warf ihn um, bellte. Thomas wehrte sich. Der Hund biss leicht in seine Hand. Es tat nicht weh. Ja, er spielte mit ihm, sprang hoch, rannte wieder auf ihn zu. Thomas hatte sich aufgesetzt, breitete die Arme aus und ließ es zu, dass der Hund ihn jetzt zum zweiten Mal umrannte, über ihn hinsprang, anschlug. So rangen sie miteinander. Wenn der Hund heulte, rief Thomas: Hooooh!

Huuuhhh!, heulte der Hund, Hooooh!, rief Thomas.

Dann wurde er müde vom Kämpfen. Er blieb einfach auf dem Rücken liegen, sah hinauf in den Himmel, war kleiner als eine Ameise auf diesem durch den Kosmos jagenden Planeten.

Der Kopf einer Ziege tauchte über seinem Gesicht auf. Sie hatte nur ein Horn und stupste ihn an. Er sog ihren Geruch ein. Vorsichtig knabberte sie an seinem Haar.

Ach, nee, sagte er belustigt und schob sie weg. Dann setzte er sich auf.

Neben der Köhlerhütte standen ein paar Rehe, sie ästen im Mondschein, manchmal hoben sie den Kopf und äugten zu ihm hinüber. Ein Fuchs schnürte über die Lichtung, Mäuse raschelten im Gras. So ein federleichtes Ding tippelte über seine Hand, mit der er sich aufstütze. Das Zicklein kam auf staksigen Beinen auf ihn zu. Er streichelte seinen Kopf und seine Mutter rief ein warnendes Määhh! Denn nun kam eine Krähe angeflattert. Krachend knallte sie auf Thomas' Schulter. Der fiel auf den Rücken, so dass die Krähe auf seinen Brustkorb hopsten konnte, ihre schwarzen Äuglein schienen ihn belustigt anzublicken.

Kraah!, knarrte sie, sprang ein wenig höher, ruderte mit den Flügeln und flog davon.

Thomas setzte sich. Er war allein auf der Lichtung, bis auf den Flügelschlag der Krähe. Keine Meiler rauchten in die Nacht. Nur die Wipfel der Bäume bewegten sich, der Mond schien hell, und weit entfernt rief ein Käuzchen. Thomas klopfte sich ab. Er war voller Tierhaar, Gras und Moos. Ungefähr wusste er den Weg zum Ballhäuschen, trabte in den Wald hinein, fand seinen Weg durchs Unterholz und ging auf einen Lichtschimmer zu. Das musste es doch sein. Nach ein paar Minuten sah er die Milchglaskugeln. Wie Lichtperlen auf eine Schnur gereiht leuchteten sie in der Dunkelheit.

Nach oben führten sie zum Ballhäuschen, und von unten kam eine schmale Gestalt den Weg hinauf. Es war Daniel. Thomas wartete auf ihn.

Alles in Ordnung?, fragte er.

Daniel sah ihn nachdenklich an. Sophie ist schlafen gegangen, sagte er zögerlich.

Wird morgen auch noch ein langer Tag.

Dann griff er in seine Hosentasche, holte Tabak und Paper heraus. Geduldig drehte er sich eine Zigarette.

Willst du auch eine?

Gerne.

Daniel sah ihn wieder forschend an. Thomas befürchtete, er könne ihn auf einmal erkennen. Hey, du bist mein Alter, der sich hier in der Maske der Jugend an mich heranmacht. Er musste seine Ähnlichkeit erklären.

Unsere Väter sind Cousins, sagte er, aber meiner wollte ihm nicht begegnen. Die haben sich schon Jahre nicht gesehen.

Daniel nickte. Ja, sagte er, mein Vater kann keine Beziehungen halten. Macht alles meine Mutter.

Daniel hatte die zweite Zigarette fertig, gab sie Thomas und lachte: Soziale Kompetenz fünf.

Jetzt hatte Thomas seine Note bekommen. Er atmete tief durch. Das war es doch, was er herausfinden wollte – was sie von ihm hielten.

Meiner auch, sagte er.

Er dachte an Lilli, wie sie es schaffte, dass die Freunde immer wiederkamen, obwohl er selbst über die Jahre hinweg seinen alten Freunden skeptischer gegenüberstand. Sie entwickelten Marotten, sie wurden unbeweglicher. Ja, sie äußerten plötzlich politischen Müll. Mit dem Alter und dem Besitz und zugegeben, mit ihrem Fachwissen auf einem Gebiet, meinten sie, *alles* verstanden zu haben. Wie ich, dachte er plötzlich. Konnte er nicht auch jedem die Welt haarklein erklären? Weil er es so genau wusste. Die ewige Wiederkehr des Gleichen. Er war ein Zyniker geworden.

Ich hoffe, sagte Daniel, ich werde nicht wie mein Vater. Das wäre das letzte. Jahrelang hat dich einer wie eine Null behandelt, du hast es gehasst und dann machst du am Ende genau dasselbe.

Wie mein Vater werde ich niemals, sagte Thomas und dachte an den unbekannten Krankenwagenfahrer, den Vater seiner beiden Halbgeschwister, von denen er eines getroffen hatte: Sabine, die Steuerberaterin. Mit der er also tatsächlich verwandt war.

Nein, ich werde nicht so, sagte Daniel. Und weißt du warum? Weil er mir das Selbstbewusstsein aus dem Mark gesaugt hat. Kennst du den Brief von Kafka an seinen Vater? Wie der alle Gebiete schon besetzt hält? Und für Kafka bleibt nichts. So war mein Vater.

Daniel klopfte ein Türmchen Glut ab. Der hat sein Haus gebaut, hat es mit seinem Kunstgeschmack gestaltet. Oberästhetisch. Der hat auch handwerklich was drauf, sägt und baut, bis alles schick und minimalistisch aussieht. Ich habe nicht mal ein Fahrrad reparieren können. Junge, in deinem Alter habe ich schon das Fahrrad meiner Mutter repariert und den Fernseher wieder in Gang gekriegt. Scheiße, der konnte immer alles. Und er hat es mir aufs Brot geschmiert.

Daniel sog den Rauch ein, stieß ihn geradezu wütend aus. Natürlich war ich auch eine Lusche in Mathe. Hausaufgaben mit meinem Vater! Er lachte grimmig. Was für ein Gebrüll.

Thomas hätte sich jetzt am liebsten verteidigt. Dass es nicht leicht war, mit diesem verstockten Sohn Hausaufgaben zu machen. Das der einfach zumachte. Und er nicht begriff, wie der nichts kapierte, das Offensichtlichste nicht. Dass es tatsächlich Momente, Zehntelsekunden gegeben hatte, wo er die Lösung am liebsten mit einer Kopfnuss in das Gehirn seines Sohnes gehämmert hätte. Momente, in denen er sich nur darauf konzentrierte, sein Kind nicht zu schlagen. Er erinnerte sich an seine Wut, an seine Fassungslosigkeit. Ich habe zwanzig Gummibärchen, und ich nehme acht weg. Na, wie viele sind das? Wie viele?

Ich sag' dir jetzt was, sagte Daniel, haben Sophie und ich noch nicht erzählt, weil es keinen was angeht: Es wird ein Mädchen. Weißt du, wie froh ich bin? Vielleicht können Väter generell besser mit Töchtern. Zumindest war das bei meinem so. Zu meiner Schwester war der anders. Geduldiger. Sogar bei Mathe. Vielleicht denkt der ja auch, Frauen sind generell dümmer. So ein Arsch ist das nämlich. Die natürliche Überlegenheit des Mannes, oder wenigstens seine. Weiß nicht, warum meine Mutter das mit ihm aushält.

Weil er sie liebt, sagte Thomas. Denn er liebte Lilli, er konnte nicht ohne sie sein, dass wurde ihm Jahr für Jahr bewusster.

Vielleicht liebt er sie, gab Daniel zu, während sie am Ballhaus angelangt waren.

Die Tür klappte auf, ein paar junge Leute traten hinaus. Ciao, sagten sie.

Gutes Nächtle, sagte Daniel und grinste. Wahrscheinlich liebt er auch meine Schwester, fuhr er zu Thomas gewandt fort. Aber dann ist Schluss. Da passt nicht viel hinein in sein knauseriges Herz. Ich jedenfalls nicht.

Doch, sagte Thomas erschrocken.

Lass mal gut sein. Daniel grinste schief. Du kennst ihn nicht. Ist wahrscheinlich nur ein armes Schwein, hat nicht viel abgekriegt in seiner Kindheit. Liebe, meine ich.

Thomas trat einen Schritt zurück, weg vom Licht der Lampe über der Tür. Hatte er das hören wollen? War es das gewesen, was er herausfinden wollte? Aber deine Mutter, sagte er aus dem Dunkel heraus.

Ja, sagte Daniel, die hat es wettgemacht. Und Sophie macht es wett. Ich habe nur Angst, dass ich es nicht gut genug mache. Vielleicht hat mein Alter Recht. Brotloser Künstler, Träumer, Loser. Und dann heirate ich, bekomme ein Kind.

Daniel setzte sich auf die Bank, drehte sich die nächste Zigarette.

Thomas nahm neben ihm Platz, sah ihm zu, wie die Finger flink das Papier mit dem Tabak drehten, die fertige Zigarette auf dem Knie festklopften. Das Feuerzeug schnappte auf. Die Flamme beleuchtete Daniels Gesicht. Diese Traurigkeit hatte Thomas noch nie an ihm gesehen. Nur Abwehr, Spott, Trotz. Die Traurigkeit im Gesicht seines Sohnes überrumpelte ihn. Griff an sein Herz. Er hätte ihn in den Arm nehmen wollen. Er hätte ihn schon vor Jahren in den Arm nehmen sollen, nie aufhören damit. Es war ihm, als habe er seinen Sohn, während der immer weiter neben ihm heranwuchs, nie kennengelernt.

Letzen Endes war er ein Scheißvater, wie auch sein unbekannter Vater ein Scheißvater für ihn gewesen war. Einer, der keinen Bock auf ihn hatte. Hey, ich hab da 'nen Sohn, aber ich interessiere mich nicht für ihn.

Du wirst nicht so, sagte er in das traurige Gesicht seines Sohnes. Du hast schon eine ganze Menge darüber nachgedacht. Du bist einfach auf der Hut.

Vielleicht, sagte Daniel.

Thomas dachte an den Sommer, als sie mit dem kleinen Kerl in Mecklenburg zelten waren mit Westwegwerfwindeln und Milchpulver.

Ganz früh am Morgen bist du dran, sagte er zu Daniel. Damit Sophie noch mal ein bisschen schlafen kann. Dann gehst du mit ihm los, um den See rum oder am Fluss lang, und erklärst ihm die Welt. Den Zwerg auf dem Rücken. Der dir den Nacken besabbert. Kleine ruhelose Händchen – und bumm, fällt der Kopf auf die Schulter, wenn er wieder müde wird. Du trägst ihn einfach. Und merkst, wie er, wenn er schläft, ein bisschen schwerer wird. Und du schleppst ihn, ganz froh, dass er mal Ruhe gibt, bis er wieder aufwacht und *da* ist, Energiebündel, Schreihals, Lachsack.

Daniel warf den Zigarettenstummel auf den Boden und trat die Glut aus.

Du, ich geh' jetzt mal schlafen. Habe keine Lust mehr darauf.

Er wies hinter sich zum Ballhaus. Dann stand er auf, steckte die Hände in die Hosentaschen. Grinste ein bisschen, klopfte Thomas auf die Schulter.

Lass mal gut sein. Es wird ein Mädchen. Das klang ironisch. Er sah aufmerksam zu ihm hinunter.

Thomas lehnte sich tiefer in den Schatten des Hauses, war froh, als Daniel losging, die Hände in den Taschen auf dem Weg mit den Milchglaslampen. Ihm fiel ein Buchtitel ein, das Buch stand bei Lilli, er hatte es nie gelesen: *Heute wäre ich mir lieber nicht begegnet* – so fühlte er sich. Es ist nicht toll, sich zu begegnen, sich, dem Arsch, im besten Fall – dem armen Schwein.

Unruhig stand er auf, machte ein paar Schritte in die Dunkelheit. Weg von mir, dachte er. Aus der Wiese stieg Feuchtigkeit. In der steckte er bis zu den Hüften. Über ihm musste eine Wolkenfront aufgezogen sein. Nur ein einziger Stern war noch zu sehen. Venus vielleicht. Wenn sie es war, war es tröstlich. Ihm war, als hätte er ohne den Stern da oben nun vollends die Richtung verloren.

Denn der bewölkte Himmel über ihm war chaotisch. Wirr der Wald. Chaos wehte in den kakophonischen Klängen aus dem Ballhäuschen heran. Nur Venus über ihm glomm, ein winziges, unerschrockenes Licht.

Thomas hätte heulen mögen. Doch er wusste nicht, wie das ging. Wann, verflucht, hatte er zum letzten Mal geweint? Mit neun oder zehn? Auf jeden Fall, als sein Opa starb. Damals, er war in der ersten Klasse, hatte er geheult wie ein Schlosshund. Und dabei hatte er auf dem Schoß seiner Oma gesessen. Hatte ihn Mutter je getröstet, wenn er geweint hatte? Stets hatte sie seine Platzwunden, Risse, Schrammen, ausgekugelten Arme fachlich korrekt behandelt. Antiseptikum, Pflaster, Verband, Bandage. Thomas stöhnte. Das tat irgendwie gut. Stöhnen war vielleicht die Vorstufe zum Weinen. So stand er in der Nacht auf der Wiese und ächzte.

Eine Hand legte sich auf seine Schulter. Es war Paulas. Sie hatte ihn gefunden, damit er jetzt nicht allein war. Sie schaute ihn besorgt an. Da legte er den Kopf an ihre Schulter und begann zu flennen. Weinte wie einer, der noch jung ist, noch weich, der es noch nicht verlernt hat zu schluchzen, sich rütteln zu lassen, sich seinem Körper auszuliefern, der Chaos und Schuld und Scham, Trauer und Wut annehmen und in salziges Wasser verwandeln konnte. So jammerte es aus ihm an Paulas Schulter.

Ist ja gut, flüsterte sie leise, wie eine Mutter ihr Kind tröstet. Und dann weinte sie mit ihm.

Sie hielt ihn umarmt. Das tat ihm gut. Denn das Heulen hatte ihn geholt, wie ein Jäger die Beute aufnimmt, die er lange verfolgt hat und im Forttragen schüttelt. Es war schrecklich. Es war so in Ordnung.

Sie hat mich nicht geliebt, stöhnte er.

Leise und klar, als hätte sie etwas zu Ende gedacht, sagte sie: Nein, nicht die Liebe ist ein Dämon. Die Nichtliebe ist es.

Und ich habe Dani auch nicht geliebt, nicht genug, sagte er: Irgendwie ja, aber zu wenig. Ich habe ihn nicht *gesehen*. Das ist es.

Er hob den Kopf: Guck mal, Venus steht am Himmel.

Paula schaute nach oben. Sie sahen beide den glühenden Planeten, dessen Licht es geschafft hatte, durch die Wolkendecke zu dringen, und hielten sich gegenseitig fest, weil ihnen schwindlig wurde.

Guck mal, der Mond, flüsterte sie, denn überm Wald trat er hervor aus einem Haufen Wolken, ein bleicher Riese in dem bereits heller werdenden Himmel. Rund, mit den Schatten seiner erloschenen Vulkane und gleichzeitig zart und zweidimensional, als hätte ihn jemand aus Seidenpapier ausgeschnitten. Die Kugellampen zu ihren Füßen gaben stärkeres Licht.

Thomas hielt sie jetzt an der Hüfte, ihm war, er wurde steifer, schwerer. Ich glaube, mein struppiges Fell wächst mir wieder.

Paula lachte leise. Werwolf?, fragte sie.

So ähnlich, sagte er.

Während sie ihn ansah, merkte er, wie seine Gesichtszüge müde wurden. Er ahnte, seine Tränensäcke. Auf Kinn und Wangen brachen ihm harte Bartstoppeln aus den Poren, und er wusste, dass sie grau waren.

Wir gehen lieber, sagte er.

Paula nickte. Sie sah traurig aus, und nun, da ihr Gesicht schmaler wurde, waren die Augen groß und dunkel.

Du Schöne, sagte Thomas leise, du Traurige. Er gab ihr einen Kuss auf den Mund, ganz sanft, als wäre sie seine Tochter. Oder doch nicht ganz so.

Sie streichelte seine stopplige Wange. Ich geh' jetzt, sagte sie und noch einmal wiederholte sie: Jetzt!

Lächelte wieder. Wandte sich ab.

Paula spürte die Bartstoppeln, sah, wie der graue Schnauzbart wuchs. Die Augen von Thomas, der sie forschend ansah, wurden kleiner, die Haut faltete sich, das Haar wurde blass.

Das Altern war ein Schmerz, es war ein fortwährendes Abschiednehmen. Sie hielt den Anblick nicht aus.

Jetzt!, sagte sie, als stände sie auf einem Sprungbrett und stieße sich ab. Jetzt drehte sie sich um, stieß sich ab, federte eine Zehntelsekunde in der Luft und kam mit dem Fuß auf, dem rechten, dann dem linken. Sie lief schneller. Mit jedem Schritt fiel das Fett von ihr ab. Sie war so leicht geworden, bis auf den pochenden, schweren Klumpen in ihrer Brust.

Sie dachte an Vater. Ob er wohl auch manchmal weinte, weil er zu wenig geliebt hatte und zu wenig geliebt worden war? Er war so gealtert die letzten zehn Jahre, sie hatte es gesehen, und es war ihr gleichgültig gewesen. Damals, als er ihr über die Mutter gesagt hatte: ich habe sie nicht geliebt, war er noch keine vierzig Jahre alt.

Seine Haare waren schwarz, er war braungebrannt und hatte die geschmeidigen Bewegungen eines Luchses.

Damals hatte er auf ihre bange Frage nur gesagt: Ich habe sie nicht geliebt. Ich wollte sie nicht haben. Warum hatte er so brutal geantwortet? Als hätte er sagen wollen: Ich habe dich nicht geliebt. Ich wollte dich nicht haben. So fühlte es sich an. So ging die Liebe damals unter in der Nacht im Holzschuppen. Und sie hatte ihm nie wieder geglaubt, nicht in der Klinik, nicht mehr zu Hause, wenn er sagte, aber dich, dich liebe ich immer.

Nein, nicht die Liebe war ein Dämon. Die Nichtliebe war es. Die Nichtliebe setzte sich auf die Brust, nachts, wenn man nicht schlafen konnte und saugte einen leer. Kein Blut mehr, keine Luft, nur der Schmerz, der Schmerzschmerz, der statt des Herzens wie ein giftiges Gebräu im Brustkorb kochte. Daran musste auch ihre Mutter gelitten haben.

So sehr die Großeltern sich über sie freuten, wenn sie sie besuchte, bekam sie von der Oma seltsam herzlose Sätze über ihre Mutter als Kind und junges Mädchen zu hören. Paula solle sich nicht die Schlampigkeit ihrer Mutter angewöhnen. Die habe ja nie Ordnung halten können. Immer nur geträumt habe das Mädchen. Kein Wunder, dass sie ihr Leben nicht in den Griff bekommen habe, pflichtete der Opa ihr bei.

Als Paula ein Kind war, stellte sie sich vor, wie ihr Opa ein Kaninchen, das durch die Beete des Kleingartens hoppelte, am Nackenfell griff und über den Zaun warf. Er hatte es im Griff, das Leben in diesem umzäunten Areal, in dem die Großeltern sich anstrengten, ihre Ordnung gegen das überall wuchernde Unkraut aufrechtzuerhalten.

In Thüringen beim Vater gab es kein Unkraut, sondern nur Pflanzen, die alle einen Namen hatten: Hauhechel, Johanniskraut,

Brennnessel, Mädesüß. Gegen jedes Leiden war ein Kraut gewachsen, nur gegen die Nichtliebe nicht. Denn die Nichtliebe war etwas, das von vornherein fehlte und nicht etwas, was man zusätzlich bekam wie Schnupfen oder Bauchschmerzen. Die Nichtliebe war einfach eine Abwesenheit, und damit war sie banal. Die Nichtliebe war sie schon so lange gewöhnt.

An die Nichtliebe glaubte sie, niemals an die Liebe, und die anderen spürten es. Johannes, der genau wie sie an die Nichtliebe glaubte, hatte es bestimmt gemerkt. Immer wusste sie, wer wie sie an die Nichtliebe glaubte. Das hockte wie eine kleine Leerheit in den Augen des anderen. Ja, sie hatte sie gesehen – die kleine Leerheit in Johannes Augen. Wie sollten sie da einander retten können, denn während sie ihn liebte, glaubte sie nur an seine Nichtliebe, sie traute ihm gar nicht zu, sie lieben zu können. Von Beginn an, hatte sie ihn in Verdacht, nicht einen Augenblick hatte sie Vertrauen zu ihm entwickelt. Jetzt hätte sie schreien mögen, weil es sich so ausweglos anfühlte, so als ginge sie gerade unter, mit einer Zwangsjacke um den Oberkörper, und hätte statt des Schreis den Mund voller Wasser. Hilfe, dachte sie, Hilfe und stolperte.

Hoppla, sagte der Jäger und fing sie auf.

Nicht so rasch abwärts, sagte Frau Holda, die neben ihm stand. Paula wurde so froh, als sie die beiden sah. Der Zweig in Frau Holdas Hand trug tiefdunkelblaue Beeren. Eine der Beeren zerrieb sie zwischen Daumen und Zeigefinger, und dann fuhr sie mit ihrem dunkelrot gefärbten Finger sanft über Paulas Lippen. Sie schmeckte die Herbheit, während die schöne Frau ihren Mund schminkte, sanft und mit einem Lächeln. In Paulas Brust hörte das Gebräu auf zu brodeln, es änderte seinen Geschmack, wurde herb-süß, samtigbeerig.

So hatte sie sich als Kind geschminkt, mit den Beeren des Holunders, der um das Haus wuchs. Vater hatte ihr gezeigt, wie man Blumenkränze flicht und ihr einen Kranz aus violetten und gelben Blümchen auf den Kopf gesetzt – damals war sie eine Prinzessin gewesen, die auf einer an den Apfelbaum gehängten Schaukel hin- und herschwang und sang: *Wir sitzen unterm Hollerbusch und machen alle husch, husch, husch.*

Husch-sch, flüsterte Frau Holda, drückte ihr einen Kuss auf die Stirn und zeigte auf den Weg, der zum Hotel führte. Geh ein bisschen langsamer, sagte sie, sei behutsam.

Sie nahm den Arm des Jägers und stieg die Stufen hinauf. Paula sah ihnen nach, sah, wie sie die Treppe verließen und über die Wiese wanderten.

Da oben am Himmel verblasste Venus neben dem bleichen Mond. Da oben würde ein neuer Tag heraufdämmern. Wie jeden Morgen.

Langsam ging sie zum Hotel hinunter, Stufe für Stufe.

Du wirst es besser machen, dachte Thomas, während er Paula abwärtslaufen sah. Besser als ich. Du hast die Chance, die ich vermasselt habe. Habe ich denn jemals an sie gedacht, also wirklich an sie, als sie klein waren? Nicht funktional, wie sie ernährt, gekleidet, erzogen werden mussten, sondern ganz einfach nur an ihr Wesen, daran, was ihnen wirklich guttut? Er sah seine Kinder, als sie klein und rund waren, sah ihre mageren Kinderkörper und ihr Aufschießen in die Pubertät. Er hatte sie nur von außen gesehen. Das was er fühlte, war Scham. Als er das verstanden hatte, schämte er sich noch tiefer und begann zu frieren unter dem Mond, dieser beschissenen steinernen Laterne, die ihn bis in den letzten Winkel ausleuchtete.

Ein selbstgefälliger alter Sack, der sich für etwas rühmte, was er nie geschafft hatte. Ich habe mein Leben nicht geschafft, dachte er verzweifelt. Und dann dachte er es noch einmal und noch einmal. *Ich habe mein Leben nicht geschafft* begann wie eine Glocke in seinem Schädel hin und her zu schwingen.

All die Jahre, in denen er nach Dienstschluss an seiner Dissertation gehockt hatte, um noch einmal voranzukommen im Amt, um sich von den promovierten Kunsthistorikern nichts mehr sagen zu lassen. Denn ja, er hatte es satt, er wollte niemandes Arsch sein, er wollte es ihnen zeigen – und er hatte Lilli etwas von Arbeitsstelle-Erhalten erzählt, wenn er wie so oft die Fahrradtour nicht mitmachte, weil er auf seinem Schreibstuhl klebte und nach einer Formulierung suchte, wieder Schwung in das Manuskript zu bringen hoffte.

Anstatt mit Dani Fußball zu spielen, auf der Saale zu paddeln, damals, als er Schiffe malte, Schiffe mit schwarzem oder blauem Filzstift zeichnete, gewaltige komplizierte Piratenschiffe mit Kanonen und Aufbauten und Qualm aus den Kanonenrohren, ins Wasser fallenden winzigen Piraten und Köpfen und Beinen in der Luft explodierender Seeräuber; ein kleiner Junge mit rotem Tuch und auf die Stirn geschobener Augenklappe, der keine Lust auf Schule hatte, weil Piraten nicht in die Schule gehen – sie sind frei. Irgendwo haben sie eine Insel, wo sie ihre Schätze verstecken. Er hatte das alles nur peripher mitbekommen. Es war Lilli, die den Piratengeburtstag organisierte, die Schatzkarte zeichnete. Es war Lilli, die mit dem kleinen Jungen die riesige Landkarte der Schatzinsel malte, die ein paar Jahre lang über seinem Bett hängen würde. Liebevoll mit Filzstift gemalte Schiffe in den Buchten der Insel, der eine Fontäne ausstoßende Wal von Lilli.

Er hatte sich zurückgezogen in sein Arbeitszimmer, um an der heiligen Dissertation zu schreiben, eine siebenjährige Arbeit, für die er ein Kürzel vor seinem Namen erhielt, das ihm bewies, dass er kein Arsch mehr war, dass er aus seinen kleinbürgerlichen Wurzeln herausgewachsen war – und während er das dachte, lachte er grimmig, weil er sich mit einem Mal einen bleichen graubehaarten Rettich vorstellte, Dr. Rettich – das war er also, nachdem er das Manuskript abgegeben hatte, Jahre, in denen Daniel und Judith sieben Jahre älter geworden waren – und Daniel eben dreizehn war.

Bevor er es richtig gemerkt hatte, war der Pirat weg und ein pubertierender Rüpel da, einer, der ihn *auslachte*. Erst einmal nur mit den Augen, dann aber ganz offensichtlich. Und er empfand Wut darüber, war gekränkt, fragte sich nicht, wie es dazu gekommen war, reagierte einfach wie ein Alpha-Rüde, biss und bellte.

Und wie ein altgewordenes Hundevieh hätte er jetzt am liebsten den Mond angeheult. Das würde mir guttun, dachte er. *Sie* hätte mich in einen Hund verwandeln sollen. Das passt doch zu mir, ein großes räudiges Tier mit durchhängendem Rücken.

Doch kaum hatte er sich das vorgestellt, stieg der Gedanke in ihm auf, *sie* könnte es jetzt tatsächlich tun, weil sie ja wusste, was in seinem Kopf vorging. Sie träte neben ihn, der sich immer weiter vorbeugen würde, seine Hände tasteten auf den Pflastersteinen, sein Schnauzbart wüchse länger und länger, während seine Mundwinkel tief herabfielen, riesige herabhängende Lefzen, aus denen der Sabber tropfte. Platsch – klatschte es vor seine Füße. Nein, dachte er. Ich will das nicht – und er spürte, wie sein Schnauzbart wuchs, die Hände sich zu Pfoten verkürzten – graues Fell.

Da kamen sie Arm in Arm zu ihm heraufgeschlendert. Frau Holda schaute ihn an. Er wollte sich recken, aufrichten. Bitte kein Hund, dachte er und verstand mit einem Mal, das ihr Blick mitfühlend war und einverstanden mit dem, was nun mit ihm geschah, so dass seine Angst nachließ. Und er wusste, dass er wieder Thomas war, ein Mann Mitte fünfzig, der sich in seinem Körper auskannte. Mit der Hand fuhr er über seine rissige Stirn – da war sie wie eine vertraute Landschaft.

Holla, sagte die bärbeißige Stimme des Jägers. Meine Verehrte, wir können gehen.

Sind alle zufrieden, Eckart?

Nun ja. Zumindest ist die Nacht vorüber. Lassen wir sie ihre Hochzeit feiern. Der Polterabend ist vorbei.

Ja, genug gepoltert. Das Menschenfest, was geht's uns an? Die Nacht war lang genug.

Sie hielt einen Zweig in der Hand an dem eine dunkle Traube mit kleinen Früchten baumelte: Holunder.

Ihm wurde beklommen, so als müsse sie gleich etwas verteilen – Gold oder Pech. Doch sie kam auf ihn zu, lächelte, vielleicht amüsiert, es kam ihm zumindest so vor, und es war nicht einmal mehr schlimm, es war schließlich anstrengend, ein grimmiger Mann zu sein, der alles wusste und sich von niemandem etwas vormachen ließ.

Sie legte ihm die Hand an die stopplige Wange. Ziemlich kratzig, sagte er, und sie nickte, drehte sie sich um. Eckart nahm ihren Arm und zwinkerte ihm noch einmal zu. Im Osten über der Hügelkette entdeckte Thomas den ausgegossenen Hauch kalten blaugrauen Lichts. Da gingen sie bereits, Arm in Arm und mit sicherem Schritt in den Wald.

Paula hörte Johannes' Schritte auf den Dielen des Dachbodens. Sehr langsam und leise versuchte er die Tür zu öffnen. Doch die quietschte und gab ihr die Berechtigung, sich im Bett ein wenig zu bewegen.

Mir ist kalt, sagte er, zog sich Schuhe und Hose aus und legte sich neben sie. Paula rückte zur Seite und schob einen Teil ihrer Bettdecke zu ihm. Er war tatsächlich kalt. Seine Füße lagen wie Eisbrocken neben ihren unter der Decke und wollten nicht schmelzen. Er schob seinen Arm unter seinen Kopf und lag still. Dennoch gab es keine Nähe zwischen ihnen. Sie schliefen nicht ein, und sie bewegten sich nicht weiter.

Vielleicht war seine Erstarrung von den Füßen hinaufgekrochen. Sein Marathonherz schlug ein bisschen zu schnell. Sie bemerkte das, ohne sich zu rühren. Es gab nichts mehr über dieses Herz zu sagen. Er hatte es Judith vorgeführt. Das war sein gut eingeübter kleiner Trick, wie die Nummer eines Clowns, über dessen Späße man weinen möchte. Aber wahrscheinlich war er gar nicht so raffiniert, er wendete nur die einzige Eroberungsmethode an, über die er verfügte, und lag nun überfordert neben ihr, denn er wusste nicht, wie man von einer Frau Abschied nimmt. Sie hörte seinem klopfenden Herzen zu, das irgendwie lauter wurde, oder sie hörte es deutlicher durch das Kissen und die Matratze hindurch, dieses fremde, ferne Pochen.

Morgen, sagte er vage, und dann schwieg er und schlief ein.

Paula lag ruhig unter der Decke. Morgen, dachte sie, wird es anders. Sie wusste noch nicht, was kommen würde. Sie wusste nicht, ob dass, was sie heute erlebt hatte, überhaupt wahr war. Vielleicht trat die Wahrheit in vielen Varianten auf. Sie war nicht eineindeutig, so wenig wie die Zukunft. Sowenig wie die Liebe. Ihr schien, als hinge ihr winzig gewordener Körper in einem ungeheuer fein und kompliziert geknüpften Spinnennetz. Wenn sie irgendeinen Faden zog, riss es einen anderen am Herzen. Oder umgekehrt, jemand zog, und sie fühlte einen Zugschmerz. Besser war es, jetzt ganz still zu liegen. Schmerzfrei. Ruhig zu atmen, im kalten Licht der frühen Tags. Der bald Fahrt aufnehmen würde. Das Netz, in dem sie hing, sah sie immer deutlicher vor sich, von Tautropfen benetzt in der Dämmerung aufgespannt, und alle schlafenden Menschen wie Beute darin eingewickelt.

Dann hörte sie ein leises Pfeifen, ein Räuspern und kurze Zeit später ein immer intensiveres Schnarchen, einen auf- und abschwellenden Ton, das Geräusch eines Fremden, irgendeines Mannes in der Gleichgültigkeit des Schlafs – das Schnarchen aller Männer in allen Betten der Welt, die sich von ihren Frauen abwenden, um in den Tiefschlaf zu sinken.

Da waren sie wieder, die Jahre – in seinen Knochen spürte er sie. Ein Reißen in der Schulter, das er sich wahrscheinlich beim Tische Auseinanderstapeln geholt hatte. Wie beim Umgraben, wenn er für Lilli im hinteren Teil des Gartens die kleinen Gemüsebeete vorbereitete.

Die Kopfschmerzen kehrten zurück, nicht stark, aber stetig, als er ins Hotel trat. Vom Dorf her krähte ein Hahn, während Thomas mit steifen Hüften die Treppe hinaufstieg. Im Zimmer machte er kein Licht, kleidete sich einfach aus und legte sich hin. Starrte zur Decke. Er vermisste Lilli an seiner Seite. Sie musste doch endlich kommen. Wie sollten sie beide denn sonst den morgigen Tag überstehen? Schließlich waren sie keine zwanzig mehr. Thomas legte seinen Arm hinüber auf ihre Seite und wartete. Da hörte er die Tür ganz leise klappen. Sie war da – und im selben Moment schlief er ein.

Geht nun schlafen, ihr Menschen. Sinkt in eure Träume, seufzt und atmet und schnarcht ein wenig. Dann lasst euch von einer Fliege we-

cken, einen göttlichen Brummer, den ich euch in das Zimmer schicke, damit er das Salz eurer Tränen leckt und mir bringt – und keiner meiner Vögel soll ihn fressen, bis er bei mir im Hörselbergloch ist. Denn aus Traum, Lachen und Tränen backe ich mein Brot für euch, mein Hochzeitsbrot, das meine Vögel euch morgen bringen werden. Schlaft, ihr Menschen, träumt – und erwacht.

WOLKEN

Nun, bis Tages Wiederkehr,
Elfen, schwärmt im Haus umher!
Kommt zum besten Brautbett hin,
Dass es Heil durch uns gewinn'!
Das Geschlecht, entsprossen dort,
Sei gesegnet immerfort …

Shakespeare, Ein Sommernachtstraum

Paula wurde mit einem Ruck hellwach. Ein dicker Brummer surrte um ihren Kopf, wollte sich auf ihre Stirn setzten, sie wedelte ihn weg. Es war bereits hell. Einheitlich hellgrau, aber doch ein bisschen heller als gestern. Das Grau leuchtete, und das Dachfenster war besprenkelt von glitzernden Spritzern. Sie drehte den Kopf und sah auf ihr Handy. Wenn sie wollte, könnte sie noch eine Stunde liegenbleiben. Aber die Wachheit war zu stark und das Gefühl der Fremdheit in diesem Zimmer.

Sie sah auf den Rücken von Johannes, der neben ihr schlief, auf der Seite liegend und das Kopfkissen über seine Augen gezogen. Er schnarchte nicht mehr. Das Beistellbett neben der Tür war leer, und dennoch gab es keine Nähe zwischen ihnen. Nur auf Grund von Angetrunkenheit und schlechtem Gewissen musste er sich neben sie gelegt haben.

Der fremde Rücken und das fremde Zimmer machten sie wehrlos vor Einsamkeit. Ob sie von nun an für immer einsam sein müsste? Dennoch gab es die Sehnsucht nach Johannes nicht mehr, nur so etwas wie Ernüchterung lag wie eine pelzige Schicht auf ihrer Zunge.

Während sie sich jeden Tag mehr in die unsinnige Hoffnung einer Liebeswiederholung hineingesteigert hatte, musste es bei ihm die Hineinsteigerung in die größte Angst davor gewesen sein. Aber warum, dachte sie, hat er nur dieses gemeinsame Zimmer besorgt? Vielleicht hatte er nur den Kuppelversuchen seines Freundes Max nachgegeben, denn Johannes war weich, er tat viel zu oft Dinge, die andere für ihn beschlossen hatten. Oder er hatte am Anfang auch Hoffnung gehabt, die sich als ein Irrtum herausstellte, weil ein gemeinsames Zimmer etwas Offizielles und Anerkanntes bedeutete.

Sie hätten Einzelzimmer haben müssen, oder besser noch hätte man sie in Abstellräumen und Besenkammern unterbringen sollen; dies schienen die Orte zu sein, in denen sie sich nahekamen. Im Hässlichen und Verbotenen erlaubte er sich ein Gefühl für sie. Aber sie wollte nicht im Hässlichen und Verbotenen mit ihm zusammen sein – und nun auch nicht mehr im Erlaubten. Oder es war noch banaler. Benching – er hatte sie warmgehalten, hatte sie in einsamen Stunden herausgeholt wie eine Katze die tote Maus und mit ihr gespielt. Sie dachte an seine Unterwäsche im Schrank, und sie ekelte sich davor. Ganz langsam hob sie den Kopf, dann setzte sie sich. Leise zog sie die Decke von ihren Beinen und stand auf.

Johannes lag weiterhin wie leblos. Sein Körper dünstete Zigarettenrauch und Alkohol aus. Sie griff ihre Reisetasche und den kleinen Rucksack und verließ das Zimmer.

Im Flur war es still. Auch Maria und Max schienen noch zu schlafen. Im Badezimmer schloss sie so leise wie möglich die Tür hinter sich.

Als das heiße Duschwasser auf sie niederprasselte, war es endlich gut. Alles wurde abgewaschen und weggeschwemmt, Schmerz und Fett und die Frau von fünfzig Jahren, die sie gestern gewesen war, falls sie nicht geträumt hatte. Denn sie war auf eine kristalline Weise wach. Sie musste früh schlafen gegangen sein, ihren langen Traum erinnerte sie in jedem Detail bis zu dem Kuss zum Abschied von Thomas, mit dem sie so viel gelacht hatte und am Ende geweint. Der junge Thomas hatte nichts mit dem finsteren schnauzbärtigen Mann zu tun, vor dem sie sich gefürchtet hatte, vor seinem beißenden Spott und seiner Bitterkeit.

Unterm warmen Wasser, eingehüllt von Dampf, im Rosenduft ihres Duschbads verabschiedete sie sich von Johannes und von Max und von dem jungen Thomas, der ihr im Traum so nah gewesen war – blieb für sich zurück, eine nackte Frau, der das Wasser über die Haut strömte. Dann drehte sie den Hahn zu, schob die Tür auf und trat ins Badezimmer. So leicht konnte sie sich wieder bewegen, dass sie ihre Freude daran hatte.

Im Bad war es kalt. Sie rubbelte ihre Haare trocken und öffnete das Fenster. Vögel piepsten. Ziep, ziep, nicht besonders melodisch. Die Frühlings- und Sommergesänge waren vorbei. Sie wollten wohl nur zeigen, dass sie am Leben waren und gedachten, den Winter irgendwie herumzubringen.

Paula zog ihre Jeans an, das Sweetshirt über. Unten in der Reisetasche entdeckte sie *Armer Hans*. Am liebsten würde sie ihn unter irgendwelchen Sachen begraben, doch sie nahm das Holzkreuz, hob *Armer Hans* aus der Tasche. Nein, sie wusste nicht, was sie mit ihm machen sollte. Wegwerfen ging nicht.

Eine Marionette schien immer ein wenig lebendig, selbst wenn sie still mit verrenkten Gliedern herum lag. Man musste bloß an einem Faden ziehen, schon wippte sie mit dem Fuß, hob eine Hand. Paula hob ebenfalls ihre Hand, die den Faden hielt: Ich bin ein Trottel, murmelte sie mit verstellter Stimme und zog an einem weiteren

Faden. *Armer Hans* hob sein linkes Knie, dann sein rechtes. Seine Holzfüße klapperten über die Fliesen. Er bückte sich, begutachtete den Rand der Dusche, tock, tock, klapperten die Füße, er tastete zu einem bis zum Boden hängenden Handtuch, breitete dann die Arme weit aus und murmelte mit tiefer Stimme: Rede an mein vertrotteltes Volk.

Vom Fenster her hörte Paula ein Krächzen. Sie drehte sich um: Da saß Krähe, hatte den scharfen Schnabel geöffnet, sah sie mit einem braunen und einem grünen Auge an und schien zu lachen.

Weg da! rief Paula. Sie ließ *Armer Hans* fallen, sprang zum Fenster und knallte es zu.

Krächzend flog Krähe davon und ließ sich auf einen Schornstein in Paulas Blickfeld nieder.

Die lehnte sich an die Wand neben dem Fenster und versteckte sich vor dem Vogel. Ihr Herz klopfte heftig. Was wollte die Krähe von ihr? War nicht alles nur ein Traum gewesen? Dieses wirre Zeug mit dem jungen Thomas, Frau Holda und dem wilden Jäger? Vorsichtig sah sie in den Spiegel. Ihr Gesicht war schmal und blass, und das große Pflaster am Kinn war aufgeweicht. Mit einem Ruck riss sie es ab. Die Wunde blutete erneut, und sie drückte Toilettenpapier dagegen. Hinter ihr war die Krähe schon wieder zur Fensterbank geflattert. Mit dem Schnabel klopfte sie gegen die Scheibe.

Thomas hörte Lilli leise neben sich schniefen. Mehr Schniefen als Schnarchen – aber doch ein stetes Geräusch, das aus ihrer Nase kam und sich mit dem Geräusch des rauschenden Walds verband, das durch das aufgeklappte Fenster drang.

Draußen gurrte eine Taube, ein paarmal, langgezogen. Überhaupt Wind und Regen, fand Thomas, solange man unter der Decke lag, schafften so eine pränatale Geborgenheit. Zurück zu den Müttern! Er drehte sich vorsichtig zu Lilli. Sie hatte den Kopf seitlich im Kissen vergraben. Nur ein geschlossenes Auge war zu sehen, eine blasse Wange. Ihr Augenlid lag zart und violett über dem Augapfel. Selbst im Schlaf sah sie noch müde aus. Den ganzen Abend hatte sie mit Körnigs geredet und später getanzt.

Es war Lilli, die alle Sozialkontakte hielt. Ohne Lilli wäre er ein einsamer Mann. Wahrscheinlich würde Judith ihn noch besuchen. Das Mitleid würde sie zu ihm treiben. Aber das wäre auch schon alles.

Und warum um alles in der Welt, dachte er, sollte er sich mit Körnigs befreunden? Sicher, sie waren nicht unsympathisch, nicht ungebildet. Und sie hatten immerhin eine Tochter wie Sophie gezeugt und erzogen, diese feine junge Frau, die ihm gefiel, die, und das erschien ihm jetzt wieder unglaublich, sein Enkelkind gebären würde.

Das Kartenspiel der Gene war gespielt. Hier wuchs ein Wesen, das auch ein paar Eigenschaften von ihm haben würde. Eigentlich wollte er sich nicht mehr vererben. Er war sich selbst ein bisschen zu viel auf der Welt. War das lebensmüde oder altersweise, fragte er sich, während er Lillis Augenlider ansah, die wie die zusammengeklappten Flügel eines Falters zitterten. Er wollte sie noch schlafen lassen.

Vorsichtig stand er auf, spähte durch einen Spalt in den Vorhängen nach draußen. Der Himmel war lichtgrau, und unten im Garten bückte sich eine weibliche Gestalt zu den Rosenbüschen. Es war Frau Körnig, die Rosenblätter und Blüten in eine Plastetüte sammelte. Er schaute zu Lilli, die sich nicht rührte. So schlich er ins Bad und schloss die Tür hinter sich. Hier, für sich, überrumpelte ihn die Erinnerung an die Nacht.

Wer war er? Im Spiegel fiel sein Blick als erstes auf seinen Schnauzbart, wanderte über die von grauen Stoppeln bewachsenen Wangen zu den Tränensäcken unter den Augen. War er das – ein grimmiger Seehund? In Lillis Kulturtasche fand er eine Nagelschere und schnippelte an den Spitzen seines Bartes herum, legte nach und nach den Mund frei. Das Rot seiner Lippen leuchtete ihm nackt entgegen. Das Wort *Schamlippen* fiel ihm ein. Aber nun musste er weitermachen.

Er griff zum Rasierapparat, attackierte seinen Bart von der linken Seite aus, dann von der rechten. Ein kleines Hitlerbärtchen blieb übrig. Er versuchte irre zu schauen, sich einen Seitenscheitel zu legen, besah sich das eine Weile und rasierte weiter, betrachtete sein nacktes Gesicht – war es dem von gestern Abend ähnlich? Schweinsäuglein, Tränensäcke, teigige, graue Wangen, die Schamlippen leuchteten. Er sah keinen Tag jünger aus, nur aufgedunsen und nackt. Entsetzt stieg er in die Duschkabine, ließ kaltes Wasser über sich prasseln, dann warmes. Am liebsten hätte er sich seinen Schnauzer wieder angeklebt.

Was machst du denn so lange? Das war Lilli. Sie stand vor der Dusche. Was ist mit dir los? Was sind das für Haare im Waschbecken?

Thomas drehte die Dusche aus. Du, Lilli. Ich habe was Doofes gemacht.

Er schob die Tür auf. Entgeistert sah Lilli ihn an. Wortlos, lange. Er griff sich das Handtuch, wickelte es sich um den Kopf, lief zum Bett und warf sich darauf. Zog sich die Decke über den Leib. Scheiße, fluchte er.

Lilli setzte sich neben ihn, lachte. Er schaute sie mit einem Auge aus seinem eingewickelten Kopf an.

Knackarschtommi, sagte sie zärtlich. Dieses Wort hatte er seit über zwanzig Jahren nicht mehr von ihr gehört.

Faltenarsch, murmelte er aus seinem Handtuch heraus und ließ sich von ihr auswickeln und betrachten.

Gewöhnungsbedürftig, sagte sie.

Das bleibt jetzt so, sagte er, ich will kein Seehund mehr sein.

Lilli gab ihm einen Kuss. Er spitzte seine Lippen und küsste zurück. Das fühlte sich gut an ohne Bart.

Schön, das bleibt jetzt so, sagte Lilli und ging ins Bad.

An die Badezimmertür wurde geklopft: Hallo?

Das war Marias Stimme. Paula riegelte auf, und Maria stürzte bleich an ihr vorbei, rannte zum Klo, kniete sich hin und kotzte ins Becken. Dann drückte sie die Spülung und blieb hocken, solange das Wasser zischte.

Kann ich dir helfen?

Nö. Es geht schon wieder. Maria stand auf. Sie war noch immer blass und zitterte. Lass mal, sagte sie und lächelte schief: Da muss ich eben durch.

Vorsichtig, damit es nicht wieder losging, ging sie aus dem Bad und verschwand im Zimmer. Von drinnen war Max' besorgte Stimme zu hören. In diesem Moment fühlte sich Paula wie einer Gefahr entkommen, ja, sie war heilfroh, nicht schwanger zu sein. Was sich in ihr ausbreitete, war Freiheit. Sie wollte kein Teil eines Paares sein, sondern für sich. Denn sie musste für sich noch herausfinden, was sie eigentlich wollte.

Als sie ins Zimmer kam, war Johannes wach. Verlegen saß er im schwarzen Schlüpfer auf seiner Liege und zog Strümpfe an. Er sah aus wie ein kleiner Junge, der im Kindergarten nach dem Mittagsschlaf schlaftrunken und ungeschickt, seine Sachen anzieht.

Ich habe Kopfschmerzen, murmelte er mürrisch.

Sie kramte in ihrer Waschtasche, fand einen Tablettenriegel. Johannes drückte sich zwei heraus, griff zur Wasserflasche, die neben dem Bett stand, trank sie mit gurgelnden Geräuschen leer, legte sich wieder hin und schloss die Augen.

Weiß gar nicht, ob ich zum Frühstück gehe.

Trink 'nen Kaffee, dann wird's besser, sagte sie, denn sie wusste, dass er die wichtigen Dinge ungesagt lassen wollte.

Unten im Flur zum Speisesaal hing eine große Landkarte, die würde sie sich noch einmal ansehen. Aber eigentlich wusste sie, wo sie entlang wandern musste, nur nicht genau, wie man von hier zum Rennsteig kam – und auf dem würde sie heute gehen, bis nach Hause.

Sie packte alles, was sie nicht brauchte, in die Reisetasche und steckte in ihren kleinen Rucksack nur das Nötigste und den Platon.

Du packst schon? Johannes schaute schuldbewusst.

Ja, die Hochzeit ist nicht mein Ding. Ich geh' meinen Vater besuchen.

Johannes sagte nichts dazu, vielleicht war er froh, wenn sie weg war, ging zum Schrank und holte eine schwarze Hose und ein weißes Hemd heraus, zog die Hose an, knöpfte sich das Hemd zu. Während er schwieg und so tat, als wäre alles in Ordnung, packte sie die Wut. Warum sagte er nichts? Sollte dieses verklemmte Schweigen jetzt das letzte zwischen ihnen bleiben? Ruppig fragte sie: Das war's wohl zwischen uns?

Er sah sie nicht an, murmelte nur ein *Ja*.

Nun hasste sie ihn. Warum guckte er wie ein Trottel auf den Fußboden, sah ihr nicht wenigstens in die Augen?

Kannst du mir bitte irgendetwas dazu sagen? –

Johannes hob jetzt den Kopf. Da er seine Brille noch nicht aufhatte, war sein Blick hilflos, schweifte ab, traf sie nicht wirklich, war wie Wasser, das aus dem Glas fließt und versickert.

Ich bin nicht mehr verliebt in dich. Sorry.

Sie hätte jetzt fragen können, ob er je in sie verliebt gewesen war, fragen, was ihm an ihr fehlte für ihn. Aber sie winkte nur mit der Hand ab.

Klar, sagte sie, habe ich gemerkt.

Sie ging zur Tür, sah ihn da noch vorm Schrank stehen. Er sah so gut aus mit seinem weißen Hemd und den wirren Haaren. Schnell schloss sie die Tür hinter sich, klopfte nebenan bei Maria und Max.

Dort standen die Fensterflügel weit offen. Maria saß vor dem Fenster auf dem Sessel. Max hatte sich neben sie auf den Fußboden gesetzt. Er schaute Paula überrascht an.

Nanu?

Tja, sagte sie und lächelte, Experiment missglückt.

Sie stellte die Reisetasche vor sich hin.

Nehmt ihr die im Auto wieder mit, wenn ihr morgen fahrt?

Klar, sagte Max, aber was willst du jetzt machen?

Der Rennsteig ist ganz nahe. Ich besuche einfach mal meinen Vater. Der freut sich wenigstens. –

Max stand auf. Ach, Paulus, sagte er, willste dir die Feier wirklich von dem Blödmann kaputtmachen lassen?

Ich bin nur wegen dem Blödmann mitgekommen, sagte Paula und lächelte schief. Hielt für einen Moment die Luft an. Jetzt musste sie hier raus, sonst würde sie zu heulen anfangen. Sie wollte sich nicht vor Max und erst recht nicht vor Maria wie eine Vierzehnjährige benehmen.

Ich geh' dann mal.

Als sie sich umdrehte, war Max schon neben ihr und umarmte sie. Nun kamen ihr doch die Tränen.

Scheiße, ich bin eine alberne Ziege.

Nee, nich Ziege, nur albern, sagte Max. Er holte ein Papiertaschentuch aus der Hosentasche und gab es ihr.

Nun kam auch Maria näher. Sie sah käsig aus, auf der Stirn standen kleine Schweißperlen. Obwohl sie ungeschminkt war, sah sie umwerfend aus, mit sinnlichen Lippen, groß, breitschultrig wie ein Jüngling. In ihrem Gesicht stand Mitleid. Das hatte Paula bei ihr noch nicht gesehen. Immer war es in ihren wenigen gemeinsamen Gesprächen um Max und Maria gegangen. Für Maria schien Max und Maria das einzige Thema zu sein. Und nun tätschelte sie ihre Schulter und sagte: Das geht vorbei, glaub mir. Das dauert nur seine Zeit.

Was willst du mir erzählen? Du hast deinen Typen doch gekriegt, dachte Paula, wollte sich nicht bemitleiden lassen und gewann ihre Fassung zurück.

Ich esse unten noch was, und dann verschwinde ich.

Während sie die Treppe hinunterlief, dachte sie, dass sie nun immer Maria und Max sagen würde. Ich war bei Maria und Max, ich habe Maria und Max auf der Straße getroffen, sie waren gerade mit dem Kinderwagen unterwegs.

Unten wäre sie beinahe mit Bea zusammengestoßen, die mit zwei Thermoskannen in den Händen, unterwegs zum Speisesaal war.

Biste noch traurig?, fragte Bea treuherzig. Wir hab'n doch gestern so schön getanzt.

Nee, ich bin nicht mehr traurig, sagte Paula.

Biste doch! Bea sah sie prüfend an. Willste ein Bonbon?

Sie setzte die Thermoskannen auf die Bank im Flur, kramte

in ihrer Schürzentasche und holte einen mit Krümeln verklebten Drops heraus, den reichte sie Paula strahlend.

Da.

Ach, Bea.

Siehste, jetzt lachste wieder.

Paula nahm ihr den Drops ab. Ihr fiel etwas ein, ein Geschenk für Bea und gleichzeitig etwas, was sie loswerden musste.

Du ich habe auch was für dich, sagte sie, drehte sich um und ließ die verblüffte Bea stehen. Rasch rannte sie die Treppen zum Dachboden hinauf und klopfte bei Maria und Max an.

Ich habe was vergessen, rief sie entschuldigend zu Maria, die allein im Zimmer war und vor dem Kleiderschrankspiegel die Blässe ihres Gesichts mit Rouge und Lipgloss und was auch immer bekämpfte.

Paula kniete sich zu ihrer Reisetasche und holte *Armer Hans* heraus. Bloß nie mehr *Armer Hans* sehen oder gar mit ihm spielen. Er musste weg, aber nicht theatralisch, nicht kaputtmachen oder verbrennen.

Oh, wie süß, zeig mal, sagte Maria neugierig.

Ist für Bea, sagte Paula und winkte kurz mit der Holzhand der Marionette. Nur keine Fragen.

Bea saß auf der Bank neben den Thermoskannen und wartete. Sie hatte vergessen, dass sie den Gästen im Speisesaal Kaffeenachschub bringen sollte. Ihr Gesicht war andächtig, als stünde sie vor der Tür zum Weihnachtszimmer.

Paula hatte die Marionette hinter dem Rücken versteckt, als sie zu ihr ging. Noch außer Atem von ihrem Sprint sagte sie: Mach mal kurz die Augen zu.

Gehorsam schloss Bea die Augen.

Die Augen auf!

Armer Hans klapperte über den Flur. Hallo Bea!, krähte er mit Clownsstimme.

Bea lachte, Bea staunte. *Armer Hans* hob grüßend die Hand und winkte.

Wie heißt du denn?, fragte Bea.

Armer Hans stolzierte gedankenversunken den Flur hin und her. Tock, tock-tock, klapperten die Füße.

Ich heiße, ich heiße … ja, wie heiße ich denn?

Kasperl!, rief Bea glücklich.

Genau, bestätigte *Armer Hans* zufrieden: Ich bin das Kasperle. Und stolzierte klappernd auf Bea zu, die von der Bank rutschte und ihn an die hölzerne Hand fasste. Sie schüttelte die Hand.

Vorsichtig, sagte Paula, sonst verwirren sich die Fäden. Sie zog an dem Faden, an dem die geschüttelte Hand hing.

Darf ich auch mal?, fragte Bea.

Ja, das Kasperle gehört jetzt dir. Paula drückte Bea das Spielkreuz in die Hand.

Thomas trat in den Speisesaal. An hintersten Tisch, so als würde sie nicht dazugehören, saß seine Mutter. Sie hatte bereits gefrühstückt, Krümel lagen um den Teller herum. Neuerdings sah sie immer schlechter, griff daneben. Mutter trug ein hellblaues Kleid. Dederon-Rüschen büschelten sich um ihren dürren Hals. In Kombination mit dem blassen Mausegesicht sah sie aus wie ein totkranker Säugling. Als er sich zu ihr setzte, griff sie nervös zu ihrer leeren Kaffeetasse.

Soll ich dir nachschenken?, fragte er.

Nein, dann muss ich in der Kirche auf Toilette. Ich habe ja auch schon meine Wassertablette genommen.

Noch ein bisschen Obst? Er hatte das Gefühl, ihr etwas Gutes tun zu sollen.

Sie lächelte abwehrend, eingeschüchtert: Ich habe Sodbrennen vom Wein gestern Abend.

Soll ich dich aufs Zimmer bringen? Willst du dich noch ein bisschen ausruhen? Wir haben noch mehr als eine Stunde Zeit.

Nein!, sie schrie jetzt fast. Ich will hier gucken.

Thomas tätschelte ihre Hand. Gestern Abend war es ihm gelungen, sie als eine sehr alte Frau zu sehen. Nun war sie wieder seine Mutter. Er fühlte sich von ihren Forderungen überfordert, obwohl er wusste, dass sie gerade gar keine gestellt hatte. Sie wollte einfach nur in der Ecke sitzen und ihre Ruhe haben. Und vielleicht am meisten vor ihm.

Er stand auf. Ein Neustart mit seiner Mutter sah anders aus. Wahrscheinlich gab es keinen. Wahrscheinlich würden sie miteinander so weiter machen. Nachdem sie ihn nicht geliebt hatte, schüchterte er sie ein. Ob er wollte oder nicht.

Er war froh, als er Lilli sah. Arm in Arm trat sie mit ihrer Mutter durch die Tür.

Seine Schwiegermutter, bereits in samtigem Bordeaux, redete auf Lilli ein, hob den Zeigefinger und wusste wieder irgendetwas besser. Lilli sah gequält aus. Sie konnten sich nur die Mütter gegenseitig abnehmen. Einer trage des Anderen Last.

Er ging auf seine Schwiegermutter zu. Soll ich dir gleich mal einen heißen Kaffee holen?

Grimmig sah sie ihn an: Wie siehst du denn aus? Du kannst wohl nicht in Würde altern?

Kurz nach ihnen trabte Judith in den Saal, schön wie der Morgen, aber schlecht gelaunt. Wortlos steuerte sie auf das Buffet zu und häufte Brötchen, Käse und Obst auf den Teller.

Für Sophie, sagte sie.

Lilli ließ begeistert den Arm ihrer Mutter fahren. Ich besorge in der Küche noch einen Pfefferminztee!, rief sie eifrig.

Weg war sie, und Thomas nahm den Arm seiner Schwiegermutter. Gravitätisch schritt sie in ihrem langen Kleid, steuerte ihn auf einen Fensterplatz zu.

Für mich nur ein Toast und ein Ei, befahl sie.

Thomas ging los, grinste, trug ihre Kritik wie einen Orden. Nicht in Würde altern. Genau das wollte er. Verfluchte Würde. Durch die Tür sah er Paula kommen, so leicht, als liefe sie auf einem Seil, kam sie den Flur entlang. Er lächelte ihr entgegen.

Schon von draußen hörte Paula, wie Stühle gerückt wurden, Geschirr klapperte und es duftete nach Kaffee.

Guten Morgen, Paula.

Sie zögerte einen Moment, als Thomas sie ansprach und so wie gestern Abend lächelte, verschwörerisch und herzlich. Er war wieder alt, doch sein Schnauzer war weg. Dieser Mann hatte noch etwas von dem nächtlichen Thomas.

Hey, sagte sie vorsichtig.

Du siehst traurig aus, stellte er fest. Sein Mitgefühl tat ihr wohl. Sie spürte die Vertrautheit von gestern Abend.

Ist jetzt vorbei mit Johannes, sagte sie und versuchte ein Lächeln. Besser ein Ende mit Schrecken, fügte sie, so munter es ging, hinzu.

Thomas seufzte: Ach, Manno. Mit Judith wird das bestimmt nichts. So schlecht gelaunt wie sie eben ausgesehen hat.

Paula nickte. Es war gut, sich nicht mit Judith messen zu müssen. Sie hatte das Gefühl, sie würde verlieren dabei, aber es war auch nicht mehr so wichtig. Darum geht's gar nicht, sagte sie und fragte sich, worum es denn ginge.

Es fehlte etwas. Und was fehlte, war die Liebe oder zumindest die Verliebtheit. Bei Johannes hatte es nur bis zur Verliebtheit gereicht, und die war aufgebraucht.

Thomas sah sie besorgt an. Sie hätte sich so gerne von ihm in den Arm nehmen lassen. Denn sie wollte nicht mehr tapfer sein. Eine Indianerin kennt keinen Schmerz. Seinen liebevollen Blick genoss sie wie ein bisschen Sonnenlicht.

Du, ich werde nach dem Frühstück verschwinden. –

Soll ich dich rasch zum Bahnhof bringen?

Paula schüttelte den Kopf. Nein, danke. Mein Vater wohnt nicht weit von hier. Den werde ich besuchen.

Zu Fuß? Er sah sie prüfend an.

Das werden so vier Stunden über den Rennsteig. Aber den kenn' ich gut. Auf dem sind wir früher oft gewandert. Sie zeigte zu ihrem kleinen Rucksack.

Nimm dir ordentlich Proviant mit. Und eine Wasserflasche.

Sie grinste. Jetzt war er doch ein Vater, der einer achtundzwanzigjährigen Frau nicht zutraute, für sich selbst zu sorgen.

Keine Angst, sagte sie: Krieg' ich hin.

Vom Fenster her schrillte es: Thooo-mas!

Oh Gott, meine Schwiegermutter, seufzte er, schob die Unterlippe vor, legte ein Butterstückchen und ein Ei auf den Teller.

Ja, dann, sagte Paula unglücklich. Er war nicht mehr der Thomas von gestern. Er war ein Mann mittleren Alters mit Verpflichtungen.

Wir sagen noch Tschüss, nachher, sagte er und ging los.

Die gelbe Birne, die sie vom Buffet nahm, würde nicht reichen. Sie musste sich Brot und Käse mitnehmen. Unbedingt einen Kaffee trinken. Gern hätte sich zu Thomas gesetzt, sie hätte mit ihm wie gestern Abend geredet: als sie zwei waren, die es gar nicht gibt, die ein Geheimnis teilen für eine Nacht, so als würde man einen sehr alten Freund nach Jahren wiedersehen und hätte ein Stück Erinnerung gemeinsam.

Aber neben ihm saß Daniels Oma, der Chefin des Hauses nicht unähnlich, doch dünner, faltiger, mit ihrem mageren Arm in der Luft gestikulierend. Ihre Augen glühten wie Lämpchen. Die Augenbrauen waren zornig zusammengezogen. Irgendetwas passte ihr nicht. Thomas ging erneut los, brachte eine zweite Scheibe Toast und ein Marmeladenschälchen mit, zwinkerte Paula, die sich an einen leeren Tisch gesetzt hatte, im Vorbeigehen zu.

Nur fort hier, dachte sie und wollte ihren Kaffee nicht mehr. Die meisten Gäste, die in den Saal traten, hatten sich bereits feingemacht. Es knisterte und duftete. Der Vater von Sophie wurde von seiner Frau hereingeführt. Ein Gelehrter, den man aus seinem Stübchen gezerrt hatte. Sophies Mutter, ihren Mann am Arm, steuerte auf den Tisch von Thomas zu.

Es wäre schön gewesen, mit irgendjemanden über all das zu lachen. Mit dem Finger hierhin und dorthin zu zeigen, ungeniert wie ein Kind, und zu rufen: Guck mal, der würde auch am liebsten verschwinden.

Sie war heilfroh, der Feier zu entkommen. Was hatte sie hier nur zu suchen gehabt? Die Liebe, dachte sie, den verdammten Dämon. Raus mit ihm. Raus aus dem Herzen. Die Liebe schien ihr ein zähes Wurzelgeflecht zu sein. Sie riss und riss daran, zog an der Hauptwurzel, wie ihr schien, buddelte weiter – und fand einen neuen Strang, der sich verzweigte. Die Liebe als Giersch mit dem festen Willen zu überleben.

Wie sollte sie jetzt ihre belegten Brote unauffällig aus dem Frühstücksraum bringen und in ihren Rucksack verfrachten? Sie musste ihrem Teller zur Küche tragen und mit fester Stimme um Brottüten bitten. Aber im Augenblick hatte sie keine feste Stimme zur Verfügung. Sie wollte sich verkriechen oder noch besser – wegkriechen.

Da knallte es. Mit schepperndem Lärm war etwas gegen die Fensterscheibe geknallt. An das Fenster, vor dem Thomas und Daniels Oma saßen, war ein Vogel gekracht. Sie sah, wie er seine Schwiegermutter auf den Boden zog. Ringsum sprangen die Leute auf. Durch das angeklappte Oberlicht hörte Paula ein gewaltiges Zetern: Krah! Kraaah!

Niemand beachtete sie, während sie ihren Teller in den Flur trug. Im Speisesaal waren aufgeregte Stimmen zu hören. In der Küche stand Beas Mutter in Köchinnen-Montur. Ein graublaues Handtuch um den Bauch gebunden, füllte sie aus einer riesigen Kaffeemaschine, Kaffee in Thermoskannen.

Haben Sie eventuell Frühstückstüten?

Draußen bleiben!, rief die Angesprochene. Hygiene! Niemand betritt die Küche!

Aber Mutti, das ist Baula.

Bea kniete vor dem Industriespüler und räumte Geschirr ein. Jetzt hüpfte sie hoch und strahlte: Willste Silberpapier?

Paula nickte froh. Ach, Bea, dachte sie, beschütze mich vor deiner Mutter. Die knurrte nur: Aber draußen bleiben, während Bea in einer Schublade kramte und eine Rolle Aluminiumfolie hervorholte. Neugierig guckte sie auf den Stapel Brote. Dann verstand sie: Willste schon weg?

Ja, mein Vater ist krank geworden. Hat mich vorhin angerufen, log sie.

Dein Vati? Isses schlimm?

Fieber, sagte Paula.

Fieber is schlimm, sagte Bea mitfühlend und riss gekonnt Folie ab. Langsam und sorgfältig wickelte sie Paulas Schnitten ein. Machte zwei ordentliche Päckchen daraus. Dann sah sie auf. Ihr Gesicht war traurig: Kommste mal wieder?

Ja, sagte Paula, bestimmt.

Bea kam aus der Küche und sah still zu ihr hoch. Paula streichelte ihre Wange: Hey, heute ist Hochzeit, sagte sie. Gehst du mit in die Kirche?

Klar, sagte Bea, ich will alles sehn. Ich darf mit vorne sitzen.

Na, also, Paula umarmte sie, das wird ein schöner Tag.

Sie streichelte Bea noch einmal, bevor sie ging. Drehte sich um. Da stand Bea, klein rund, ein durchsichtiges Häubchen auf dem Kopf und winkte.

Es krachte. Die Scheibe klirrte, von einem gewaltigen Geschoss getroffen. Aaaah! Seine Schwiegermutter schrie. Instinktiv riss Thomas sie mit unter den Tisch. Sie zappelte auf ihm, ihr Ellenbogen stieß gegen seinen Hals, und für ein paar Sekunden schnappte er nach Luft. Von da unten sah er etliche Leute auf sich zueilen.

Jovis half Hildegard auf. Nee, sagte er, wat een gigantische Vogel. Denn vor dem Fenster krächzte eine Krähe und hackte mit dem Schnabel gegen die Glasscheibe, als müsse sie die bestrafen.

Hoh, weg da! brüllte Jovis und klopfte gegen das Fenster.

Thomas erhob sich, ignorierte den ausgelaufenen Kaffee, der in den Stoff seiner Jeans gesickert war und sammelte die Scherben seiner Tasse auf. Weiß Gott, dieses Vieh kam ihm bekannt vor. Es starrte ihn an, öffnete den Schnabel: Kraaah!, schüttelte sich und flog davon.

Frau Körnig kam mit einem Kehrblech an und fegte die Reste der Schrecksekunde zusammen.

So, nichts passiert, stellte sie ruhig fest. Mit ein paar Handgriffen brachte sie alles auf dem Tisch wieder in Ordnung, dirigierte ihren Mann auf einen Stuhl und setzte sich seelenruhig zu ihnen.

Ich hole frischen Kaffee, sagte Thomas. Während er durch den Saal ging, suchte er nach Paula. Aber sie war fort. Im Schutz des Tumults war sie einfach gegangen.

Warum hatte sie sich nicht verabschiedet? So traurig, wie sie aussah, hätte er sie am liebsten in den Arm genommen. Alles Gute, du schaffst es, so etwas hätte er sagen wollen. Er goss Körnigs Kaffee ein und stellte sich vor, wie sein junger Geist mit der unsichtbaren Paula neben dem älteren Thomas stehen würde und sagen: Schade, dass sich Frau Körnig gestern Abend nicht verwandelt hat. Ich hätte sie gerne jung getroffen.

Ja, das hätte er. Er war neugierig, sie als junge Frau zu erleben. Nun war sie eine weißfellige Löwin. Sie fremdelte mit ihrem langen Kleid. Der Ausschnitt war ihr zu tief, das merkte er. Denn sie zog das Oberteil ein Stück höher, als er zu ihr hinübersah.

Am liebsten bis zum Hals hinauf, dachte Thomas amüsiert. Haben Sie Ihre Migräne überwunden?, fragte Frau Körnig.

Ja, mir geht es viel besser, bin wieder fit.

Er durfte sich nicht verplappern, schließlich war er gestern Abend nicht anwesend gewesen.

Wir haben begonnen, uns mit Liliane zu duzen, fuhr Frau Körnig fort und lächelte.

Sibylle, sagte sie.

Rupert, sagte Herr Körnig versonnen und wie aus einem Traum aufwachend, in dem es wunderbare Berge von Akten gab, Präzedenzfälle, für die es eine gerechte Lösung zu finden galt.

Thomas, sagte er und fand, dass Sibylle zu ihr passte. Ihm fiel Michelangelos Sixtinische Kapelle ein, die mächtigen Matronen mit ihren markanten Gesichtern. Vielleicht trieb sie Kraftsport. Doch nun stand Lilli mit einem riesigen Karton in den Armen an der Tür und sah zu ihm hinüber.

Sie wollte das Auto, *sein* Auto mit weißem Firlefanz behängen. Das fehlte noch. Er stand auf. Hochzeitsscheiße, sagte er, während er durch den Speisesaal ging und Lilli folgte. Ließ sie den Karton schleppen. Als Strafe für ihr gnadenloses Mitmachen.

Ein Gänseblümchenkranz, dachte er. Wie schön Lilli damals ausgesehen hatte. Mit dieser Haarfarbe von Milchkaffee und den vor Aufregung und Freude rosigen Wangen. Jetzt war ihr Gesichtsausdruck angespannt. Wahrscheinlich wollte sie noch eine Menge vorbereiten.

Lass mal, sagte er auf der Freitreppe zu ihr und nahm ihr den Karton aus den Armen. Ich krieg' die Hochzeitsscheiße schon allein ans Auto.

Lilli zog die Augenbrauen hoch: Wirklich?

Er grinste: Ich werde gnadenlos alles, was in dem Karton ist, dranbasteln.

Sie gab ihm einen Klaps. In einer Stunde ist Abfahrt, sagte sie.

Schaffe ich.

Von der obersten Stufe sah er Paula. Sie war schon ein Stück vom Parkplatz entfernt, kürzte die Serpentinen über die Wiese ab, die Füße voreinander setzend, als liefe sie auf einem Seil. Trug einen kleinen blauen Tornister. Ein Rekrut mit Marschbefehl.

Halte die Ohren steif, dachte er und ging zum Auto.

Auf dem Parkplatz wartete die Krähe, scharrte mit den Krallen im Schotter und starrte Paula an. Ihr Blick irritierte sie, bis sie begriff, dass der Vogel zwei verschiedenfarbige Augen hatte: ein grünes und ein braunes. Das Grüne blitzte wie ein scharfgeschliffener Smaragd.

Krähe öffnete den kräftigen Schnabel und machte *Kraaah*. Das klang wie *Tach*. So als hätte der Vogel schon eine ganze Weile hier auf sie gewartet. Paula ging ein paar Schritte in Richtung Krähe, und die hüpfte zur Seite, so als wolle sie ein wenig Platz machen. Paula war erleichtert, ging weiter zum Tor und drehte sich noch einmal um. Da war sie wieder – unbemerkt war sie ihr gefolgt.

Sie blieb stehen und sagte grob: Hau ab. Wedelte mit den Armen. Das Tier sah sie unverwandt an und blieb hinter ihr.

Sie ging schneller, drehte sich um und sah den Vogel im selben Abstand wie eben. Hau endlich ab, rief sie. Was wollte dieses dämliche Vieh von ihr? Hatte es vor, die ganze Wanderung neben ihr zu hüpfen? Sie ging wieder ein paar Schritte und drehte sich um. Da war die Krähe, beäugte sie mit ihrem Smaragdauge und blieb ihr auf den Fersen.

Verstehst du nicht? Ich brauche dich nicht. Hau ab!

Paula bückte sich, nahm ein paar Schotterstückchen auf und warf sie gegen den Vogel. Laut krächzend flog der auf. Na also. Paula lief jetzt schneller und wäre fast in den alten Opel hineingelaufen. Der bremste und die Beifahrertür wurde geöffnet.

Willst du nicht doch mitkommen? Wir fahren schon mal los, weil Maria noch mal in der Kirche proben will, sagte Max, der auf dem Rücksitz lümmelte.

Diesmal saß Johannes am Steuer und Maria neben ihm. Django Reinhart spielte.

Ich habe Sophie gesehen, sagte Maria, hat ein schönes Kleid an.

Weiß?, fragte Paula.

Ja, aber ganz einfach.

Ich brauch's trotzdem nicht, sagte Paula. Ich gehe jetzt mal los zu meinem Herrn Vater.

Klar, sagte Max.

Wie lange läufst du denn?, fragte Maria.

Vier, fünf Stunden ungefähr.

Na, wenn du *das* brauchst, sagte Johannes und sah kurz zu ihr hin.

Ich brauch's. Sie hob die Hand und rief: Ciao.

Maria klappte die Tür zu und winkte. Johannes startete. Als sie in die Landstraße einbogen, hupte er noch einmal. Paula wedelte mit dem Arm. Sie fühlte sich leicht, wie auf einem Seil lief sie. Der Morgennebel hatte sich aufgelöst. Die Buchenblätter leuchteten gegen den hellgrauen Himmel – wie Goldmünzen.

Sie ging den Pfad entlang, an einem kleinen Bach, auf halber Höhe kam sie an einer Lichtung vorbei. Vielleicht war es hier, dachte sie, wo vor hundert oder mehr Jahren die Köhlerhütte gestanden hatte. Ihr war, als röche sie Holzrauch, als könnte sie an diesem Ort durch die Zeit blicken, tiefer und tiefer, sah einen Fuchs durch das Gras schleichen, hörte die Schläge der Axt, die Buche um Buche fällte, ein Zittern, Rauschen, Krachen. Ein Junge und ein Mann hieben Äste ab, die Ziege knabberte am Laub.

Dann war da nur der Wald. Der Bach murmelte. Ein Hund bellte unten im Dorf, ein zweiter fiel ein. Sie war geborgen. Dies war ihre Kindheitslandschaft.

Na, du hast es dir aber gemütlich gemacht, hörte sie Vaters Stimme, wenn er sich zu ihrem Laubnest beugte, dass sie als Kind, halb eingerollt wie ein Igel, so oft zwischen Moos und Wurzeln in einer Mulde gebaut hatte.

Wie in Abrahams Schoß, sagte Vater und reichte Vorräte in ihr Nest, ein Schmalzbrot, einen Apfel, ein paar Kekse.

Der Weg führte ein Stück durch das Dorf. Auf dem Pfosten eines Gartenzauns saß die Krähe, fixierte sie und flatterte zu einem Baum. Hier wollte Paula den Vogel nicht anschreien. Es war ihr peinlich. Rasch wanderte sie die ansteigende Straße entlang, bog bei den letzten Häusern in den Wanderweg ein und drehte sich um. Seelenruhig trippelte der große Vogel hinter ihr her. Das musste für jeden Dörfler total komisch aussehen. Sie spürte sie schon hinter den Gardinen feixen.

Verdammt, hau doch endlich mal ab! Paula griff blitzschnell nach einem Stein und warf ihn gegen den Vogel.

Diesmal hatte sie ihn erwischt. Er zeterte unglaublich laut: Kraaah, kraaah. Flatterte auf und wie sie sah, bewegte sich der linke Flügel viel weniger.

Erschrocken lief sie weiter. Warum war das Scheißvieh auch hinter ihr her?

Sie keuchte. Wenn sie so weitermachte, wäre sie in einer halben Stunde ausgepowert. Ruhe, dachte sie. Ich lasse mich doch nicht von einem Vogel ins Bockshorn jagen.

Sie verlangsamte ihr Tempo, stieg nun stetig bergan, so wie sie früher mit dem Vater gewandert war, ruhige Schritte, ruhiges Atmen, den Rhythmus findend, zum Rennsteig hinauf. Über ihr leuchtete das gelbe Laub der Buchen, während sie in den Kupfer- und Rostfarben der abgefallenen Blätter watete. Der Himmel war lichtgrau.

Je höher sie stieg, desto kühler wurde es. Hier oben gab es jetzt immer mehr Fichten. Dazwischen lagen Wiesen mit herbstlich braunen Gräsern. Noch immer blinkten Blumen gelb und violett und weiß. Es roch würzig nach Kräutern, nach Wald und Pilzen. Dann gelangte sie zum Kammweg. Auf dem Pfosten mit den hölzernen Wegweisern hockte die Krähe und guckte irgendwie belustigt zu ihr hinunter.

Ach, Mann, Krähe, sagte Paula.

Die machte: Krah.

Ich würde hier lieber alleine laufen, sagte Paula.

Kräh.

Das klang wie Nee. Und Paula lachte. Auf dem Kammweg fühlte sie sich frei. Kein Wanderer war zu sehen.

Sie war allein zwischen den Wiesen und Wäldern, den alten Grenzsteinen mit verwitterten Wappen darauf, auf die sich Krähe immer mal niederließ, um auf sie zu warten, denn sie war schneller. Der Flügel schien zum Glück nicht zu sehr verletzt zu sein. Manchmal führte ein Weg seitlich hinab, dann gab es wieder hölzerne Schilder. Manchmal entdeckte sie auf einem Hang die blaugestrichenen eisernen Stelzen eines Sessellifts. Hin und wieder sah sie unten ein Dorf. Oder sie ging durch ein Waldstück – ein Specht klopfte, ein Zapfen fiel hinunter, sonst war es still, windstill, bedeckt.

Ein älteres Paar kam ihr entgegen in Kniebundhosen und Regenjacken. Gut Runst!, rief Paula. Die beiden freuten sich. Der ältere Herr zog sein Sportkäppi grüßend vom Kopf, ein braungebrannter nackter Schädel war zu sehen.

Gut Runst!, riefen beide ernsthaft, der Kies knirschte unter alten ledernen Wanderschuhen. Dann waren sie schon vorbei und Paula wieder für sich. Oder besser, gemeinsam mit Krähe unterwegs, die sich anständigerweise still verhalten hatte. Nun schnarrte sie wieder: Krah.

Okay, sagte Paula, dann komm halt mit bis nach Hause.

Der Vogel flatterte auf, schwang sich höher, flog nun, fast nur noch als ein schwarzer Punkt auszumachen, über den Rennsteig hin, bis er zwischen den Wipfeln der Fichten nicht mehr zu sehen war. Aber Paula wusste, wenn sie zum Wald kam, würde er auf irgendeinem Ast hocken, sie schon von Weiten beobachtend und sie mit einem spöttischen *Kräh* begrüßen.

Die Fliege saß. Thomas schaute noch einmal kurz in den Spiegel auf sein bartloses Gesicht. Zum Glück wuchs da schon wieder ein grauer Schatten auf den Wangen. Zumindest bildete er sich das ein. Dazu der dunkelgraue Anzug, das weiße Hemd und die grün und schwarz gemusterte Fliege, die er extra für Lilli mitgenommen hatte, denn sie trug Grün, dunkel, wie Wasser im Wald. Sie ging mit ihrer schlanken Figur, die mit den Jahren immer drahtiger geworden war, neben ihm die Treppe hinunter. Er hatte ihr vorhin die Kette aus geschwärztem Silber umgelegt und war stolz auf sie.

Im Foyer herrschte die summende, quirlige Spannung vor dem Aufbruch. Geduldig stand Judith neben ihren Omas. Sie trug ein kurzes schwingendes Kleid, das blonde Haar hochgesteckt. Er gab ihr einen Kuss auf die Wange, denn ihre morgendliche schlechte Laune war verflogen. Sie würde nachher Trauzeugin sein, gemeinsam mit Jonny, der neben Frau Körnig stand, *Sibylle*, wie Thomas sich korrigierte, während sie energisch ihr Kleid hochzog, um ihren Ausschnitt zu verbergen.

Jonny trug einen dunkelblauen Anzug mit einer weißen Fliege. Er sah ein bisschen wie ein klassischer Musiker aus und zwinkerte ihm zu. Thomas trat auf ihn zu.

Tadelloser Anzug, sagte er.

Du auch, sagte Jonny und lächelte. Das *Du* kam ihm so leicht über die Lippen, als ob sie eine Verschwörung miteinander hätten. Irritiert schaute ihn Thomas an.

Transager?, fragte der.

Ach, meinte Thomas, nicht wirklich. Nur für eine Nacht.

Was kapiert? fragte Jonny.

Thomas grinste nun auch. Er kam sich wieder so leicht wie am Abend vor. Ein ganzer Sandsack voll mit Ärger, Sorgen, Vorurteilen war von seinen Schultern gefallen. Mit diesem Jonny, das wusste er, konnte man über all das reden.

Ja, sagte er und er tat das, was er in der Nacht als junger Mann getan hatte – er beugte sich zu ihm und klopfte leicht auf seinen Rücken. Diese neue männliche Zärtlichkeit tat ihm gut.

Dann wandte er sich Herrn Körnig zu, der konzentriert, als hätte er gleich ein Gerichtsurteil zu verkünden, dastand. Oh Gott, seinen Vornamen hatte Thomas schon wieder vergessen. Hubert? Rudolf? Was sollte er bloß mit ihm reden?

Aufgeregt?, fragte er ins Blaue hinein.

Merkt man das? fragte Herr Körnig erfreut. Ist ja doch ein wichtiger Schritt für unsere Kinder.

Ein juristischer. Thomas konnte es sich nicht verkneifen. Da sah er Herrn Körnig lächeln, ganz wenig, ganz fein.

Manchmal gibt es Wichtigeres, antwortete der.

Und Thomas klopfte auch ihm auf die Schulter. Körnig war irgendwie rührend.

Um Körnigs stand ein Pulk Verwandte. Zwei Schwestern von Sibylle waren darunter, dass hatte ihm Lilli erzählt. Ja, tatsächlich, es gab eine zweite hünenhafte Frau. Und auch sie wirkte in ihrem Kleid falsch angezogen. Sie sei einmal Ruderin gewesen, hatte Lilli erzählt, hatte vor Jahrzehnten irgendwelche Meisterschaften gewonnen. Die andere der drei Schwestern sah er nicht.

Erst als die Tür aufging und eine Familie hereinkam, junge Leute mit zwei Kindern, der Junge vielleicht fünf, das noch kleinere Mädchen mit Kränzchen auf den Locken und auf eine verhärmte Frau zulief: Oma, Oma!, da vermutete er die letzte Schwester in ihr, denn auch Sibylle ging auf alle zu, verteilte Umarmungen und holte zwei Körbchen aus dem Fensterbrett, in dem sich Rosenblätter befanden. Die Kleinen griffen sofort mit ihrem Händchen hinein und verstreuten die roten und gelben Blütenblätter auf dem Boden. Es wurde gelacht, es wurde geherzt, es wurden die letzten Neuigkeiten ausgetauscht, Jonny hatte plötzlich links und rechts die kleinen Kinder auf dem Arm, und hinter ihm stand seine große schlanke Freundin und zog Grimassen für die Kleinen.

Thomas schätzte die Familie Körnig auf dreißig Mitglieder mit Männern, Kindern und Kindeskindern. Ihre schiere Menge überforderte ihn, der in der kleinsten aller Familien aufgewachsen war: Mutter, Oma, und bis zu seinem siebenten Geburtstag gab es noch Opa. Schon Lillis Verwandte waren ihm zu viel. Obwohl er sich nun fragte, was ihm eigentlich zu viel gewesen war.

In Wahrheit doch nur seine Schwiegermutter. Eine einzelne Egozentrikerin konnte anstrengender sein als dreißig gurrende und summende Verwandte. Allerdings sah Körnig gequält aus. Wahrscheinlich würde er jetzt liebend gern eine gut gepolsterte Tür zwischen sich und die Verwandten seiner Frau schließen und sich hinter einer festen Burg aus Akten verbarrikadieren. Seine schmale Hand zuckte und Thomas überlegte, wie er ihn retten könnte. Vielleicht ihn mit einer juristischen Frage aus dem ganzen Trubel ziehen.

Doch da zupfte Mutter an seinem Ärmel. Ich muss noch mal auf Toilette, flüsterte sie ihm verzweifelt zu.

Na, dann geh doch, sagte er.

Tatsächlich wurde sie mit jeder Woche unselbständiger. Ihre Demut ihm gegenüber brachte ihn in Rage. Doch er wollte sich zusammenreißen. Nicht, weil sie seine Mutter war. Daran zu denken, machte ihn noch wütender, sondern weil sie einfach eine verängstigte alte Frau war. Das Leben hatte sie am Ende eingeschüchtert. Es war über sie gekommen, sie hatte wenig daran gestaltet. Wie sollte sie nun mit abnehmenden Kräften die letzte Spanne überstehen?

So sanft er konnte, sagte er: Ist noch Zeit. Geh ruhig.

Komm, Omi. Das war Judith. Sie nahm es auf sich. Sie wütete nicht mit ihren Großmüttern herum, denn sie sah sie als das, was sie jetzt waren: alte Frauen, die hin und wieder Hilfe brauchten.

Auch Hildegard, obwohl sie das niemals zugeben würde. So stoisch und würdevoll, wie sie eben auch gestanden hatte, nutzte sie die Gelegenheit und ging mit. Als sie ihren bordeauxfarbenen Rock ein paar Zentimeter raffte, um besser laufen zu können, sah er ein paar riesige, schwarzglänzende Herrenschuhe. Mit denen schritt sie, einer Feldherrin gleich, hinter Judith her.

Das Gemurmel wurde lauter, denn nun kamen sie: Sophie und Daniel. Ja, sie hatte ein langes weißes Kleid an mit kleinen Fältchen und Biesen, zart wie ein Taufkleid und im Haar eine Spange – dunkelgrün, in der eine weiße Blüte steckte. Verlegen trug sie einen Strauß mit Lilien im Arm. Daniel hielt ihre Hand sehr fest, und er wirkte gerührt, bewegt, nervös. Voller Liebe für Sophie, dachte Thomas, und das rührte ihn ebenfalls. Mein Junge, dachte er und schluckte. Lilli, das wusste er, ohne sie anzusehen, hatte bestimmt schon Tränen in den Augen. Deshalb rief er laut: Auf geht's. Das Brautpaar zu mir! Er winkte den beiden mit einer übertriebenen Geste.

Der Tag würde seinen Lauf nehmen mit Blumen und Reis, Glockengeläut, Gesang und Reden. Meine liebe Sophie, mein lieber

Daniel, Glück und Segen und Schönheit und Lust. Ja, und Zuckererbsen für jedermann. Doch da zupfte Bea an seinem Ärmel, das Bärchen, ganz in Weiß, wenn es auch aussah, als hätte ihre Mutter eine alte Gardine recycelt.

Darf ich bei euch mitfahren?, fragte sie und kuschelte sich an ihn. Fragend schaute er zu Daniel.

Klar, sagte der, wir passen zu dritt hinten rein.

Sophie nickte ebenfalls. Scheu sah sie Bea an. Ängstlich, besorgt, fragend, ob sie wohl ein Kind wie Bea annehmen könne. Freudestrahlend hatte sie ihnen ein Ultraschallbild gezeigt – einen Keimling, geborgen im Uterus. Sie seufzte schwer, während Bea wie eine Braut strahlte.

Ein bisschen wacklig auf ihren Pumps stakste sie neben Daniel. Der machte sich bestimmt überhaupt keine Gedanken. Bea war Bea, und sie war schon immer dagewesen und immer so, wie sie war, ein ewiges großes Kind, das mit ihnen spielte, wenn sie hier immer mal für ein paar Herbst- oder Frühlingstage Urlaub machten.

Einmal, Daniel war acht oder neun Jahre alt und Judith noch keine vier, waren alle drei angelaufen gekommen, Hand in Hand, Bea in der Mitte, und Daniel hatte entsetzt gerufen: Bea blutet.

Ich blute, hatte Bea ebenso erschrocken gerufen. Das Menstruationsblut war ihr die Beine hinuntergelaufen. Ihre Mutter stürmte aus der Küche, gab ihr eine Ohrfeige und schimpfte: Das kennst du doch schon, du Trollo.

Rasch zog sie die heulende Bea hinter sich in die Toilette. Judith, die aus Solidarität mitweinte, wurde von Lilli auf den Arm genommen, und es war seine Sache, seinem Sohn das mit dem Blut zu erklären.

Am Auto angelangt, drängte sich Bea zwischen Daniel und Sophie. Saß zwischen ihnen, strich sich die ondulierten Locken aus der Stirn und faltete die Hände wie zum Gebet. Lilli setzte sich auf den Beifahrersitz, und Thomas startete.

Die Straße war mit gelbem Laub bedeckt. Lichtgrau leuchtete der Himmel darüber. Während er vorsichtig die Serpentinen hinunterlenkte, kam es ihm vor, als würde das Auto sacht abheben. Als würde es, Kurve um Kurve, ein wenig an Höhe gewinnen – und so, sanft fliegend, würden sie die Barockhaube des Kirchturms umrunden, denn die Fracht, für die er gerade die Verantwortung trug, war leicht und kostbar.

Der Pfad mit den Knallerbsensträuchern, den Paula entlanglief, war mit den Jahren fast zugewachsen. Früher hatte der Vater eine Art Tunnel herausgeschnitten, durch den sie wunderbar geborgen gehen konnte.

Hier und da war ein Zweig abgebrochen, als wäre ein größeres Tier entlanggelaufen. Auf dem Platz vor dem Haus entdeckte sie den Vater im Nachmittagslicht. Er trug ein braunes Kapuzenshirt, dessen Mütze er über den Kopf gezogen hatte und eine schlottrige braune Hose. Er hackte Holz. Staub, der von der flach stehenden Sonne rot angeleuchtet wurde, wirbelte um ihn. Seine Bewegungen waren nicht mehr so kraftvoll wie früher. Dann und wann sprang ihm ein Holzklotz weg, dann hob er ihn geduldig wieder auf. Er wirkte wie ein schmaler Mönch, den der Abt aus der Schreibstube heraus zu körperlicher Arbeit befohlen hatte.

Sie ging auf ihn zu, und er blickte hoch, sah sie, und über das abgemagerte Gesicht zog sich ein Lächeln, das stärker wurde. Währenddessen schob er sich die Kapuze vom Schädel, der inzwischen bis auf einen Haarkranz kahl war.

Da ist ja mein Löweneckerchen, sagte er, und seine Stimme war wie früher, als sie ein Kind gewesen war und sie miteinander geplaudert hatten: warm, sicher und melodisch.

Finis.

INHALT

ZUR AUTORIN

Christine Hoba wurde 1961 in Magdeburg geboren, sie lebt in Halle (Saale). Sie studierte Chemie und absolvierte eine Ausbildung zur Buchhändlerin und Bibliotheksassistentin, seit vielen Jahren arbeitet sie in einer wissenschaftlichen Bibliothek. Ihr Werk, für das sie mehrfach ausgezeichnet wurde, erscheint im Mitteldeutschen Verlag, zuletzt der Roman „Die Nelkenfalle" (2013) und die Erzählungssammlung „Der Ton der Glocken über dem Meer" (2014). Neben der Prosa veröffentlichte sie drei Gedichtbände und zwei Hörspiele. Christine Hoba ist Mitglied im PEN-Zentrum Deutschland sowie im mittlerweile legendären Halleschen Dichterkreis, sie war 2010 Stadtschreiberin von Halle und wurde u. a. beim MDR-Literaturpreis wie auch mit Aufenthaltsstipendien in den Künstlerhäusern in Ahrenhoop und Salzwedel geehrt. „Schräger Regen" ist ihr vierter Roman.

DANK

Die Autorin dankt der Kunststiftung des Landes Sachsen-Anhalt für die Förderung durch ein Arbeitsstipendium. Des Weiteren dankt sie herzlich dem Halleschen Dichterkreis, ihrer Tochter Marta, ihrem Partner Christian, ihrer Freundin Bettina und den vielen Förderern für Hilfe, Ermutigung und Anregungen.

Christine Hoba

Der Ton der Glocken über dem Meer

Kleine phantastische Erzählungen

Christine Hoba erzählt knallhart und schlank, reich und staffiert zugleich Ungeheuerliches aus dem Reich der Phantasie, und nicht selten beschleicht einen das Gefühl, es könnte sich genau so zugetragen haben. Neben ihren Romanen hat die Autorin immer Erzählungen geschrieben, und so ist dieses Buch entstanden – ein vor Einfallskraft funkelnder Reigen Geschichten voller Wesen in der Entscheidung: Gnus und Sirenen, Städte- und Wasserbewohner, Urwaldgetier …

„Fantasie ist in diesen Texten ein Weggefährte, von dem man zuweilen in ungeahnte Höhen und Sphären getragen wird. Mit ihren fantastischen bis kafkaesken Momenten offenbaren die Texte neben der Lust am Fabulieren auch zunehmend ein Interesse am Reflektieren – an der Selbstbeobachtung in der Figur. Und es ist höchst anregend, diese Beobachtungen zu teilen.“

Mitteldeutsche Zeitung

Christine Hoba

Die Waldgängerinnen

Roman

Vier Frauen, die sich in einem ehemaligen Waldgasthof zu einer Wohngemeinschaft zusammengefunden haben: die Bildhauerin, der die Glaslobby als Atelier dient, die Gärtnerin, die hier ökologischen Landbau betreibt, die Ruhe suchende Übersetzerin und manische Joggerin sowie ihre unternehmungslustige Schwester, die als Angestellte täglich in die Stadt pendelt. Es könnte so schön sein, doch die Vergangenheit der Frauen bestimmt das Denken und Handeln auch an dem idyllischen Rückzugsort. Resignation, Neid und Misstrauen machen sich breit – bis eines Tages der erwachsene Sohn einer der Frauen seinen Besuch ankündigt und frischen Wind in die Gemeinschaft bringt.

„Christine Hoba geht es vor allem um die Innenansichten von Menschen – was sie treibt, welche Wunden ihnen zugefügt wurden und dass sie deshalb so sind, wie sie sind. Und um die Unmöglichkeit das alles zu erkennen."

MDR Thüringen Journal

mitteldeutscher verlag

www.mitteldeutscherverlag.de

Gesamtherstellung: Mitteldeutscher Verlag, Halle (Saale)
Lektorat: André Schinkel, Halle (Saale)

ISBN 978-3-96311-482-3

Printed in the EU